Georges Moreau

Le Monde des Prisons

Georges Moreau

Le Monde des Prisons

ISBN/EAN: 9783744751797

Printed in Europe, USA, Canada, Australia, Japan

Cover: Foto ©Andreas Hilbeck / pixelio.de

More available books at **www.hansebooks.com**

LE MONDE
DES PRISONS

DU MÊME AUTEUR

L'Église de France et les réformes nécessaires (1880, Dentu, Palais-Royal, Paris).

L'Interpellation du 16 mars (1880, Ch. Forestier, 25, rue Las-Cases, Paris).

Discours sur la charité chrétienne, prononcé à l'église Saint-Eugène, au profit de l'orphelinat de Saint-Ouen (1881).

La Question cléricale. Le Budget des cultes, avec une préface par M. de Marcère, ancien ministre, sénateur. 4e édition (1881. Dentu, Palais-Royal, Paris).

Souvenirs de la Petite et de la Grande-Roquette. (1884, Jules Rouff et Cie, 14, cloître Saint-Honoré, Paris).

Le Monde des prisons. (1887, Georges Decaux, 7, rue du Croissant, Paris).

Pour paraître prochainement :

Commentaire du Sermon sur la montagne, instructions données dans le sanctuaire de Notre-Dame du Sacré-Cœur à Issoudun, pendant le carême de 1886. 1 vol.

Commentaire du Dies iræ, suivi d'Instructions pour le temps de l'Avent, donnés en 1885 à Saint-Eustache et à Notre-Dame de Plaisance. 1 vol.

Sermons de retraite, Allocutions, Conférences, donnés de 1880 à 1886, à Sainte-Madeleine, à Saint-Georges, à Saint-Vincent de Paul, à l'Immaculée-Conception, à Notre-Dame de Passy, au lycée de Versailles, etc. 1 vol.

ÉVREUX, IMPRIMERIE DE CHARLES HÉRISSEY

LE MONDE
DES PRISONS

PAR

L'abbé Georges MOREAU

VICAIRE GÉNÉRAL, CHANOINE HONORAIRE DE LANGRES

ANCIEN AUMÔNIER DE LA GRANDE-ROQUETTE

PARIS

A LA LIBRAIRIE ILLUSTRÉE

7, *rue du Croissant*, 7

—

1887

Le 16 novembre 1885, le *Congrès pénitentiaire international* se réunissait pour la sixième fois à Rome.

Mes fonctions à la Grande-Roquette et à Mazas, et surtout mon intimité avec l'abbé Crozes, qui a bien voulu me faire profiter de son expérience d'un demi-siècle, m'ont permis d'étudier sur place le *Monde des prisons.*

C'est à cette science de praticien, qui ne s'apprend pas dans les livres, mais au contact des gardiens et des détenus, que je dois d'avoir été interrogé par ceux qui ont représenté la France dans ce Congrès. Mes amis m'ont vivement engagé à reproduire mes conversations.

Je les ai d'abord publiées dans la *Nouvelle-Revue*, qui m'a offert l'hospitalité avec une courtoisie parfaite. J'ose espérer que le public qui lit fera à ce volume l'accueil qu'ont fait à mes articles les lecteurs de la *Revue*.

Pour mettre en lumière les mœurs de ce monde, je serai obligé d'étaler au grand jour des difformités et des plaies, dont pourra s'effaroucher la pruderie de quelques-uns. Déjà plusieurs se sont choqués qu'un prêtre laisse glisser sous sa plume des expressions du genre « réaliste »; ce que le directeur d'une feuille catholique très en vue traduisait en reprochant à la préface de mes *Souvenirs de la Roquette* [1] d'être « trop littéraire » pour un prêtre. Un de mes anciens élèves, qui tient avec un talent réel, mais trop rageur, la plume de critique littéraire dans un grand journal, n'a vu dans ces études qu'une réclame d'un goût douteux.

Aux uns et aux autres je demande de me lire avec la même bonne foi et le même respect de la vérité et de mes lecteurs que j'écris. J'écris un traité d'anatomie morale. J'écris pour être lu et compris; de là certains détails techniques sans lesquels ce traité serait inintelligible.

Chaque fois que j'ai eu occasion de causer du *Monde des prisons*, même avec des personnes

[1] *Souvenirs de la Petite et de la Grande-Roquette,* par l'abbé G. Moreau, 6e édition. J. Rouff et Cie. Paris, 1884.

que leurs fonctions semblaient devoir préserver d'erreur ou de puérilité, j'ai toujours été frappé de voir combien ce monde est peu connu.

L'ouvrage le plus consciencieux est celui de M. Maxime du Camp. Encore s'en dégage-t-il une odeur de greffe qui le rend monotone. On sent que M. du Camp n'a pas vécu son ouvrage.

Ceux-là seuls savent parler des prisons qui y vivent. Or, esquisser une réforme, signaler un abus, chercher à éclairer les chefs est un crime qui entraîne la révocation. « Faites-vous tuer, si bon vous semble, a écrit un homme d'esprit, en terminant le journal de quelques années de sa vie, mais ne vous dévouez jamais. »

Ceux qui abandonnent l'administration se hâtent de l'oublier et, s'ils y ont appris quelque chose, de ne le raconter à personne.

Quant aux détenus, ils sont encore plus obligés que leurs gardiens d'observer de Conrart le silence prudent. Un cri, et la police les bâillonnerait. Tout le monde a lu cet épisode, dans *les Misérables* :

« … Le lendemain de sa libération, à Grasse, Jean Valjean avait vu devant la porte d'une distillerie de fleurs d'oranger des hommes qui déchargeaient des ballots. Il offrit ses services. La besogne pressait. On les accepta. Il se mit à l'ouvrage. Il était intelligent, robuste et adroit; il faisait de son mieux; le maître paraissait content.

« Pendant qu'il travaillait, un gendarme passa, le remarqua et lui demanda ses papiers. Il fallait montrer le passeport jaune. Cela fait, Jean Valjean reprit son travail. Un peu auparavant, il avait questionné l'un des ouvriers sur ce qu'ils gagnaient à cette besogne par jour; on lui avait répondu : « Trente sous ». Le soir venu, comme il était forcé de repartir le lendemain matin, il se présente devant le maître de la distillerie et le prie de le payer. Le maître ne proféra pas une parole et lui remit quinze sous. Il réclama.

« On lui répondit :

« — C'est assez bon pour toi. »

« Il insista. Le maître le regarda entre les deux yeux, et lui dit :

« — Gare le bloc ! »

Silence dans les rangs !

Ce silence, que je m'explique quand la Bastille était debout, a-t-il aujourd'hui sa raison d'être ? Je ne le crois pas. Je crois même qu'il est du devoir de chacun de dire ce qu'il sait, ce qu'il a vu, les réformes qu'il croit bonnes, utiles, nécessaires. Il y va de notre sécurité : la question pénitentiaire étant un corollaire de la question sociale.

A l'époque où la mémoire de Calas fut réhabilitée, le duc d'A... demandait à un habitant de Toulouse comment il se faisait que le tribunal de cette ville se fût à ce point trompé ; ce à quoi ce dernier répondit par le proverbe connu :

« — Il n'y a pas de bon cheval qui ne bronche. »

« — A la bonne heure, répliqua le duc, mais toute une écurie ! »

J'imagine qu'au fur et à mesure que mes lecteurs feuilleteront ce livre, ils demeureront stupéfaits, comme je le suis moi-même, que la réforme pénitentiaire soit enrayée par ceux-là même qui ont mission de l'assurer ; et que la bonne volonté d'hommes du mérite de M. Herbette, de M. Gragnon, de M. Nivelle, de M. Naudin, de M. Boissenot — je ne cite que les plus en évidence — soit tenue si longtemps en échec par des subalternes sans autorité, qui ne devraient, par conséquent, avoir aucun crédit.

LE
MONDE DES PRISONS

PREMIÈRE PARTIE

LES VOLEURS DE PROFESSION

CHAPITRE PREMIER

Trois catégories de voleurs. — Un mauvais fils. — Le « petit homme » d'Aurélie. — Maillot dit *le Jaune*. — M. Raspail et « les mômes » de Sainte-Pélagie. — Effectif de l'armée du crime en 1887. — Les bandes organisées. — Cornu. — Lacenaire. — Prévost. — Gamahut. — Dorangeon. — Un roi à la Grande-Roquette. — A l'avant-greffe. — Un « mirliflore du sépulcre ». — Lacenaire. — Duval. — Troppmann. — Jadin. — Cartouche. — Un galérien bon enfant. — Corbière. — Les voleurs de profession peints par l'un d'eux.

Les voleurs se partagent en trois catégories : les voleurs *par accident*, qui, après une première faute punie et expiée, rentrent dans le droit chemin; *les voleurs par accident qui récidivent* sans se consoler de leur dégradation, et qui, chaque fois qu'ils retombent, se relèvent et s'efforcent de ne plus retomber; enfin *les voleurs de profession*, que cette profession soit un legs de famille, ou qu'elle leur ait été suggérée par les circonstances; ceux, dont le vol est l'unique métier, à tel point qu'on les étonne singulièrement lorsqu'on leur laisse entendre qu'ils devraient en changer, parce qu'il est infâme.

Ce sont ces trois catégories de malfaiteurs que je présente au public.

J'étais aumônier de la Grande-Roquette depuis quelques jours seulement. Un détenu demande à me parler pour affaire urgente.

A peine entré dans la sacristie, — lieu ordinaire des audiences de l'aumônier, — ce détenu se met à fondre en larmes.

« — Oh ! monsieur l'aumônier..., je ne suis qu'un misérable !... et ses sanglots redoublent.

« — Voyons, calmez-vous, mon ami, de quoi s'agit-il ?

« — Je suis condamné aux travaux forcés pour six ans..., j'ai cinquante ans... Jamais je ne reverrai la France... Je n'ai d'ailleurs que ce que je mérite... Seulement, j'aurais une grâce à vous demander... Je voudrais embrasser ma mère avant de partir... Pauvre mère ! lui ai-je fait de la peine !... Oh ! c'est horrible ! Pourriez-vous lui écrire ? Ma mère est très dévote, et un mot de vous la déciderait. »

Le soir même, je faisais part à cette mère du repentir et du désir de son fils.

Quelques jours après, elle me répondait :

13 novembre 188 .

« Monsieur l'aumônier,

« Merci de votre bonté pour l'infortuné que je suis obligée d'appeler mon fils. Vous ne savez pas, vous

ne saurez jamais ce que cet enfant non-seulement
m'a fait, mais m'a causé de mal et de chagrins domestiques, précisément parce que je ne voulais pas
le laisser dans l'isolement. Aussi suis-je bien de votre
avis sous ce rapport; mais notre prodigue ne peut
pas dire qu'on l'a jamais négligé; je suis allée le voir
un peu partout où il était, le sermonnant le plus
souvent entre deux baisers; mais, hélas! que de fois
je l'ai vu insensible à mes caresses et à mes larmes.
Il y a longtemps, monsieur, que cet enfant me fait
gémir.

« Il avait à peine sept ans qu'il volait ce qu'il pouvait dans les jardins; les punitions n'ont pas abouti.

« A dix ans, il prenait les plus belles robes de sa
sœur pour les étendre dans son lit et y faire des
vilenies.

« A douze ans, il prenait 2 fr. dans le secrétaire de
son père.

« Après sa première communion, il fut placé chez
un épicier à B..., qui le considérait comme son fils; il
vola, et on nous le renvoya sans bruit, à cause de
nous.

« Un prêtre de mes amis, voulut bien se charger
de le placer chez un autre épicier. Peu de temps
après, il m'écrivit de l'aller chercher: il avait fait
comme chez son premier patron.

« De là je le conduisis chez un riche fermier, qui
voulut bien le mettre au pair avec ses fils, jeunes
gens parfaitement élevés et très-instruits. Là encore,
il me fallut l'aller chercher.

« Ce fut alors qu'il demanda à s'engager. Pour
cela je le laissai à B...

« Deux jours après il arrivait chez nous pour nous dire adieu, « car, disait-il, mon engagement est signé ». Son père et moi nous pleurions; en le quittant, on lui mit 70 francs dans la main avec la promesse de lui envoyer d'autre argent, s'il se conduisait bien. Six semaines après, ma fille aînée, qui habite T..., nous écrivit pour nous dire qu'Auguste nous avait trompés, qu'il n'avait pas reçu son engagement et que l'argent que nous lui avions donné avait servi à faire la noce, qu'il regrettait vivement sa faute et qu'il demandait à rentrer chez son père.

« Il revint en effet, mais cette vie de travail le fatiguait : il devint sombre; il murmura contre ce père qui ne lui disait rien, mais se contentait de lui donner l'exemple du travail. Les caresses de sa sœur, les gâteries de sa mère ne purent rien sur cette nature rebelle.

« Il demanda de nouveau à s'engager, ce qui lui fut accordé; mais alors ce fut moi qui l'accompagnai jusqu'à ce qu'il fût accepté, et comme toujours, il essaya de me tromper, en me disant que je pouvais partir, puisque la voiture me donnait une heure d'avance, mais un prêtre qui l'avait connu lui demanda sa feuille qu'il refusa; celui-ci insista si fort qu'il dut céder et au lieu de partir le lendemain, il fallait qu'il partît à quatre heures, le soir même; nous n'avions que le temps de le conduire à la gare; il parut vivement contrarié, parce que, s'il avait pu me décider à prendre la voiture, il aurait reçu l'argent que je devais lui donner et eût mené joyeuse vie le reste de la soirée.

« Il était dans la marine. Un an après, on l'envoyait dans un régiment de discipline, qu'il ne quitta que pour revenir me faire verser de nouvelles larmes.

« Il voulait être boulanger; il changea de patrons fort souvent, toujours en laissant des dettes et en commettant de mauvaises actions.

« Il se fit mettre en prison sept à huit fois; deux fois pour vilenies commises dans le lieu saint. Oh! monsieur l'abbé, le vol est affreux, mais insulter Notre-Seigneur jusque dans son temple est bien épouvantable; aussi cette pensée me poursuit comme un cauchemar et c'est moi qui suis la mère d'un pareil monstre! Je ne sais que faire en réparation d'un tel scandale; j'ai souvent crié pardon et merci devant l'image du divin Crucifié, lui demandant ce qu'il voulait que je fasse, tout en le conjurant d'avoir pitié du coupable.

« Oh! non, non, Auguste n'a point été livré à lui-même; je me suis attiré bien des reproches amers pour avoir voulu l'aller voir. Une fois, je suis allée le trouver à la prison de C...; la veille, je lui avais donné rendez-vous à la gare, car je comptais l'emmener chez nous. « Nous déjeunerons à l'hôtel, lui avais-je dit. » Le lendemain, je me trouvais au rendez-vous, mais lui ne vint que trois heures plus tard; il avait bu et mangé à la gargote, quand moi, qui l'attendais, j'étais à jeun.

« Quelques mois après, il vint se faire prendre par les gendarmes dans les greniers de son père; il avait dit à des voisins qu'il le ferait exprès pour nous déshonorer; cette fois, il en eut pour trois ans à F... Au bout de ce temps, j'allai encore au-devant de lui jusqu'à T..., où il voulut rester; je m'engageai à revenir le voir s'il était raisonnable.

« Pendant un mois, il se tint tranquille, il avait une place avantageuse; j'étais tout heureuse, j'espérais. Je fus à T... Hélas! il n'y était déjà plus et personne ne savait quelle route il avait prise. Six mois après, il m'écrivit qu'il était placé pour long-temps et au bout de deux mois, il était au troisième patron; là pourtant il resta six mois. Il en profita pour nous écrire avec une sorte d'insolence qu'il se conduisait bien, que nous n'avions rien à lui demander de mieux, qu'il voulait être à son compte; qu'en conséquence, nous ayions à lui verser une dot égale à celle qu'on avait donnée aux autres, qu'il avait une boulangerie en vue..., etc.

« Pour avoir la paix, son père voulait lui écrire qu'il pouvait traiter, qu'il lui enverrait 2 à 3,000 fr. pour commencer. J'engageai mon mari à aller lui-même voir ce dont il s'agissait, et à lui donner le secours de son expérience. Auguste gagna son père, qui lui donna en trois fois 5,000 fr. Il écrivait qu'il payait bien ses meuniers et que ça allait tout seul.

« Huit jours après le dernier argent qu'il avait demandé pour payer une dernière traite, il s'enfuit dès qu'il l'eût reçu et le dépensa en orgies en trois ou quatre jours, ainsi que 700 fr. qu'il avait à lui et les bijoux qu'il avait achetés à l'avance sans savoir s'il serait accepté dans une famille où il s'était présenté, lesquels bijoux, composés d'une montre en or, d'une chaîne idem, broche, pendants d'oreilles, bagues, furent donnés à des chanteuses ambulantes.

« Dès qu'il se vit perdu, il partit encore sans que

nous sachions ce qu'il était devenu. Ce sont les journaux qui nous l'ont appris.

« Vous savez le reste, monsieur l'aumônier.

« J'ai abrégé et passé quantité de faits; il y en aurait un volume. Depuis qu'il a quitté sa boulangerie, les notes tombent sur nous à boulets rouges; les huissiers, les hommes d'affaires sont toujours à notre porte.

« Recevez, monsieur l'Aumônier...

A ma lettre cette dame en avait joint une autre pour son fils.

« — Voici une bonne lettre de votre mère, mon ami, lisez-la. »

Au moment où je quittais la prison, je l'aperçus dans la cour, sa lettre à la main. Je l'appelai.

« — Eh bien! vous avez-lu? vous êtes content?

« — De quoi? Y a pas seulement une pièce de vingt francs! » et il me tourna les talons.

. « Il existe, a écrit Victor Hugo, des âmes écrevisses reculant continuellement vers les ténèbres, rétrogradant dans la vie plutôt qu'elles n'y avancent, employant l'expérience à augmenter leur difformité, empirant sans cesse, et s'imprégnant de plus en plus d'une noirceur croissante. » — J'avais devant moi une de ces âmes.

Un autre jour, entre dans la sacristie un détenu de haute taille, maigre, à l'ossature puissante, aux gestes nerveux, saccadés; figure en lame de couteau, nez long, recourbé comme un bec d'oiseau de proie;

mâchoires larges, anguleuses; les yeux très mobiles, fuyants, dissimulés derrière un pince-nez, laissaient deviner une ruse et une sauvagerie peu communes; le bas de la figure était court, la bouche largement fendue, les lèvres minces; cet homme ne marchait pas, il glissait de côté; il ne parlait pas, il susurrait; on croyait voir une ombre, entendre un souffle. Il y avait en lui du Basile et du Troppmann, du félin et du fauve. Un rictus étrange qu'il s'efforçait de rendre doucereux, donnant à sa physionomie un air lâche et sournois. J'ai rencontré dans ma vie de ces hommes. Je n'en connais pas de plus redoutables.

« — Qu'y a-t-il pour votre service, mon ami?

« — Voici, monsieur l'aumônier, » et il me tendit une lettre.

« Paris le...

« *Mon petit homme!* »

Suivaient quatre pages écrites à l'encre bleue, dans un style qu'agrémentaient de nombreuses fautes d'orthographe, et d'où s'échappait un parfum très prononcé de jalousie féroce. C'était une maîtresse qui écrivait à *son adoré* pour lui annoncer qu'elle allait se tuer, qu'elle n'ignorait pas qu'il la trompait, que d'ailleurs, depuis qu'il était en prison, elle était sans le sou et qu'au mois de janvier, elle allait être sur le pavé. Le propriétaire, qui avait le mauvais goût de réclamer son terme, devait lui donner congé, parce qu'il la savait sans ressource. Elle suppliait néanmoins *son petit homme* de garder cette lettre en souvenir d'elle, plus fidèlement qu'il n'avait gardé une mèche de ses cheveux qu'il avait jetée dans la rue le jour même où elle la lui avait donnée — elle l'avait vu! — C'était son dernier adieu, son dernier baiser. Le tout était signé je crois, « *Aurélie* ».

Sur une feuille détachée, où je reconnus la même écriture — car Aurélie, ne sachant pas écrire, avait dicté à une voisine ces quatre pages désespérées — sur une feuille détachée, la voisine avait écrit *au petit homme* d'Aurélie pour lui confirmer la vérité, l'assurant qu'elle ferait coucher Aurélie chez elle pour l'empêcher de se tuer, etc..., etc...

« — Eh bien! dis-je à ce détenu, j'ai lu, mais je ne comprends pas. Que puis-je faire pour vous?

« — Voici, monsieur l'aumônier. Cette personne qui m'écrit n'est pas ma légitime. Je suis séparé de ma femme depuis dix ans.

« — Quelle est votre condamnation?

« — Un an.

« — Vol? Escroquerie?. Abus de confiance...?

« — Escroquerie. C'est à propos d'une reconnaissance, mais je ne suis pas coupable. Tout ça vient de ma légitime.

« — Comment?

« — Avant la guerre de 1870, j'étais établi au coin de la rue... A la guerre, je m'engageai dans les francs-tireurs de... La guerre terminée, j'étais sergent. La Commune arrive, je conserve mon grade. J'étais de service à la rue Haxo, quand on a fusillé les otages. On m'a fait faire dix-sept mois de ponton pour ça. Mon beau-père avait été fusillé à côté de moi. J'ai tout de même eu la chance de ne pas être traité comme lui. Grâce à M. X..., avocat, qui avait des raisons pour me protéger, j'ai été amnistié.

« Ma femme, croyant que j'étais mort, avait tout vendu et s'était mise avec un homme. Sur le premier moment, j'ai failli la tuer, elle et son amant; mais je me suis ravisé. J'ai loué une chambre. J'ai pris cette femme avec laquelle je vis depuis dix ans. Ma femme m'en veut à mort, elle a juré qu'elle me perdrait. C'est elle qui est cause que je suis en prison. Qu'elle y prenne garde ! Il y en a un de nous deux de trop, et ce n'est pas moi qui partirai le premier. Elle est jalouse que je sois heureux avec Aurélie.

« J'ai été très bon pour Aurélie et sa famille. J'ai soigné son père, sa mère. Tout cela m'a coûté gros. Mon travail ne suffisant pas pour faire face à toutes ces charges, je me suis laissé entraîner à revendre une reconnaissance volée, et j'ai été pris. Aurélie ne se console pas depuis la mort de sa mère ; elle veut se détruire. Déjà je l'ai surprise, avalant une infusion de pavots. Pourriez-vous lui écrire, ou aller la voir et l'encourager ?

« — Qu'est-ce que vous faites de votre état ?

« — Je suis cordonnier et je gagne assez bien ma vie ; mais vous savez ce que c'est que les charges. J'ai été dépassé et j'ai fauté !

« — Est-ce que c'est votre première condamnation ?

« — Pas tout à fait, me répondit-il en hésitant. J'ai été condamné en 1864. Vous avez entendu parler de La Pommerais ? J'ai été en prison en même temps que lui. On m'a condamné à cinq ans. Je les ai faits

à Poissy. J'en suis sorti avec 1,100 fr. de masse.
C'est à cette époque-là que je me suis marié. Il y
avait quinze ans, monsieur, que je n'avais pas fauté !
Est-ce malheureux d'avoir été pincé ?

« — Et pourquoi avez-vous été condamné à cinq
ans en 1864 ?

« — Tenez, monsieur, je vais vous dire toute la
vérité. J'ai été abandonné par mes parents à l'âge de
neuf ans. Quand ma mère est morte, j'avais cinq ans.
Mon père était trop vieux pour me surveiller. Au
lieu d'aller à l'école, je galvaudais dans les rues.
Trois ou quatre fois j'ai été ramassé comme vagabond
et enfermé à la Petite-Roquette. J'y étais en 1859.
J'y ai bien connu l'abbé Crozes ; mais la Petite-
Roquette ne me corrigea pas du tout.

« — En galvaudant dans les rues, j'avais appris
à *Faire le barbot*, et je vous assure que je travaillais
bien. J'étais très recherché des bandes parce que
j'étais très adroit, pas grand et mince. C'est moi qui
éclairais les pièces qu'il s'agissait de fouiller. Je me
glissais comme une couleuvre à travers les barreaux.

« Mon père ayant travaillé pour un curé de Paris
qui me voulait du bien, ainsi que ce M. X..., avocat, qui
m'a sauvé plus tard du conseil de guerre, la dernière
fois que je sortis de la Petite-Roquette, ils me firent
entrer au patronage de Sainte-Mélanie pour y faire ma
première communion. Je restai dans ce patronage jusqu'à l'âge de quinze ans. J'y étais très bien, mais il
me manquait quelque chose, je regrettais le temps
passé. Que voulez-vous, monsieur, c'était plus fort
que moi. Je me sentais fait *pour barboter !*

« Je quittai le patronage ; je plantai là l'appren-

tissage et je me remis à faire le *truc*. J'avais grandi,
j'étais devenu fort. Je portais plus que mon âge. Je
fus pincé pour une grosse affaire de vol avec effraction. Je déclarai que j'avais vingt ans afin de n'être
pas réintégré à la Petite-Roquette. On me crut sur
parole. C'était en 1864, je descendis à la Conciergerie
en même temps que La Pommerais. Je balayais sa
chambre, je lavais sa vaisselle, je faisais son service.
Il me donnait de temps en temps quelques pièces de
cent sous. Cet homme-là m'aurait fait faire tout ce
qu'il aurait voulu.

« Je fus condamné à cinq ans. Je quittai Poissy en
1869, très décidé à redevenir honnête. J'avais de
l'argent, je m'établis, et me mariai. Eh bien ! monsieur, vous me croirez si vous voulez, ça fut encore
plus fort que moi. Je plantai encore là l'ouvrage, et
je me mis à voler ! Ma spécialité, à moi, c'est le vol
au *rendez-moi* et surtout le vol *à la reconnaissance*.
Voilà douze ans que je ne vis pas d'autre chose ! »

Cet homme s'était peu à peu animé, ses yeux bril-
laient, sa parole était rapide, imagée, presque élo-
quente.

« — Tenez, monsieur, me dit-il tout à coup, avec
un accent qui me fit frissonner, vous avez entendu
parler de Troppmann ? Eh bien ! je me charge de
faire mieux que lui !

« — Mieux que cet homme qui a fait neuf victimes ?

« — Oui, monsieur, mieux que lui. Ce qu'il a fait
n'est pas mal ; mais il y a mieux, et je m'en charge.
Ah ! monsieur, vous ne savez pas, vous, ce que c'est
que de voler, ce qu'il y a de satisfaction à bien tra-

vailler, ce qu'on est heureux quand on a fait un bon coup, proprement, habilement. Que voulez-vous, je n'ai qu'une passion, celle du vol. Mais faut que ce soit proprement fait ! Il y en a un tas qui volent et qui ne savent pas. Ce sont des gâte-métiers. Vous pourriez laisser sur votre table un billet de mille francs, je n'y toucherais pas.

« Tenez, monsieur l'aumônier, puisque j'ai commencé, je vais tout vous raconter :

« La justice est absolument déroutée sur mon compte, elle ne sait pas qui je suis, elle a perdu mes traces, je m'en suis assuré. Mon dossier a été brûlé en 1871. Lorsque je suis revenu des pontons, j'ai écrit au procureur de la République pour reconstituer mon état civil. J'ai vu qu'on ne savait rien sur moi et que mes condamnations depuis l'âge de neuf ans étaient inconnues. On m'a délivré un extrait de mon casier judiciaire avec cette note *néant*. J'en suis aujourd'hui à ma première condamnation. Aussi je ne crains pas la loi sur les récidivistes, je ne crains que ma femme qui, pour se venger de moi, est capable de me dénoncer ; mais la misérable, elle n'en aura pas le temps. Je vous l'ai dit tout à l'heure, il y en a un de nous deux de trop.

« — Et comment opérez-vous ?

« — Ah ! ça dépend. Ainsi, le jour de l'enterrement de Gambetta, j'ai fait vingt et une pièces de vingt francs avec le vol au *rendez-moi*. Quand il y a une fête, une réunion quelque part, je suis sûr de faire mes 400 fr. dans la journée.

« Je suis avec un camarade. Nous entrons dans une boutique, de préférence chez une mercière, un char-

cutier, un lampiste ; là où on ne consomme pas, afin de
ne pas nous fatiguer la tête et de garder tout notre
sang-froid. Quand on n'a sous la main qu'un marchand de vins, on y entre tout de même. Je me fais
servir pour quatre ou cinq sous de marchandises. Je
tends une pièce de 20 francs pour payer. Mon ami
me dit : « Eh ! laisse donc, j'ai de la monnaie, » et il
tire de son gousset quelques sous pour payer. Il fait
semblant de me les donner. « Eh non ! que je dis, j'ai
besoin de monnaie, voulez-vous me rendre sur
20 francs ? » J'ai soin de montrer une pièce de
20 francs au marchand, mais de ne pas la lui
donner. Pendant que l'autre fait sa monnaie, mon
ami et moi nous occupons les marchands. C'est à qui
les embrouillera le plus. On leur rachète pour deux
sous de ceci, deux sous de cela, on leur demande
une allumette. On cause beaucoup avec eux.
Nos emplettes faites, on compte. J'ai eu soin de
placer ma pièce de 20 francs dans la paume de ma
main et je me mets en devoir de ramasser ma monnaie. Si le marchand me réclame ma pièce, tout en
comptant ma monnaie, je réponds invariablement :
« Parfaitement, c'est bien ma monnaie de 20 francs »
et s'il insiste trop, je lui redemande autre chose. Le
tout est de l'embrouiller. A la fin, le marchand finit
par croire qu'en même temps qu'il sortait sa monnaie
de son comptoir, il y a remis la pièce de 20 francs,
aussi il ne me la réclame plus. A ce moment-là nous
filons.

« Nous prenons à gauche, mon camarade et moi, et
nous faisons trois ou quatre pas. Puis nous revenons
de manière à passer devant la boutique. Si le mar-

chand s'est aperçu que je ne lui ai pas laissé la pièce de 20 francs, il sort précipitamment de sa boutique et regarde de tous côtés pour découvrir de quel côté nous avons filé.

« En nous voyant, il est sur le point de crier : « Au voleur ! »

« Je lui fais signe aussitôt.

« — Ah ! monsieur, que je lui dis, j'ai oublié de vous laisser ma pièce de 20 francs. Faut-il être distrait ! Je m'en suis heureusement aperçu à temps, et je vous la rapportais.

« Et je lui donne la pièce. Il me fait mille gentillesses, mais le truc est éventé.

« Si au contraire, en repassant devant la boutique, je vois que le marchand ne bouge pas, c'est qu'il ne s'est aperçu de rien. Le camarade et moi nous nous en allons tranquillement recommencer plus loin. Dame ! faut du sang-froid, monsieur. Et v'là douze ans que je fais ça et je n'ai été pincé qu'une fois ! Si ma femme ne m'avait pas fait filer, ça ne serait pas arrivé. Mais je l'attends à ma sortie, et, je vous le promets, vous entendrez parler de moi....»

Quelques années auparavant, Maillot dit *le Jaune*, tenait un langage identique.

En 1841, encore enfant, il avait été condamné pour vagabondage et mendicité. Lorsqu'il parut en police correctionnelle, il s'était déjà lié au Dépôt avec des voleurs qui lui apprirent à ne plus mendier et à faire *le barbot*.

Faire le barbot, fut son rêve depuis le jour où il entra à la Petite-Roquette. En 1846, lorsqu'il en sor-

tit, il fut rejoint par ses compagnons qui l'attendaient pour l'embaucher et lui inspirer ses exploits.
De 1846 jusqu'en 1852, il ne cessa de se livrer au vol,
son unique métier, sans souci, sans remords, parce
que c'était le seul moyen qu'il possédait, disait-il,
« pour gagner son pain et mener joyeuse vie. »

« — Du reste, répétait-il souvent à la Grande-Roquette, le métier de *grinche* ne m'a jamais déplu. J'a-
vais la main leste. J'avais la besogne toute mâchée.
Lorsque j'étais pris, la prison que je subissais n'était
qu'une occasion de méditer un nouveau coup. A ma
sortie, je trouvais toujours des camarades prêts à
travailler avec moi. Les vols bien faits se méditent
en prison. Les prisonniers se connaissent tous. Une
fois en liberté, ils savent où se retrouver et se reconnaître.

« — Que voulez-vous, disait-il une autre fois,
depuis l'âge de sept ans, je me suis trouvé sur le
pavé de Paris. Enfant, j'ai été abandonné au hasard.
Ma vie s'est passée dans les prisons et dans les bagnes.
Et vous savez que là on ne s'appartient plus. C'est
une fatalité !

« — Je suis de l'herbe des prisons! disait-il encore.
Dès mon enfance, j'étais destiné à « faire le barbot ».
Je n'ai pas eu d'autre école que la prison. »

M. Raspail qui a observé à Sainte-Pélagie, avant
qu'ils ne fussent transférés à la Petite-Roquette, les
penchants mauvais de ces petits prédestinés au métier
de voleurs, a raconté ainsi leurs heures de récréation :

« ... Lorsque nous sommes entrés à Sainte-Pélagie,
ces petits mômes dont grouillait notre basse cour,

restaient dans une grande réserve avec nous ; ils
n'avaient pas appris à nous connaître et ils ne sa-
vaient pas trop s'ils devaient se méfier de nos rapports, ils causaient peu et ne se parlaient qu'à l'oreille ;
ils nous répondaient avec beaucoup de politesse,
mais brièvement et sans s'arrêter ; ils avaient leurs
jeux à part et leurs conversations particulières, dans
les coins les plus retirés et aussi loin qu'ils pouvaient
se placer des groupes formés çà et là par les plus
grands. On en voyait toujours un dans chaque cercle
qui tenait le haut bout de la conversation et que tous
les autres écoutaient sans mot dire, assis par terre,
l'œil fixe et l'oreille attentive ; l'orateur faisait une
pose à l'approche d'un grand et l'auditoire retournait
la tête comme pour dire au voisin : « Vous êtes de
trop ici. »

« Ces petits conciliabules portaient l'empreinte du
mystère et de la discrétion ; il s'y faisait sans doute
des communications de la plus haute importance, et
rien n'en transpirait au dehors ; l'œil de la police,
qui perce les murailles et les voûtes des plus profonds
souterrains, rencontrait une atmosphère opaque et
imperméable à sa puissance autour de ces petites
réunions qui se tenaient en plein air.

« On peut douter de ce qui s'y disait par ce que le
hasard m'a mis un jour à même d'y voir faire.

« Je trouvai sur mon palier un groupe de ces mar-
mots, qui jouaient aux billes ; ils se rangèrent tous
pour me laisser passer et reprirent leur jeu dès que
j'eus fermé ma porte. Il faisait beaucoup de vent, ce
jour-là ; tout à coup je sens un courant d'air assez
vif, qui ne pouvait provenir que de la fenêtre ouverte

du carré; effectivement, à la fenêtre, qui était fermée, il manquait une vitre, ce que je n'avais pas remarqué en montant. Il n'y avait pas d'autre remède à cet inconvénient que de transporter sa table de travail dans un autre angle de la pistole. Un instant après, le courant d'air avait doublé d'intensité et le vent ne paraissait pas souffler plus fort que tout à l'heure. Je rouvre ma porte pour boucher ce maudit carreau ; mais, au lieu d'un, j'en trouvai cette fois deux qui manquaient de verres, et mes petits gamins paraissaient quatre fois plus attentionnés au jeu qu'auparavant. Je leur marchai sur les pieds tant ils faisaient peu d'attention aux talons de mes bottes !

« Je soupçonnai alors ce que vous devinez déjà; ces lutins s'étudiaient à *faire la vitre* (c'est le terme de leur argot), sans laisser la moindre trace de mastic et sans que le voisin, si éveillé qu'il fût, pût entendre tinter le verre et frémir le châssis. Où passait cette lame de verre ? Je l'ignore. Quels instruments employaient-ils à une opération si délicate ? Ils devaient les loger dans le bout de leurs ongles, car, pour sûr, ils n'en avaient pas vestige entre les mains. Mais, enfin, mon palier n'en était pas moins une école mutuelle et mes joueurs aux billes étaient déjà de forts habiles industriels dans l'une des principales branches du grand art des *caroubleurs*. »

Le voleur de profession n'est donc pas une légende. Il y a, vivant au milieu de nous, côte à côte avec nous, des hommes qui sont convaincus que le vol est un métier honorable parce qu'il est lucratif et qu'ils sont incapables d'en exercer un autre.

« — Le vol, monsieur le Président, disait le fameux

voleur Chapon, le vol, c'est le premier commerce du monde ! »

C'est un fait connu de ceux qui ont fréquenté ces malfaiteurs, qu'ils sont incorrigibles. En prison, ils font de nouveaux plans et forment des élèves. Ils sont comme un peintre dans son atelier, a dit Victor Hugo, ils rêvent un nouveau chef-d'œuvre. Ils sont voleurs et assassins, comme d'autres pâtissiers et fumistes. Il leur est impossible de tourner leurs aptitudes vers un autre labeur. Ils aiment leur métier, ils en sont fiers.

Essayez de les dépayser, ils auront la nostalgie de la pince et du couteau. Vous les aurez introduits à grand'peine dans un refuge, dans un atelier ; ils se sauveront par la fenêtre, et, malgré leurs promesses et vos bienfaits, ils retourneront à leur infâme métier.

En prison, ils ne souffrent pas. Avec leurs gardiens, ils sont de bonne composition, et savent même se rendre utiles. En général, ils ne sont pas récalcitrants ; ce sont « d'honnêtes prisonniers », connaissant, par exemple, leurs droits comme pas un jurisconsulte, et que l'autorité craint sans jamais les prendre en défaut. Elle aime mieux, d'ailleurs, s'en faire des alliés que des ennemis. Ne sont-ils pas sa clientèle privilégiée ? Ne donnent-ils pas le ton à la prison, comme au collège les anciens ?

Interrogez le directeur, le brigadier, les agents : « bon détenu, vous répondront-ils, excellent sujet ! pas mauvaise tête du tout ! entend parfaitement raison et ne ferait pas de mal à une mouche ».

Leurs notes sont généralement satisfaisantes. Ils travaillent et sortent avec une bonne masse.

Il est difficile d'évaluer l'effectif de cette armée du crime. Les statistiques officielles du ministère de l'intérieur établissent bien que, dans le courant de l'année.1878, par exemple, 447,228 individus sont entrés en prison, qu'il en est sorti 391,024, et que, par conséquent, il en restait, le 31 décembre 1878, 56,204, dont 55,938 pour crimes de droit commun; mais, ce que la statistique ne nous apprend pas, c'est comment se décomposent ces 55,938 détenus, combien ont déserté, dans quelle proportion entrent les officiers, les soldats, les recrues.

Canler, qui fut chef de la sûreté, il y a un peu moins de quarante ans, a déclaré qu'il ne connaissait pas plus de vingt scélérats de profession à Paris. Ou les temps ont singulièrement changé, ou Canler s'est moqué de nous. Je n'ai fait que camper au milieu de cette armée. Je me suis heurté, tant à la Grande-Roquette qu'à Mazas, à plus de cent cinquante scélérats de profession. On peut donc évaluer à cinq ou six cents le chiffre de la promotion annuelle des officiers de « l'armée du crime » en 1887. Quant aux simples soldats, que la misère, la paresse, la débauche jettent dans la « pègre » [1], leur contingent annuel varie entre quinze et vingt mille recrues.

C'est donc, à l'heure actuelle, une armée qui ne compte pas moins de deux à trois cent mille combattants, toujours sous les armes, et que mènent à l'assaut de la fortune privée cinq ou six mille officiers déterminés.

[1] Le nom de *pégriot* sous lequel sont connus ces misérables, vient de l'italien *pegro* , issu du latin *piger* : fainéant par excellence.

Avant d'avoir étudié ce monde sur place, à la Grande-Roquette et à Mazas, j'aurais souri si quelqu'un m'avait raconté qu'on est voleur autrement que par occasion. Je m'imaginais que tous les voleurs le sont à la façon de Jean Valjean, qui, mourant de faim, vola un pain; que le vol est un accident, non une habitude, un métier, une passion; que s'il y a des voleurs incorrigibles, ce sont des maniaques qui volent comme d'autres déraisonnent ; que leur place est à Charenton et non à Mazas. Aujourd'hui, je crois à l'existence d'individus n'ayant d'autres moyens d'existence que le vol, convaincus que ces moyens sont légitimes, qu'ils ne font ni mieux ni plus mal que celui qui gagne sa vie en roulant une brouette ou en vendant de la mélasse.

Il ne se passe pas de semaine que je ne sois abordé dans la rue, sur les boulevards, en chemin de fer, par un de mes anciens clients. J'en ai rencontré à Paris, à Langres, à Issoudun, à Orléans; les uns vêtus en ouvriers, d'autres à peine couverts de haillons, quelques-uns superbement habillés.

Presque toujours le dialogue suivant s'établit entre eux et moi :

« — Bonjour, monsieur l'aumônier. » C'est eux qui m'abordent les premiers.

« — Bon... jour,... mon... sieur... je ne...

« — Vous ne me reconnaissez pas?

« — Non.

« — Vous êtes bien monsieur Moreau?

« — Oui, mais... où vous ai-je connu?

A cette question, mon interlocuteur, qui a jeté autour de lui un regard rapide pour s'assurer que personne ne nous entend, s'approche vivement de mon oreille, et, baissant la voix :

« — A la « Grande Maison » ! Je suis un tel.

« — Ah !... Eh ! ça va toujours bien la santé ? le travail ? vous êtes content ?

« — Comme ci, comme ça. On a du mal à...

« — Je pense que vous êtes redevenu honnête ?

Nouveau regard inquisiteur : personne n'entend ; vite et plus bas :

« — Vous savez, monsieur Moreau, on ne demandrait pas mieux, mais les affaires vont si mal ! alors...

« — Ah ! je comprends, vous refaites le « truc ».

« Vous m'aviez cependant bien promis...

« — Chut ! plus bas ! Que voulez-vous, monsieur Moreau, ce n'est pas de ma faute.

« — Allons, au revoir, mon pauvre ami.

« — Au revoir ! monsieur Moreau ; et bonne santé !

Il y a quelques semaines, un gentleman des plus corrects, assis à la terrasse d'un grand café du boulevard me salue, se lève, s'approche de moi, et m'apprend, lui aussi, que je l'ai connu à la « Grande Maison ».

« — ..... Je suis établi restaurateur.

« — Ah ! je suis bien aise pour vous ; au moins, vous gagnez honorablement votre vie, car j'espère...

Et mon homme de se pencher vers moi et de me glisser dans l'oreille d'un air à la fois malicieux et discret :

« — Vous n'y êtes pas du tout, monsieur Moreau.

« Je suis restaurateur, parce que le métier est avantageux pour se créer des relations. Ce sont les camarades qui ont fait les frais d'installation. Vous com-

prenez, monsieur Moreau ; j'ai mes clients, je cause
avec eux ; je fais l'aimable, l'empressé, le bon garçon ; je les soigne de mon mieux ; je finis toujours
par arriver à savoir leur nom, leur adresse, leurs
habitudes ; quand je suis fixé, je préviens les camarades ; un beau soir, ils se rendent chez mon client
pendant que je le garde au restaurant, et ils « travaillent » à leur aise.

« J'ai choisi cette bande parce qu'on n'y « bute »
pas ; on ne va que jusqu'au « ficelage ». Si, par hasard,
le client était chez lui, ou rentrait trop tôt, on ne le
saignerait pas, on le ficèlerait.

« Dans ce moment-ci, nous préparons une belle affaire à la campagne, chez un de mes amis, qui est
très riche, et qui ne se méfiera pas de moi. Je me
ferai inviter à aller passer huit jours chez lui, sous
prétexte d'organiser sa cave, sa basse-cour, sa serre,
et je compte que nous ferons une belle récolte.

« Au revoir, monsieur Moreau ; venez donc déjeuner chez moi un de ces matins ; voici mon adresse.
Vous verrez, je vous soignerai bien, vous serez content. »

Et tout cela dit tranquillement, pourquoi n'ajou-
terai-je pas ? ce qui est la vérité : de la meilleure
bonne foi du monde, sans trouble, sans remords.

En général, les voleurs de profession ont maintenant un métier ; celui-ci était restaurateur, cet autre
sera chapelier, cocher de fiacre ; — ils ont tous de
faux papiers, très en règle ; on ne se doute pas avec
quelle facilité ils se les procurent et combien l'autorité est leur dupe et leur complice à son insu — vi-
trier, huissier, domestique. J'en ai connu un qui

était parvenu à se faire admettre au grand séminaire d'Issy, où il a passé trois mois. De cette façon ils se créent des références pour la police et des relations dans tous les mondes. Ceux d'entre eux qui vivent de la prostitution ne sont pas les plus dangereux.

Dans les bandes, il y a néanmoins, une ou deux femmes. Le « petit homme » d'Aurélie était la tête d'un groupe dont Aurélie était l'âme.

Au mois de novembre dernier, on arrêtait, aux Halles, trois individus : Durand, Dourche et Lehar, qui offraient en vente, aux passants, un ciboire et un bénitier en argent, d'une grande valeur.

Une enquête fit découvrir que le bénitier et le ciboire avaient été volés chez madame Bertin, demeurant boulevard Beauséjour, 11.

M. Goron parvint à mettre la main sur une bande organisée et connue sous le nom de : « La bande au père Mathieu ».

Cette association se composait de douze jeunes filous de seize à vingt ans.

Leur chef, un nommé Mathieu, âgé de cinquante et un ans, avait autrefois la spécialité de détrousser les voyageurs dans les gares.

Depuis quelque temps, il ne mettait plus la main à la pâte. Il se contentait de diriger la bande et d'indiquer les coups à faire.

Quand un vol avait été commis, c'était chez lui qu'on apportait le butin; puis, selon l'importance des objets, il distribuait à chacun une somme de 2 à 5 francs, mais jamais plus.

La bande opérait principalement dans le seizième et le dix-septième arrondissements.

Les malfaiteurs qui en faisaient partie agissaient avec une audace extraordinaire. Ils brisaient les grilles des villas, enfonçaient les portes et mettaient tout au pillage.

Dans l'hôtel de Mme Singer, avenue Hoche, ils s'étaient introduits dans la salle à manger à l'aide d'un monte-plat, et avaient commencé à manger des confitures. Surpris par le concierge, ils avaient déguerpi par les toits.

Ils se nomment, noms et sobriquets : Durand, *dit* le Pâtissier ; Dourche, *dit* le Grand Albert ; Collier ; Lehar, *dit* le Sacristain ; Boulanger, *dit* la Louisette ; Colot, *dit* l'Asticot ; Juard (Paul) ; Job ; Jablowski ; Bournay et Allemacher, le recéleur ; Mathieu, *dit* le Papa.

Le nombre des vols qu'ils ont commis s'élève à vingt-cinq.

Ces individus déclarèrent avec un cynisme incroyable à M. Goron qu'ils avaient de hautes vues pour l'avenir.

« — Quand nous serons revenus de la Nouvelle, nous ferons un grand coup. La fortune ou la place de la Roquette, voilà ce qu'il nous faut. »

Quand on approche de près ces misérables, on se demande s'ils ont une âme. A voir leur insensibilité, leur cynisme, leurs instincts si naturellement féroces, on est plus tenté de les prendre pour des animaux à face humaine que pour des êtres de notre race.

Dans la nuit du 21 au 22 septembre 1846, Mme Dackle,

demeurant 10, rue des Moineaux, était assassinée. Après bien des recherches, on finit par s'emparer de tous les coupables ; parmi eux se trouvait une femme Dubos. Quand on lui demanda pourquoi elle avait aidé au meurtre, elle répondit simplement :

« — Pour avoir de beaux bonnets ! »

Un vieux juif, nommé Cornu, ancien chauffeur sous les ordres d'un chef de bande célèbre, Salambier, se promenait, un jour de beau temps, aux Champs-Élysées. Il est rencontré par de jeunes voleurs, grands admirateurs de ses hauts faits, qui lui disent :

« — Eh bien ! père Cornu, que faites-vous maintenant ?

« — Toujours *la grande soulasse*, mes enfants, répondit-il avec bonhomie, toujours *la grande soulasse.* » La « grande soulasse », c'est l'assassinat suivi de vol.

Lacenaire avait à la Force un petit chat : l'animal fit des ordures sur le lit ; il le jeta par terre avec tant de violence, que la pauvre bête en mourut.

« — Je regardai, dit-il, l'agonie de l'animal avec un intérêt et une compassion que je n'avais jamais éprouvés vis-à-vis de mes victimes. La vue d'un cadavre, d'une agonie, ne produit sur moi aucun effet. *Je tue un homme comme je bois un verre de vin.* »

« — Couper la *cabéche* à un homme, qu'est-ce que cela ? disait Prévost, c'est du chocolat, c'est du velours ! » Et à un de ses gardiens qui lui demandait pourquoi il avait tué Adèle Blondin :

« — Que veux-tu ? c'était un crampon, je ne savais comment m'en débarrasser. »

Le 1er décembre, Gamahut était à Briare avec deux ouvriers nommés Caillette et Teinturier, qui faisaient leur tour de France et qui l'avaient accepté pour compagnon.

A plusieurs reprises, il parla à ses camarades de voler, d'assassiner, répétant qu'il n'était pas homme à reculer devant un meurtre, et, comme Caillette manifestait une sorte de terreur :

« — Tu ne me connais pas, lui dit Gamahut, j'ai déjà mis la main dans le sang. On cherche partout à Paris l'assassin de Mme Ballerich. Eh bien ! tu l'as devant toi ! »

Pendant la scène du crime, comme la pauvre femme luttait avec des efforts désespérés, Gamahut ouvrit son couteau, le lui plongea dans la gorge et dit à Soulier et à Bayon :

« — Allez, les enfants, vous pouvez travailler, je lui ai fait son affaire ! »

La vue du sang lui inspira même d'immondes plaisanteries :

« — C'est bientôt Noël, dit-il, on pourra faire du boudin !...

« — La vieille n'aura pas froid aux pieds cet hiver ! »

Dorangeon, qui n'avait manifesté aucune émotion en entendant prononcer son arrêt, s'abandonnait, dans son cachot à la Grande-Roquette, à des mouvements de gaieté bruyante. Il chantait des airs connus, sur lesquels il arrangeait des paroles ayant trait à sa mort prochaine. Quelquefois il dansait en chantant, et s'interrompait pour adresser cette question à ses gardiens :

« — A quelle heure coupe-t-on la *tronche* (tête) ici ? »

Et voyant qu'on ne lui répondait pas, il continuait à danser.

« — Je m'y attendais, répondit-il sans manifester d'émotion, quand on vint l'éveiller le matin de l'exécution. »

En descendant l'escalier pour se rendre à l'avant-greffe, il dit à un de ses gardiens, faisant allusion aux paroles qu'il chantait dans sa cellule :

« — Eh bien ! aujourd'hui, on la coupera. »

Voyant qu'on cherchait à lui rattacher une pantoufle qui s'était échappée de son pied, il ajouta :

« — Ça n'est pas la peine, ça durera assez longtemps. »

En arrivant à l'avant-greffe pour la toilette, on lui enleva sa blouse, et, comme sa tête éprouvait quelque difficulté à passer, il dit en riant :

« — Tiens ! ma tête est trop grosse. Oh ! ça passera facilement tout à l'heure. »

Il se borna à dire, lorsqu'on lui eut placé les entraves :

« — Elles sont neuves, elles ne casseront pas. »

Quand Blin arriva à la Grande-Roquette, les « *garçons* » lui firent une ovation. Ce fut pendant huit jours un engouement indescriptible. Chacun tenait à le voir de près, à l'entendre raconter ses prouesses, à recueillir de sa bouche une coquinerie bien accentuée.

Il fut pendant huit jours, comme me le disait un de ses co-détenus, « le roi de la Roquette ».

Ce détenu écrivit, sur mon conseil, le récit de cette ovation. Il peint mieux que je ne saurais le faire les mœurs de ce monde :

« ... De temps en temps, l'arrivée d'un grand coupable rompt la monotonie de la Roquette. A l'angle nord-ouest de la cour intérieure est une porte cintrée, haute de quatre mètres et doublée d'une autre porte pleine en fer. Quand on ferme cette porte, il y a un grand émoi parmi les détenus.

« — Voici des nouveaux ! »

« Et tous les regards se jettent curieux, anxieux, du côté de cette porte, derrière laquelle le perruquier procède à la toilette du détenu. Un coup de rasoir, deux coups de ciseaux, quelques balafres ; la toilette est faite.

« Le 18 mars 1884, la porte venait de se fermer. Un bruit se répandit sur la cour :

« — Blin est arrivé ! »

« Et la nouvelle se colportant de groupe en groupe, fut bientôt connue de tous. Ce nom, complètement inconnu quelques minutes auparavant, était maintenant dans toutes les bouches.

« — Blin est arrivé ! se répétait-on en s'accostant, presque en se félicitant.

« Afin de l'apercevoir aussitôt son entrée sur la cour, on se dirige vers les bancs placés près de la porte sacrée. On prend place, on attend. Les conversations commencent.

« Des initiés racontent qu'un crime a été commis il y a quelques mois au Palais-Royal. On s'empare de leur récit, et Blin n'est déjà plus connu que sous le nom de l'« assassin du Palais-Royal ».

« — Je l'ai vu à Taz [1], dit l'un, il était à la 6º, il revenait des trente-six carreaux [2]. Il était bien fringué, il avait l'air d'être à la hauteur. — Être bien fringué est énorme aux yeux de ce monde de voleurs. — L'homme mal habillé est celui qui n'a pas d'argent. Et celui qui n'a pas d'argent est celui qui ne commet que des vols de peu d'importance. Il est indigne d'estime. — C'est un ballot [3].

« — Blin se fait bien attendre.

« — N'est-ce pas lui, dit un gros homme trapu, qui, faisant le type à cautionnement se débarrassait de ses employés en les envoyant à l'hôtel Drouot enregistrer exactement le montant des ventes ?

« — Parfaitement, reprend un autre, les idiots rentraient le soir harassés, mais heureux d'avoir un emploi et... le placement de leur argent.

« — Il a été en Amérique.

« — Il a enlevé la femme d'un quaker.

« — Il a fait le fric-frac à Chicago, à San-Francisco !

« — Partout !

« — Jamais pincé !

« — Un rude, allez !

---

[1] *Taz* pour *maz,* diminutif de Mazas, fort usité.

[2] Trente-six carreaux. La porte des cellules de la Préfecture où les *prévenus* attendent le moment de passer en jugement ou de paraître devant le juge d'instruction, est vitrée de trente-six carreaux. Ce lieu en a pris le nom. Les trente-six carreaux sont connus de tous les détenus de la Seine.

[3] Ballot, lourd.

« Cependant la porte demeure fermée. Les conversations languissent. Les regards demeurent fixés sur la barrière de fer et semblent vouloir la percer. Tout à coup un murmure se fait entendre :

« — Voilà *Transparent*, dit une voix. — Transparent, c'est le sous-brigadier, ainsi surnommé à cause de son étonnante maigreur. — En effet, le sous-brigadier s'avance. Il est suivi d'un gardien porteur d'un énorme trousseau de clefs. Les rangs s'ouvrent devant les grondements du chef redouté. La clef est dans la serrure, la porte s'ouvre. Une dizaine de nouveaux pénètrent dans l'enceinte, tristes, honteux, abasourdis par la torture que le coiffeur vient de leur infliger.

« — Lequel est Blin ?

« — C'est ce grand brun, dit l'un.

« — Non, c'est le petit gros qui marche derrière lui, dit un autre.

Blin tranche le différend en disant :

« — Blin, c'est moi. Que me veut-on ? »

« Il se présente hardiment, sans aucune honte, et promène autour de lui un regard assuré. Il semble chercher quelque figure de connaissance. Puis il va s'asseoir à une place vide. De taille moyenne, voûté, le cou dans les épaules, le front découvert, les yeux vifs à l'expression changeante, profondément enfoncés dans l'arcade sourcilière, le nez mince, aquilin. L'aspect premier donne froid. Blin doit être d'une grande énergie et d'un profond cynisme.

« Des regards d'envie se jettent sur les privilégiés qui ont réussi à se placer près de lui. La conversation va s'engager. Toutes les oreilles sont tendues. Blin met tout le monde à l'aise en demandant quelques renseignements sur le *modus vivendi* de la Grande-Roquette. La glace est rompue. Il n'a encore parlé ni de sa condamnation ni de son crime.

« — Combien faites-vous ? risque timidement son voisin de droite.

« — Perpètes ! » répond Blin.

Les détenus le dévorent des yeux :

« — Perpètes ! c'est long, reprend l'interlocuteur, ébauchant un sourire contraint. C'est, je crois pour... l'affaire du Palais-Royal.

« — Oui, dit Blin, seulement je ne croyais pas qu'on aurait fait [1] la veinne [2].

« Blin promène autour de lui ce regard assuré qu'il avait à son entrée sur la cour. Il ne cherche plus des figures de connaissance. L'auditoire qui l'entoure est-il digne d'entendre son récit ? C'est sa pensée. A deux ou trois reprises, il passe la main sur son front comme pour en chasser un douloureux souvenir. Les détenus sont tout yeux et tout oreilles. Blin va raconter son affaire. Il se décide.

« — C'est bien simple, commence-t-il enfin. Depuis deux ou trois mois, j'avais frimé la case [3]. Il devait y avoir du pèze [4]. Le dimanche il n'y avait jamais personne dans l'après-midi. Nous choisissons ce jour. C'était au moment de la musique. Personne dans les galeries. La route était belle. D'un coup de ciseau à

[1] Fait, tué.

[2] La femme.

[3] Examiné la maison.

[4] Argent.

froid je mets la porte en dedans. Elle ne tenait pas, je
l'aurais faite avec une pince en bois. La caisse était
dans le fond. Nous traversons le magasin. Une femme
se dresse devant nous. Elle va crier. Nous hésitons.
Mon poteau [1] se lance sur elle, lui passe je ne sais
quoi autour du cou. Je l'aide machinalement, sans
me rendre compte. La veinne tombe. Elle était morte.
Reprenant mon sang-froid, je vais à la caisse, je force
les tiroirs. De l'or, des billets, des bijoux. J'en bourre
mes poches. Mon compagnon est halluciné. Ses yeux
sont hagards, ils semblent rivés au cadavre. Il se
retourne vers moi. A ce moment, j'empochais de l'or.

« — Que fais-tu ? me dit-il. Inutile de se charger
de cela. Que veux-tu faire de ce cuivre ? Es-tu fou ?
— Il prenait l'or pour des centimes. — Il faut partir,
ne pas être vu. — Je l'entraîne. Personne au-dehors.
Nous sommes sauvés. Le lendemain, nous étions à
Bruxelles. Voilà l'affaire. Seulement, si j'avais su
qu'on fasse la veinne, j'aurais laissé ça là. Pourtant,
il le fallait. »

« Un long silence succède à ce récit. Personne
n'ose demander des détails. Peu à peu, un ou deux
détenus se lèvent et quittent Blin. Ils vont raconter
l'affaire aux autres. Leur place est bientôt prise.
L'auditoire se renouvelle ainsi en entier. Nouvelles
questions. Nouveau récit. Blin semble s'y attendre.
Il ne se fait pas prier. La conversation s'anime, le
récit devient plus enlevant, les détails affluent. On ne
ressent plus cette contrainte du commencement. Blin
se sent le roi de cette populace. Il la dompte, il la

---

[1] Terme d'argot; poteau, c'est l'ami, mon poteau, mon ami.

fascine; elle est à ses pieds. Vingt fois l'auditoire se renouvelle. Vingt fois le récit recommence..... »

Lorsque le « panier à salade » déverse à la Grande-Roquette le trop-plein de la Conciergerie, il tombe de tout au greffe : des forçats, des réclusionnaires, des centrales, des petites peines. Pour dresser l'écrou, le greffier les fait mettre en rang et commence l'appel.

« — Votre peine ?

« — Dix ans de travaux, répond un jeune gamin, en se dandinant et en roulant une cigarette. Dix ans !»

Et les « petites peines » de regarder avec une admiration mal déguisée ce « mirliflore du sépulcre » comme les appelle Victor Hugo, qui jouit visiblement de l'effet énorme qu'il produit. Et le gredin n'a pas dix-huit ans !

A cet âge ces malheureux sont mûrs pour le crime. Toutes leurs énergies ont été concentrées sur un seul point ; c'est ce qui explique leur audace, la sûreté de leur coup d'œil, leur maturité, à l'âge où les autres se préparent encore à entrer dans la vie. C'est eux que Victor Hugo a peints sous les traits de Montparnasse :

« Montparnasse était un enfant : moins de vingt ans, un joli visage, ses lèvres ressemblaient à des cerises, de charmants cheveux noirs, la clarté du printemps dans les yeux. Il avait tous les vices, et aspirait à tous les crimes. La digestion du mal le mettait en appétit du pire. C'était le gamin devenu voyou, et le voyou devenu escarpe. Il était gentil, efféminé, gracieux, robuste, mou, féroce. Il vivait de voler violemment. Sa redingote était de la meilleure coupe, mais râpée. C'était une gravure de modes ayant de la misère et commettant tous les crimes.

« La cause de tous les attentats de cet adolescent était d'être bien mis. La première grisette qui lui avait dit : « Tu es beau ! » lui avait jeté la tache des ténèbres dans le cœur et avait fait un Caïn de cet Abel. Se trouvant joli, il avait voulu être élégant ; or, la première élégance, c'est l'oisiveté ; l'oisiveté d'un pauvre, c'est le crime.

« A dix-huit ans, il avait déjà plusieurs cadavres derrière lui... Frisé, pommadé, pincé à la taille, des hanches de femme, un buste d'officier prussien, le murmure d'admiration des femmes du boulevard autour de lui, la cravate savamment nouée, son casse-tête dans sa poche, une fleur à sa boutonnière, tel était ce mirliflore du sépulcre. »

Energie physique, défaillance morale poussées à l'extrème : tels sont les deux traits caractéristiques des voleurs de profession.

« — Lacenaire, vous n'êtes point un homme vul-gaire, disait un magistrat à ce criminel, comment votre intelligence ne vous a-t-elle pas protégé contre vous-même ?

« — Que voulez-vous, il s'est rencontré un jour où je n'avais d'autre alternative que le suicide ou le crime.

— « Pourquoi donc ne vous êtes-vous pas suicidé ?

« — Après m'être demandé de qui j'étais victime : de la société ou de moi, *j'ai cru l'être de la société.*

« — Mais quand cela serait, ce sont des innocents que vous avez frappés.

« — C'est vrai ; aussi ai-je plaint ceux que j'ai tués, mais je les ai frappés parce que c'était un parti pris contre tous.

« — Ainsi, vous aviez fait un système de l'assassinat ?

« — Oui, et je l'ai choisi pour assurer mon existence.

« — Si vous n'étiez naturellement pas cruel, comment avez-vous pu parvenir à étouffer en vous tout sentiment de pitié ?

« — L'homme fait ce qu'il veut. Je ne suis pas cruel, mais les moyens doivent être en harmonie avec le but ; assassin par système, il fallait me dépouiller de toute sensibilité.

« — Vous n'avez donc jamais eu de remords ?

« — Jamais.

« — Aucune crainte ?

« — Non. Ma tête était mon enjeu. Je n'ai pas compté sur l'impunité ; il y a une chose, en effet, à laquelle on est forcé de croire, c'est à la justice, parce que *la société se fonde sur l'ordre.*

« — Mais ce sentiment de la justice, c'est la conscience....

« — Moins le remords.

« — Je ne comprends pas l'un sans l'autre. L'idée de la mort ne vous effraie pas?

« — Nullement. Mourir aujourd'hui ou demain, d'un coup de sang ou d'un coup de hache, qu'importe? J'ai trente-cinq ans, mais j'ai vécu plus d'une vie ; et quand je vois des vieillards se traîner et s'éteindre dans une lente et douloureuse agonie, je me dis qu'il vaut mieux mourir *d'un trait*, et avec l'exercice de ses facultés.

« — Si vous pouviez vous suicider maintenant pour échapper à l'ignominie de l'échafaud, le feriez-vous ?

« — Non. Eussé-je le poison le plus actif, je ne me suiciderais pas. D'ailleurs, la guillotine n'est-elle pas de tous les poisons le plus subtil ? Voici encore pourquoi je ne me suiciderai pas : j'aurais pu me tuer avant d'avoir versé le sang. Assassin, j'ai compris que j'avais établi entre l'échafaud et moi un lien, un contrat, que ma vie n'était plus à moi, qu'elle appartenait à la loi et au bourreau.

« — Ce sera donc à vos yeux une expiation ?

« — Non : une conséquence, l'acquit d'une dette de jeu.

« — Croyez-vous, Lacenaire, que tout soit fini avec la vie ?

« — C'est à quoi je n'ai jamais voulu songer.

« — Pensez-vous ne pas vous démentir un seul instant jusqu'au dernier ?

« — Je crois que je regarderai l'échafaud en face. Le supplice est moins dans l'exécution que dans l'attente de l'agonie morale qui la précède. D'ailleurs, j'ai une puissance telle sur mon imagination que je me crée un monde à moi... Si je le veux, je ne penserai à la mort que devant elle. »

A l'exemple de Lacenaire, tous les criminels de profession prétendent élever à la hauteur d'un principe leurs instincts pervers, leur lâcheté devant le travail quotidien, leur énergie passagère pour le meurtre, leur faiblesse constitutionnelle, dont ils ne savent sortir que dans un accès de frénésie. Ils ne sont en guerre avec la société que parce que le voleur n'y trouve pas sa place.

Duval, arrêté ces temps derniers, ne déclarait-il pas à M. Atthalin que c'était en vertu du droit de *ceux qui n'ont pas* de prendre et de détruire ce qu'ont les autres, qu'il avait pillé et incendié un hôtel rue de Monceau ?

C'est triste à avouer, je l'ai dit, je le répète, rien ne peut ramener ces misérables à des sentiments honnêtes, ni l'idée chrétienne, ni leurs intérêts, ni la vue des malheurs dont ils sont la cause ; rien ne les touche, rien n'arrête leur bras; encore bien qu'à certaines heures ils laissent percer de bons instincts.

Troppmann affectait des allures religieuses. Trois jours avant de monter à l'échafaud, il communia des mains de l'abbé Crozes. Élevé dans les pratiques chrétiennes, il ne lui vint jamais en pensée que son métier de « *grinche* » pouvait l'empêcher de rester fidèle à ces pratiques. Se trouvant à Paris de novembre 1868 à mars 1869, il fit ses pâques à Saint-Laurent. Étant de passage à Cernay au mois d'août 1870, j'ai tout lieu de croire qu'il se confessa le 23 ; le 25, il commençait la série de ses crimes !

Faut-il en conclure que c'était un hypocrite ? Non, mais sa passion de l'or était telle que, comptant sur l'impunité des hommes, il s'était formé vis-à-vis de Dieu une conscience mal éclairée. Il avait cette religion du bandit italien, qui, apercevant un voyageur, baise avec dévotion son paquet de médailles avant d'épauler sa carabine pour que la Madone dirige au bon endroit le plomb meurtrier.

Il connaissait de longue date la famille Kinck. Il y avait été employé et lui avait de la reconnaissance. Il la savait riche, mais crédule. Il fit entrevoir au chef de la famille qu'il y avait une mine d'or à exploiter à Paris. Il fut assez pressant pour l'entraîner loin des siens et le massacrer ; pour revenir un mois après, persuader à sa veuve que l'affaire était en pleine prospérité, mais qu'il fallait lui confier les deux fils aînés afin de les aider, lui et le père ; pour amener enfin toute la famille à lui, la disperser habilement et la réunir dans la même fosse aux environs de Pantin.

Il conçut et exécuta son plan avec une méthode et un flair merveilleux. Je ne serais pas éloigné de croire qu'il en était arrivé à se persuader que la Providence le protégeait, que Dieu était de compte à demi dans ses opérations. Il espérait, une fois maître des papiers et des titres de la famille, filer en Amérique, envoyer de là-bas une procuration au nom de Kinck, réaliser la fortune de ses victimes et s'assurer une petite existence bourgeoise à la façon de Jean Valjean.

Il avoua à l'abbé Crozes que la cause de sa profonde démoralisation était la lecture des romans. A force de vivre dans ce monde imaginaire, il s'était pris d'une belle passion pour ces héros du bagne qui se refont une honnêteté avec les dépouilles de leurs victimes et meurent administrateurs d'un bureau de bienfaisance.

Gamahut, lui, avait été trappiste, à deux reprises différentes. De sa cellule de Mazas, il écrivit au frère Timothée qu'il croyait encore supérieur général, pour se recommander à ses prières. Voici des fragments de cette lettre :

« ..... Vous devez vous demander quel est le malheureux qui ose vous écrire ; hélas ! vous ne me connaissez que trop, car en 1876, vers la fin de novembre, sur une lettre de recommandation de ma tante, Mme Blampain, vous m'admettiez au nombre des frères postulants oblats ; je pris l'habit religieux le 2 février, jour de la Purification, et je sortis de votre monastère vers le mois d'avril 1877.

« Vous devez bien vous souvenir qu'à cette époque ma tante, Mme Blampain, voyant que je quittais le monastère, ne voulut plus me recevoir chez elle, et, depuis ce temps, sa porte m'a toujours été fermée ; alors je portais le nom de frère Tiburce, qui est mon nom de baptême.

« Enfin, vers l'hiver de la même année, je rentrai de nouveau dans votre ordre pour la seconde fois, je pris le nom de Stanislas et quittai définitivement le couvent vers le mois de mars 1878. »

Au cours de sa lettre, Gamahut supplie le supérieur de la Grande-Trappe de le recommander aux prières de la communauté. Puis il prend cet engagement pour l'avenir :

« Si la volonté de Dieu voulait que je ne sois que condamné aux travaux forcés à perpétuité, je m'efforcerais par ma bonne conduite à réparer la faute que j'ai commise, ou plutôt le crime auquel j'ai pris part le 27 novembre 1884. »

Au cas contraire, il promet de s'efforcer de mourir en chrétien repentant. Il termine en sollicitant une réponse.

« Car, dans la situation où je suis, quelques mots de consolation soulagent et cela aide à supporter courageusement sa peine.

« Je termine donc dans l'espérance que vous ne

m'oublierez pas dans vos prières, tout indigne que je suis.

« Un criminel repentant.

« Adolphe-Tiburce GAMAHUT,

« Né le 13 décembre 1861, à Epernay (Marne).
« N° 44 de la 6ᵉ division, à Mazas,
« Boulevard Diderot, PARIS. »

Pendant que Lacenaire attendait à la Force l'arrêt qui devait l'envoyer à Poissy, il y rencontra un détenu politique, M. Vigouroux. M. Vigouroux fut frappé de la tournure originale de cet esprit. Lacenaire lui lut quelques poésies. M. Vigouroux s'intéressa à cet étrange voleur. Il tenta de le ramener au travail. Il ne voyait dans sa condamnation qu'une folie de jeunesse. Lacenaire lui écrivit :

« ..... Soyez persuadé, monsieur, que je m'efforcerai de mériter la bienveillance que vous me témoignez et qui adoucit beaucoup ma position ; elle me relève à mes propres yeux et me prouve que si je ne puis plus aspirer à reprendre dans la société le rang que mes talents auraient pu m'y faire occuper, je puis encore du moins espérer de reconquérir l'estime des personnes éclairées et dénuées de préjugés qui, comme vous, pardonnent au repentir et ne punissent pas un homme toute sa vie pour une faute d'un moment.

« J'aurais peut-être des motifs d'excuse à alléguer vis-à-vis de tout autre, dans les circonstances critiques où je me suis trouvé, les épreuves que j'ai subies et auxquelles je n'ai pas eu la force de résister ; combien je me repens, en me voyant sans cesse entouré de l'écume de la société. Car, s'il y a ici quelques personnes que l'on peut fréquenter, la plupart ne sont, comme vous pouvez le penser, que des gens perdus de vices et abrutis dans le crime ; aussi, plutôt que de retomber dans une semblable maison, je préférerais mille fois endurer ce que la faim a de plus cruel.

« Si j'ai des actions de grâces à rendre à la Providence, c'est de ne pas m'être laissé aller au découragement et au désespoir. C'est à vous, monsieur, que j'en serai redevable ; puissiez-vous jouir de votre œuvre en disant : J'ai ramené un homme du chemin du crime pour lequel il n'était pas né !

« Notre connaissance fera époque dans ma vie, car, sans vous, je ne doute pas, qu'abandonné par tout le monde, j'aurais continué à parcourir une carrière honteuse, de laquelle la nécessité et le délaissement des hommes m'auraient empêché de sortir. »

Lacenaire sortit de prison. Il était dans le dénûment le plus complet. Il parla à son protecteur de son désir de revenir au bien ; il l'assura qu'il regrettait le passé. M. Vigouroux lui donna des habits et quelques secours pour l'engager à persévérer dans ses bonnes résolutions. Il ne les tint pas longtemps. Il avait dit un jour cyniquement à M. Vigouroux :

« — Je ne suis pas un malheureux imprudent, mais un voleur de profession. »

A Poissy, Lacenaire avait coudoyé des misérables dont les exemples et les leçons avaient laissé sur lui leur empreinte. Il avait vu de près le vice et le crime : il ne sut pas échapper à ces souvenirs. Il noua des relations avec ses anciens compagnons de captivité. Tantôt il écrivait, colportant ses œuvres plutôt pour se faire admirer que pour gagner le pain de sa journée; tantôt, quand la faim le mordait, quand le désir de l'or s'emparait trop vivement de son âme, il semait sa route d'escroqueries, de faux, de vols.

« — Mes faux ne m'ont rapporté que 2,000 fr., a-t-il dit lui-même, mais ceux-là seulement qui sont relatés dans l'acte d'accusation. Ceux qui m'ont le plus produit ne sont pas compris dans l'énumération. »

C'était donc une industrie et non pas un accident dans son existence ; ses professions de commis-voyageur et d'écrivain public n'étaient pas sérieuses.

Un autre, qui, au temps de Lacenaire, a eu son heure de triste célébrité, Jadin, jouait au *petit manteau bleu* à ses moments perdus. Ce Jadin tenait avec une fille Rosalie un café rue Saint-Germain-l'Auxerrois. A ce commerce il joignait la profession beaucoup plus lucrative de voleur. Il excellait dans la fabrication des fausses clefs. Un jour il fut arrêté. La fille Rosalie le détermina à faire des révélations pour ne pas aller au bagne et faire son temps dans les prisons de Paris.

Quatre ans plus tard, grâce aux services qu'il avait rendus à la police, Jadin obtenait des lettres de grâce. Dès qu'il fut mis en liberté, il alla rendre visite au chef de la police de sûreté et le remercia, les larmes aux yeux, de toutes les bontés qu'on avait eues pour lui. Il ajouta qu'il avait la promesse d'être occupé par l'entrepreneur de serrurerie de la Roquette et que, sûr de gagner honorablement son pain, il voulait abandonner ses habitudes de débauche et fuir ses anciens camarades. Jadin était sincère et se croyait guéri.

Il travaillait depuis trois mois dans les ateliers de

M. Fontannier, lorsqu'il rencontra Séguin et Valhin, voleurs de profession, avec lesquels il avait « travaillé ».

Il leur raconta sa vie, ses résolutions, ses moyens d'existence ; ceux-ci accueillirent ses confidences par des plaisanteries. Le travail manuel n'était bon que pour les brutes et les imbéciles ! Ce n'était pas pour trois malheureux francs qu'un homme, un homme capable surtout, devait se ravaler et travailler du matin au soir ! Ils firent briller à ses yeux quelques bijoux, tinter à son oreille quelques pièces d'or, lui rappelèrent ses anciens succès et les orgies qu'ils avaient faites ensemble.

Réveillant tour à tour sa vanité, sa paresse, son amour du plaisir et de la bonne chère, ils firent évanouir ses résolutions en quelques heures. Jadin reprit avec fureur ses anciennes habitudes, ce qui ne l'empêchait pas d'avoir à ses heures des élans de compassion.

Un jour, il entre dans une maison de la place Royale et monte l'escalier pour chercher une aventure. Une porte s'offre à lui, il frappe sans obtenir de réponse ; il frappe une seconde fois : même silence ; il fait usage d'une fausse clef et pénètre dans la chambre ; mais, à la vue du mobilier, il s'arrête stupéfait ; des mesures en papier accrochées à un clou lui annoncent qu'il est chez une couturière ; un mauvais lit, une commode vermoulue, quelques chaises boiteuses, tel est l'ameublement ; sur la cheminée une cage avec un serin dont la mangeoire est presque vide ; tout annonce la misère, mais tout est propre et rangé.

— Dieu me pardonne ! s'écrie-t-il, celle que je

venais voler est pauvre comme Job », et, fouillant dans sa poche il en tire les deux seules pièces de cinq francs qu'il possédait, les dépose dans la cage, et s'échappe.

Une autre fois, il s'arrête devant une maison de modeste apparence de la rue du Rocher, il grimpe les cinq étages d'un escalier étroit, humide, obscur; une porte est devant lui, il frappe plusieurs fois et entre à l'aide de ses fausses clefs. Là encore la vue de l'intérieur ne répond pas à ses espérances : un grabat et une armoire démantelée forment tout le mobilier; il trouve une mauvaise paire de draps et un livret d'ouvrier chapelier. Tout à coup un papier posé sur la cheminée frappe ses yeux : c'est un congé par huissier, donné au locataire à défaut de paiement d'un terme de 20 francs.

« — Vraiment, dit-il, en voilà un qui est plus malheureux que moi. »

Prendre sur le congé l'adresse du propriétaire, le nom du locataire est l'affaire d'un instant ; puis il se rend chez le premier.

« — Monsieur, lui dit-il, voici 20 francs que M. Durand, votre locataire, m'a chargé de vous remettre, en vous priant de vouloir bien retirer votre congé. Ayez l'obligeance de me donner la quittance. » Il sort, met la quittance sous enveloppe et l'adresse par la poste à l'ouvrier chapelier.

En revanche, le 1er janvier 1839, il assassinait sans pitié une jeune fille qui l'avait surpris en train de « travailler ». Voici comment lui-même racontait cet « accident » :

« Le 1er janvier, Fréchard, avec lequel je m'étais

trouvé en prison, était venu me voir et me souhaiter la bonne année. Une politesse en vaut une autre : je l'emmène déjeuner chez un marchand de vins, rue de l'Arcade. On cause, on boit, et à la fin du repas je lui propose de m'accompagner à la prison de la Roquette où mon beau-frère était alors détenu.

« — Ce serait avec plaisir, répondit Fréchard, mais je ne puis sortir dans l'état de misère où je me trouve.

« — Bah ! n'est-ce que cela ? Viens avec moi, je vais te procurer des effets et de l'argent ; ce ne sera pas long. » Nous avions la tête échauffée par le vin, nous arrivons rue des Petites-Écuries.

« — Tiens, lui dis-je en lui montrant le numéro 41, voilà une belle maison dans laquelle il doit y avoir des bourgeois et conséquemment des domestiques. Je vais aller rendre visite à la *cambriole* — chambre — de l'un d'eux. Attends-moi là, je ne serai pas long. »

« J'entre dans la maison, je monte l'escalier, la concierge court après moi pour me demander chez qui je vais, je lui jette le premier nom qui me passe par la tête et me voilà au cinquième étage. J'avais sur moi un tourne-vis. En une seconde, je force une serrure, d'ailleurs mauvaise comme toutes celles qui ferment les chambres de domestiques. Je fouille dans les meubles, je prépare le paquet que je veux emporter; mais à ce moment je me retourne et j'aperçois une jeune fille qui se met à crier : « Au voleur » ! Je me précipite sur elle, je comprime ses cris en lui mettant la main sur la bouche et je lui dis :

« — Taisez-vous ! de grâce, taisez-vous. J'ai déjà

été condamné et, si l'on m'arrête, je suis perdu. Taisez-vous, ou vous êtes morte. »

« Cette menace l'intimide ; elle me laisse partir.
Mais à peine ai-je descendu quelques marches qu'elle
se met à crier de nouveau. Oh! alors, un nuage de
sang me passe devant les yeux. Je vois en perspective la cour d'assises et le bagne ; et pour échapper à
cette vision effrayante, je m'élance sur la jeune fille,
je l'entraîne dans une chambre vide en face de la
sienne ; je la renverse sur le dos en plaçant mon
genou sur sa poitrine et lui tenant le cou avec la
main gauche ; puis de mon autre main je fouille dans
ma poche, j'en tire un couteau catalan à lame très
étroite et, après l'avoir ouvert avec mes dents, je
l'enfonce dans sa gorge à trois reprises.

« Cette action commise, je descends en affectant
beaucoup de calme et je vais retrouver Fréchard. »

Cartouche avait eu, lui aussi, son heure d'attendrissement :

..... Un marchand drapier, par une belle nuit de
décembre 1719, s'en allait piquer une tête dans la
Seine, déjà il était monté sur le parapet du Pont-Neuf,
lorsqu'un bras vigoureux le retient par la jambe :

« — Eh! l'ami, êtes-vous fou? Il me semble qu'il
fait quelque peu froid pour prendre un bain dans la
Seine!

« — Monsieur, laissez-moi, je vous prie, je suis un
malheureux, je veux me noyer, il le faut ; il faut
absolument que je me noie.

« — Je ne vous dis pas non ; mais descendez un
peu et me contez votre affaire ; si je n'y puis porter

remède, il sera toujours temps de vous jeter à l'eau;
la rivière ne s'en ira pas, que diable !

« — Monsieur, je suis ruiné, on me mettra en faillite à la fin du mois; je n'y survivrai pas, je n'y veux
pas survivre.

« — Je pense bien que vous n'y survivrez pas si
vous vous suicidez à l'avance; mais d'un autre côté,
si vous payez, on ne vous mettra pas en faillite.

« — Payer! vous en parlez à votre aise, et avec
quoi? puisque je vous dis que je suis ruiné, complètement ruiné.

« — Je vous dis, moi, de descendre, ou je vous pose
par terre, cela me fatigue la saignée de vous tenir
comme cela en l'air. Là, à la bonne heure, prenez
mon bras et causons de bonne amitié... Combien
devez-vous?

« — 27,000 livres.

« — Diable! c'est un beau denier. Ça, vous avez
donc bien peur d'un joli petit bonnet vert et d'une
heure de pilori?

« — Monsieur, je suis un honnête homme.

« — Vous me l'avez déjà dit. Seulement, c'est fâcheux.

« — Comment, c'est fâcheux?

« — Oui... j'avais une petite idée... Enfin, n'importe, il faut vous secourir sans que vous paraissiez
vous en mêler, et de fait vous ne vous en mêlerez
pas; je tiens mon moyen.

« — Monsieur, je ne vous comprends pas.

« — Vous n'avez pas besoin de comprendre ; au
contraire, si vous compreniez, cela ne vaudrait plus
rien. Ecrivez à vos créanciers, dites-leur de venir

demain soir, à sept heures, chez vous, avec leurs
pièces, que vous les paierez intégralement.

« — Mais avec quoi, Monsieur?

« — Avec ce que je vous apporterai apparemment.
Mais, à propos, il me faut votre adresse... Bien! à
demain, sept heures. En attendant, prenez ces
3,000 livres, pour vous prouver que je ne veux pas
me moquer de vous.

« — Monsieur, vous êtes un ange du bon Dieu!

« — Ce n'est pas l'opinion générale, mais n'importe, bonne nuit! Et maintenant que vous avez de
l'argent, rentrez vite chez vous, les rues ne sont pas
sûres. »

Le lendemain, à sept heures du soir, Cartouche se
rendait chez le marchand drapier, où il trouvait tous
les créanciers réunis; pas un n'avait eu garde de
manquer un pareil rendez-vous. Presque tous
avaient devancé l'heure, le pauvre drapier avait
raconté à chaque nouvel arrivant l'histoire attendris-
sante de son suicide de la veille. Aussi, dès que Cartouche entra, fut-il accueilli par d'unanimes expressions de respect et d'admiration. Le drapier avait
quelque peine à reconnaître son sauveur. Son costume
grave et digne tenait de l'abbé et du procureur;
comme il faisait tout ce qu'il voulait de sa figure, il
s'était, pour la circonstance, donné plus de cinquante
ans, avec un petit air souffreteux et tout à fait débon-
naire.

« — Trève de compliments, messieurs, je n'en mérite aucun; l'argent que je vais avoir l'honneur de
vous distribuer ne m'appartient pas, à proprement
parler, je vous en donne ma parole d'honneur. Il

sort de la caisse de certains jeunes gens de mes amis.
dont la vie n'est pas absolument des plus régulières
et qui veulent s'assurer ainsi les prières d'un honnête homme ; car c'est un honnête homme, n'est-ce
pas, que monsieur ? »

Chœur des créanciers unanimes à vanter l'honneur, la probité, les vertus du débiteur qu'ils allaient
mettre en faillite à la fin du mois, et que la veille
encore ils avaient contraint au suicide.

« — Il se fait tard, interrompit Cartouche, ouvrant
son portefeuille, procédons à notre petite affaire ; il
n'est pas sain de courir les rues la nuit avec des valeurs dans ses poches. »

Assentiment unanime des créanciers, chœur de
malédictions à l'adresse de Cartouche et de ses exé-
crables compagnons ; vœux énergiquement exprimés
pour leur prompte capture. Notre héros, bien
entendu, criait plus haut que les autres.

Puis chaque créancier exhiba ses billets ; le marchand ayant attesté leur exactitude, Cartouche en
compta à chacun le montant jusqu'à l'entier épuise-
ment des 27,000 livres. L'honnête drapier fit servir du
ratafia et l'on but à la santé de ses bienfaiteurs
inconnus.

Enfin, comme il n'est si bons amis qui ne se quittent,
on parla de se retirer. Chacun tenait à honneur de
reconduire Cartouche jusqu'à son domicile qu'il avait
indiqué de l'autre côté de la rivière. Il accepta l'escorte des créanciers, mais exigea absolument que le
drapier restât chez lui pour se remettre des émotions
de cette journée et de celles de la veille.

On devine le reste. A peine nos gens mettaient-ils

le pied sur le Pont-Neuf qu'ils étaient assaillis par la troupe de Cartouche. Celui-ci donnant l'exemple de la résignation, se laissait fouiller et dévaliser avant les autres.

Sous ce titre : *Un galérien bon enfant*, un journal racontait, il y a quelques années, le trait suivant :

« Trois forçats se sont évadés dernièrement du bagne de Toulon, deux ont été promptement arrêtés; le troisième vient de rentrer au bagne dans des circonstances assez singulières. Après avoir essayé de se nourrir de racines, il a dû capituler devant la faim. Mais il a voulu terminer son escapade par une bonne action : il est allé trouver un pauvre diable sans le sou et lui a proposé de le ramener au bagne afin de lui faire gagner la prime de 100 fr. accordée aux capteurs. Le marché a été lestement conclu, et, à cette heure, le forçat a reçu les douze coups de corde réglementaires, en faisant gagner 100 fr. à un honnête homme qui en avait grand besoin. »

Un des plus dangereux voleurs de profession, Corbière, mort à la Guyane, posait pour l'homme inoffensif envers les personnes. Il avouait ses vols, mais il se défendait d'avoir jamais commis un acte de violence; ainsi, à la prison de Montargis, on lui avait proposé une évasion à la condition d'employer la force contre le gardien, Corbière refusa.

« — La violence, dit-il, ça n'est pas mon système. »

Il racontait qu'après son évasion, se rendant de Saclas à Etampes, il avait rencontré sur la route une petite fille qui portait un sac de 200 francs. Comme le sac fatiguait la petite fille, il l'aida à porter l'argent jusqu'à destination et lui rendit la somme intacte.

Je ne nie pas ces faits, ni d'autres. Ils prouvent qu'à leurs heures, les voleurs de profession sont capables d'un bon mouvement, mais les voit-on pour cela revenir au bien ? L'idée chrétienne a-t-elle converti Troppmann, Gamahut? La joie de faire des heureux a-t-elle fait rebrousser chemin à Jadin, à Cartouche, à Corbière, aux autres?

Ces gens-là ont une optique différente de la nôtre. Leur cerveau a des lésions qui le rendent impropre à la transmission de certaines dépêches. Il ne vibre qu'à l'appel des passions malsaines. Ils considèrent l'honnêteté comme une convention sociale, sans réalité objective, comme une vertu qui varie suivant les latitudes et les conditions.

L'histoire suivante a été racontée à un officier par le héros lui-même, mort au bagne de Toulon :

« ... Je suis né à Paris au mois d'août 1779, dans la rue de Buffon. Mon père était bourrelier et le voisinage du marché aux chevaux lui attirait beaucoup de pratiques qui faisaient prospérer son commerce. Ma mère s'occupait de l'éducation de ma sœur aînée et des soins du ménage; quant à moi, comme j'étais fils unique, j'étais fort gâté dans la maison, et pourvu que je fusse là aux heures des repas et le soir quand on fermait la devanture de la boutique, on me laissait tranquille et courir tout à mon aise.

« Je fis la connaissance de gamins de huit à dix ans, dont le métier consistait à fouetter les chevaux

que les maquignons venaient attacher aux poteaux
du marché et à les faire courir quand un acheteur se
présentait. Tous ces enfants de dix à quinze ans bu-
vaient de l'eau-de-vie et portaient déjà sur leur
figure les marques de maladies honteuses. Beaucoup
ont échoué au bagne de Toulon.

« C'est alors qu'éclata la Révolution. Mon père, qui
avait pris le nom de Mutius Scœvola, était un des
premiers agitateurs. Un pistolet à la main, des car-
touches dans mes poches, j'assistai à la prise de la
Bastille, à la journée du 10 août, et plus d'un Suisse,
plus d'un officier des gardes sont tombés frappés de
mes balles que je dirigeais mieux qu'un autre; on ne
se méfie pas d'un enfant. Mon père s'était, comme
beaucoup d'autres, enrichi des dépouilles des morts, et
son fonds de boutique s'étant considérablement aug-
menté, il exigeait de moi que je restasse à l'atelier.
En revanche, j'étais libre la nuit. C'est alors que je
commençai à vivre de cette existence de continuelles
émotions dont vous ne pouvez vous faire une idée.
Parfois dans une bataille ou dans une émeute, vous
entendez gronder le canon ou siffler quelques balles
à vos oreilles, rarement vous livrez un combat à
l'arme blanche, et puis vous rentrez dans vos camps
ou vos garnisons faire un service bien tranquille.
Nous, brigands, voleurs de nuit, assassins, notre vie
est menacée à toute heure. Le marin soupire après
les mers et les tempêtes; il s'ennuie à terre; le militaire retraité regrette son existence passée. Eh bien!
moi, vieillard déjà mort pour le monde, on me
rendrait la liberté, que demain je serais encore voleur ! L'or, les diamants, tout ce qui brille me

donne une envie irrésistible d'en devenir possesseur.

« Lorsque notre journée de travail était finie, nous nous réunissions, quatre de mes camarades et moi, dans un cabaret qui sé trouvait vis-à-vis du cabinet d'histoire naturelle. Nous nous cotisions et nous buvions plusieurs bouteilles d'eau-de-vie et de vin en méditant nos coups. De cinq que nous étions, j'ai seul survécu; deux sont morts en Russie, un a été raccourci et le quatrième est mort au bagne.

« Lorsque nous étions suffisamment échauffés par le vin et le trois-six, nous nous mettions en campagne et nous dévalisions tout ce qui se trouvait à notre portée. Le plus âgé connaissait un juif qui achetait le tout sans s'occuper de la provenance.

« Nous étions très habiles à voler les montres des boutiques; je me rappelle un malheureux parfumeur à qui j'ai volé au moins deux cents pains de savon et autant de brosses et qui finit par abandonner le quartier, désespéré de ne pouvoir saisir le voleur. L'un de nous allait marchander et l'autre pendant ce temps, faisait passer dans sa poche tout ce qui se trouvait à sa portée. C'est à force de travail que j'ai acquis dans les doigts cette dextérité de prestidigitation, à laquelle je suis redevable aujourd'hui du bien-être que me procure la vente des petits objets que vous me voyez confectionner si facilement.

« A l'âge de quinze ans, nous connaissions déjà l'argot et toutes les ruses du métier. Nous avions de faux cheveux, de fausses barbes, des habits de toutes façons. Nous n'avions pas de chef et nos parts de prises étaient égales. Le plus instruit avait une sorte d'ascendant sur les autres ; il avait lu des romans et

des comédies et nous apprenait à nous grimer comme
des comédiens. Nous nous mettions en campagne
depuis huit heures du soir jusqu'à minuit, car nous
avions presque tous un état qui nous occupait dans le
courant de la journée; nos maîtres et nos parents ne
s'inquiétaient guère de ce que nous devenions après
le travail, enchantés de ne nous voir jamais leur
demander d'argent.

« La vie du régiment changea cependant un peu
mes habitudes; on était surveillé de très près et l'on
m'aurait fusillé comme un chien si l'on m'avait pris
en faute. Je restai un an soldat sans que l'on eût trop
à se plaindre de moi. C'est alors qu'on nous dirigea
sur Toulon pour nous embarquer. Quand nous fûmes
dans cette ville qui devait être ma dernière résidence,
la vue de la mer me donna des idées de liberté, qui
me firent détester plus que jamais mon uniforme de
pousse-caillou. Aussi, la veille du départ, je vendis
ma défroque militaire à un juif de ma connaissance et
je pris en échange des habits de colon américain, une
perruque rousse, des lunettes et une grande barbe.
Je me promenai tranquillement dans la ville avec
cet attirail; j'avais acquis au plus haut point l'art de
me grimer.

« Il y avait dans le port un vaisseau marchand qui
avait pour destination Rio-de-Janeiro; je m'y embar-
quai comme passager. Un de mes camarades de régiment m'avait vendu un passeport en règle. Je le fis
viser sous le nom de Ferdinand Denis, et je m'em-
barquai.

« L'idée de revoir Paris, dont j'étais absent depuis
six ans, me poursuivait. Je mis de côté le plus d'ar-

gent possible et, un jour, déguisé en matelot, je repris le chemin de la France avec quinze mille francs en poche. J'arrivai à Paris au milieu de l'agitation qui suivit le 18 brumaire.

« J'allai me loger dans un galetas de Belleville et je plaçai mes quinze mille francs sur la Banque; c'est là le commencement de ma fortune. Je n'étais ni libertin, ni ivrogne, j'étais voleur; c'était ma passion et je voulais être riche à tout prix.

« Un soir que je fumais ma pipe tranquillement devant une chope de bière, je vis entrer un grand jeune homme, vêtu d'une blouse grise, la casquette aplatie sur l'oreille droite. Il alla s'asseoir à côté du comptoir et demanda une bouteille de vin à quinze. La maîtresse du bouchon s'étant levée un instant de son comptoir, je le vis tirer un foulard qu'elle avait laissé sur son banc, le mettre dans sa poche et s'en aller tranquillement sans payer son écot. Je fis semblant de ne pas m'en apercevoir. La bourgeoise revint, cherchant partout son foulard sans penser à l'individu qui l'avait volé.

« Pour moi, je fus frappé de l'agilité avec laquelle il avait fait le foulard.

« — Voilà mon homme, me dis-je, le gaillard n'est pas à son début.

« Je me mis à sa piste. Nous eûmes bientôt fait connaissance et quelques bouteilles de vin cimentèrent notre traité, d'après lequel nous ne devions pas faire un grand coup sans la participation de l'autre et sans en partager les bénéfices comme les périls.

« Les grands coups étaient les vols de nuit, les vols avec escalade, les vols de valeurs considérables, enfin toutes les opérations où l'on est exposé à jouer du couteau.

« Nous nous étions réscrvé comme distraction dans notre isolement, les petits coups, tels que vols de foulards, de montres, etc...

« Nous fréquentions les abords des diligences et nous saisissions nos victimes au débarqué ; nous allions les demander à l'hôtel où elles descendaient. Après avoir lu leur nom sur leurs malles, nous nous faisions donner leurs passeports sous prétexte qu'on les demandait à la préfecture de police et nous les vendions ensuite très chers aux camarades.

« D'autres fois, déguisés en portefaix, nous leur proposions un meilleur marché que les autres ; nous prenions leur valise sur nos épaules et, au détour d'une rue, *psit* ! les jambes à notre cou nous filions ; le provincial ébahi cherchait en vain dans le dédale des rues le porteur de la malle qu'il ne devait plus revoir qu'au Temple, s'il se donnait la peine d'aller l'y acheter quelques jours après.

« Nous avions deux logements. Aussitôt que l'un de nous avait rapporté quelque chose, on le rendait méconnaissable. L'or, l'argent, les bijoux que nous trouvions étaient fondus au creuset, les diamants vendus à un juif du Temple qui était notre recéleur ; les habits, coupés en morceaux, étaient vendus à un marchand de guêtres et de casquettes, qui utilisait le drap ; les boutons à un autre juif ; enfin, la malle, remise à neuf, recevait un vernis noir. C'est aux précautions inouïes que nous prenions pour faire disparaître la trace de nos vols que nous dûmes une longue impunité.

« Mon camarade avait été serrurier; aussi forçait-il les serrures avec une habileté inconcevable ; il n'y avait pas de portes fermées pour lui. Quand la serrure était trop difficile et qu'il y avait des verrous à une porte, il avait un compas dont une extrémité était terminée par un demi cercle denté en forme de scie ; en cinq minutes il enlevait un cercle de bois d'un diamètre assez grand pour passer le bras en dedans et ouvrir ainsi verrous et serrures, comme si l'on était dans la chambre.

« Les dimanches et les jours de fête étaient pour nous les jours des plus grands succès.

« Les Parisiens qui ont travaillé toute la semaine sont enchantés quand, le dimanche, le beau temps leur permet d'aller faire une promenade soit sur le boulevard, soit à la campagne. On ferme la boutique, le magasin, et personne ne reste à la maison.

« Nous entrions dans les maisons, le plus souvent habillés de noir, portant le ruban à la boutonnière et connaissant les noms des personnes que nous allions dévaliser, afin de ne pas nous trouver embarrassés si l'on nous demandait chez qui nous allions. Nous faisions main basse sur l'argent, les dentelles, etc. Souvent nous nous déguisions en curé de campagne demandant des secours pour sa paroisse, muni des meilleurs certificats.

« Nous fûmes souvent surpris ; mais nous trouvions toujours moyen de nous échapper, tantôt en jetant une poignée de poivre aux yeux de celui qui nous surprenait, tantôt en le garrottant et en lui mettant un mouchoir sur la bouche pour l'empêcher de crier.

« Quand nous pouvions nous introduire dans une

maison, pendant la nuit, nous étions bien plus sûrs
de réussir. Nous nous cachions la tête sous un
énorme capuchon blanc percé de deux trous pour
les yeux, tels que ceux des pénitents. L'un de nous
se tenait près du lit un poignard à la main, tandis
que l'autre, muni d'une lanterne sourde, faisait une
visite domiciliaire. Plus d'une personne en se réveillant, saisie de frayeur, était clouée sur son lit par ces
mots :

« — Si tu bouges, tu es mort! » Plus d'une vieille
bigote est encore persuadée que le diable en personne est venu la voler.

« Nous ne nous contentions pas de Paris, la ban-
lieue et quelquefois la province devenaient le théâtre
de nos opérations.

« Les bons bourgeois de Paris, dès qu'ils se sont
enrichis, louent ou achètent une petite bicoque aux
environs, à Auteuil, à Boulogne, à Enghien, à Passy,
à Saint-Mandé, etc., et le dimanche ils vont passer la
journée à la campagne. Quand ils repartent pour
Paris, le dimanche soir ou le lundi matin, ils se con-
tentent de fermer la porte, de mettre la clef dans
leur poche et s'en vont bien tranquilles, laissant sans
gardien une maison souvent isolée. Autant vaudrait
laisser la porte ouverte, ce serait plus sûr. Nous
autres voleurs, nous nous défions des portes ouvertes
qui annoncent la sécurité ou du monde dans le voisinage. Nous ne craignons pas les chiens et nous avons
un moyen de leur imposer silence. Une lumière dans
une chambre pourrait bien aussi nous arrêter quelque temps.

« Nous allions donc à la campagne, et nous faisions de bonnes trouvailles, d'autant plus que nous avions le temps de chercher sans être interrompus. Le lendemain, ou quelques jours après, nous lisions dans les journaux :

« Un vol important a été commis à X..., au préjudice de M. Z..., dans sa maison de campagne; les voleurs ont profité de son absence pour s'introduire pendant la nuit, la police est sur les traces. »

« Au bout de dix ans, nous avions amassé tous les deux neuf mille livres de rentes placées sur le grand-livre.

« Nous avions vécu avec la plus stricte économie : les galetas où nous vivions nous coûtaient dix francs par mois; nous n'usions ni bois ni chandelle, et, comme les soldats, nous lavions notre linge nous-mêmes. Quant à notre nourriture, elle nous revenait à quinze sous par jour.

« Cependant mon camarade me dit un beau jour :

« —Moi, je me trouve assez riche comme je suis, et je veux partir pour les Etats-Unis, je veux jouir de la vie pendant que je suis encore jeune. »

« Il réalisa ses fonds et s'embarqua pour Philadelphie.

« Nous demeurions, Autorita et moi, dans un faubourg isolé, à Versailles. Près de notre maison se trouvait une jolie habitation entourée d'un jardin magnifique et qui appartenait à une vieille dame qu'on disait fort riche, qui passait l'hiver à Paris et l'été à Versailles. Les murs de notre cour donnaient sur son jardin; je résolus de la dévaliser. J'envoyai Autorita à Paris pour deux jours, et j'entrai une nuit par le jardin, muni de tous les instruments nécessaires à l'effraction et à l'ouverture des portes.

« Un vieux portier gardait seul la maison. Je l'avais fait boire de manière à l'endormir. Je trouvai bijoux, argent, cachemires; je fis main basse sur le tout et j'allai à Paris vendre l'argenterie que j'avais fondue. On parla du vol dans les journaux et la chose en resta là. Un jour que j'étais absent, Autorita, qui avait le défaut de fouiller partout, trouva dans le recoin d'une armoire un des cachemires volés que j'y avais oublié. Il était à son goût, elle le mit sur ses épaules, et, comme il faisait beau, elle alla se promener dans le parc.

« Le malheur voulut qu'elle y rencontra notre vieille voisine, qui, reconnaissant son châle, tomba, furieuse, sur Autorita, le lui arracha en la traitant de voleuse, etc. La foule s'ameuta, la police intervint, Autorita fut jetée en prison malgré ses protestations d'innocence.

« Je fus reçu par les gendarmes à mon arrivée à Versailles, et conduit en prison à mon tour. La découverte de ce vol entraîna la découverte d'une partie de mes antécédents; mes juges m'envoyèrent à la cour d'assises, qui m'a condamné aux travaux forcés à perpétuité.

« Autorita m'est restée fidèle; elle a réuni le peu d'argent qui nous restait et a acheté ici un fonds de blanchisseuse. Elle me fait passer quelques secours qui, joints à ce que je gagne, me rendent la vie moins dure... »

Le vol est donc bien l'unique métier des voleurs de profession; tant pis s'ils sont quelquefois obligés de tuer ceux qui les gênent. C'est un accident qu'ils regrettent, mais dont ils ne se reconnaissent nullement responsables. Ils sont en cas de légitime défense. Pourquoi les trouble-t-on dans leur travail? Que la société leur accorde une place comme à tout le monde, qu'elle les laisse exercer en paix leur profession, et ils seront doux comme des agneaux. L'or n'a pas d'odeur. Pour en gagner tous les moyens sont bons, et les meilleurs sont les plus infaillibles; or, le métier de « grinche » est excellent. D'ailleurs ce métier exige de l'habileté, de la patience, un long et pénible apprentissage. Aussi rien ne le leur fera abandonner, devraient-ils, pour l'exercer, fouler aux pieds le corps de leur mère, vendre leurs filles, façonner au vice l'âme de leurs enfants; ils sont prêts à toutes les hontes, prêts à toutes les ignominies.

CHAPITRE II

L'évasion. — Une jolie famille. — Le cabaret des *Pieds humides*. — Le jeune Molutor. — Le mauvais pauvre. — L'espion.
— A l'école Bossuet. — A la Grande-Roquette.

Dans la nuit du 8 au 9 juin 1864, la nuit même où Heidenrech dressait l'échafaud sur la place de la Roquette, pour l'exécution de La Pommerais, une évasion qui tient du prodige s'accomplissait à la Petite-Roquette, dans des conditions stupéfiantes d'audace et de succès.

Vers neuf heures du soir, un jugé, à peine âgé de treize ans, faisait sauter, à l'aide de son couteau, la toile métallique fixée à la partie supérieure de sa fenêtre, et sur laquelle s'applique le carreau mobile que le détenu peut ouvrir ou fermer à volonté, et à l'aide duquel se fait la ventilation de sa cellule. Il avait approché son lit de la fenêtre, et, grimpé sur une chaise posée sur le lit, il venait de passer avec précaution sa tête par cette ouverture pour inspecter la cour...

La cour est déserte.

Devant lui, dans la nuit profonde, se silhouettent

sur les fenêtres de la prison les masses sombres des monuments.

Dans l'intérieur de la prison, le silence est complet. Il perçoit à peine le va-et-vient monotone du gardien, dont les pas réguliers se scandent comme les battements d'une horloge.

Au loin, il entend sourdre une vague rumeur, indistincte d'abord, puis plus perceptible, à certains moments éclatante, pareille aux premiers remous du flot qui vient emplir la grève. Ces curieux qui déferlent sur la place de la Roquette, viennent voir mourir La Pommerais.

A cinq heures du matin, ce grand criminel, marié à peine depuis trois ans à une charmante femme, doit dire adieu à la vie.

C'est pour lui que les aides d'Heidenrech dressent l'échafaud.

C'est pour lui faire cortège que le « Tout-Paris », qui ne s'est pas couché, s'entasse sur la place de la Roquette.

Ces bruits, dont notre fugitif connaît la cause, le rassurent.

« — Tout le monde, pense-t-il, sera occupé de La Pommerais, les gardiens eux-mêmes courront à ce spectacle, personne ne songera à moi. »

Ayant jeté un dernier coup d'œil, il prend son parti. A reculons, passant les jambes en premier, par le vide de la toile métallique arrachée, il se laisse glisser à l'extérieur le long de la fenêtre, jusqu'à la corniche qui sépare le premier étage du second ; un étroit et mince bourrelet de pierre courant le long de la façade.

Se cramponnant de la main droite au tableau de
la fenêtre de sa cellule, il étend le bras gauche jusqu'à ce qu'il ait atteint, de l'extrémité de ses doigts,
le tableau de la fenêtre suivante. Le corps ainsi collé
contre la muraille, le bout des pieds posé sur la corniche, les bras étendus entre les deux saillies des fenêtres, il semblait une de ces monstrueuses araignées,
que l'on voit le soir s'attacher de leurs grands bras
fourchus aux aspérités des maçonneries.

L'oreille au guet, épiant le moindre bruit, il avance
lentement, contraint, par le danger incessant d'être
découvert, à prendre de minutieuses précautions. Le
moindre bruit peut le trahir : le frôlement de ses
bras contre un carreau, le grincement aigu de ses
ongles sur le plâtre, la chute d'un gravier détaché
par les clous de ses souliers, sa respiration qui devient haletante, oppressée.

Il doit ainsi parcourir l'espace de six fenêtres.
L'heure qu'il mit à franchir cette distance relativement courte est restée dans ses souvenirs comme un
des moments les plus remplis d'angoisse de son existence.

Le moindre mouvement en arrière peut le précipiter dans le vide. Il sent ses bras qui se raidissent,
ses doigts s'écorchent, tout son être tremble de fatigue et d'inquiétude.

« — Mort si je tombe, pris si je reste, grommela-
t-il tout à coup, il faut avancer. »

Lorsque la lueur crue de la lune éclairait les murs
blancs il lui était plus facile de se guider, mais il tremblait que la silhouette de son corps, marquée en noir,
contre la muraille, ne fût aperçue de quelque gar-

dien. A chaque éclipse de lune, il se sentait arrêté par la crainte de ne plus pouvoir avancer. Il avait peine à assujettir ses pieds sur le rebord étroit de la corniche; ses mains tremblaient en cherchant à se cramponner aux tableaux successifs des fenêtres qu'il fallait atteindre, les unes après les autres.

Comme il arrivait à la troisième fenêtre, il s'entendit appeler :

« — Molutor ! Molutor ! »

En l'état de frayeur où il était, sa première pensée fut qu'un gardien l'avait reconnu et le hêlait au passage.

Il était perdu.

On allait donner l'alarme, réveiller les surveillants, se saisir de lui. Il entrevoyait avec épouvante les nombreux jours de cachot qu'il aurait à faire. Cependant l'instinct de la conservation le fit se cramponner avec plus d'énergie.

L'appel ne s'était pas répété.

Il prêta de nouveau l'oreille.

Rien.

« — Je me suis trompé, » pensa-t-il, et il continua son glissement périlleux le long de la muraille, quand du vasistas de la quatrième fenêtre qu'il atteignait, un nouvel appel très bas, mais très distinct, l'épouvanta à ce point qu'il faillit lâcher prise :

« — Molutor ! Molutor ! »

Il réprima un cri. En passant devant la fenêtre, il reconnut un de ses co-détenus qui, voyant cette ombre se dresser, s'était hissé jusqu'au carreau.

Molutor reconnut le *Kalmouck*, un petit être immonde, aux yeux obliques, au nez épaté, aux grosses lèvres sensuelles. Le Kalmouck avait les mains grasses et courtes, les pieds larges, plats et palmés, un gros cou et des hanches proéminentes. De son vrai nom, il s'appelait Fouché (Auguste-Valentin). Il était né à Paris, dans le quartier de Belleville, et fut un des principaux acteurs de la révolte du pénitencier de l'île du Levant. Ce petit misérable avait tué un jeune enfant de son âge, qui avait été trouvé étouffé dans un chantier de bois après avoir subi les plus odieux outrages. Comme ce cadavre n'avait aucune trace de blessures, le Kalmouck fut soupçonné d'avoir fait retomber sur son camarade, avec lequel il avait joué toute la journée, la pile de bois sous laquelle il était mort étouffé.

« — *Quelle bonne sorgue pour une crampe* [1]! lui dit tout bas le Kalmouck.

« — Tais-toi, murmura avec effroi Molutor. *Décarre, qu'est-ce que tu maquilles ici?* [2].

« — Tu es un rude *mion ! le môme pantinois n'est pas maquillé de fertille lansquinée !* [3] Bonne chance ! *Les cognes ne sont pas là* [4].

Molutor avait atteint la cinquième fenêtre. Il fit un dernier effort pour gagner la sixième. Il était arrivé à l'angle du bâtiment. Il saisit la conduite de fonte qui sert à l'écoulement des eaux, grimpa comme un chat et arriva sur le toit.

Une horloge sonnait.

---

[1] Quelle bonne nuit pour une évasion!

[2] Va-t-en! qu'est-ce que tu fais ici?

[3] Enfant! L'enfant de Paris n'est pas fait en paille mouillée.

[4] Les cognes, les agents.

Il compta douze coups.

Accroupi derrière le montant d'une cheminée qui le dérobait à tous les regards, il se reposa et reprit haleine.

En se penchant un peu, il apercevait la place de la Roquette éclairée par le mince reflet des reverbères clignotants. La foule, de plus en plus compacte, y bruissait, dominée çà et là par les gardes à cheval, dont les sabres nus scintillaient.

Devant le porche de la Grande-Roquette, une machine s'élevait sinistre. Dans l'air retentissaient des coups de marteau pressés, et sous les arbres feuillus les montants se dressaient, terribles dans leur simplicité.

L'enfant, oublieux de sa situation, détaillait ce spectacle.

De la machine à tuer, sa pensée allait au condamné. Il avait entendu parler de M. de La Pommerais, un nom déjà célèbre; un maître, dont, à la prison, plusieurs enviaient la gloire.

L'enfant avait peine à détacher ses regards de l'instrument qui se dressait, et considérait dans toute son horreur ce terme d'une existence de criminel. Une ancienne et vague notion d'honnêteté surgissait dans cette intelligence souillée avant l'âge, et comme un frisson lui courant partout le corps réveillait en lui l'instinct de la conservation :

« — A quoi bon toute la peine que je me donne, si un jour je dois échouer sur cette même place, gravir les degrés de ce même échafaud ? »

Il songea ensuite aux spectateurs qu'il aurait, aux applaudissements qu'on lui décernerait, s'il avait la crânerie bête de la brute insensible, quand il serait empoigné par les aides du bourreau.

Mise sur ce sujet, son imagination vagabondait.

Il avait parcouru le chemin le plus difficile de sa périlleuse expédition et cependant il se sentait envahi par une invincible défaillance. L'inconnu de l'avenir l'épouvantait. Sûr maintenant de recouvrer sa liberté, il la regrettait presque. Que ferait-il demain? Où irait-il? Comment mangerait-il?

Le souvenir du Kalmouck se présentait à son esprit. Il aurait voulu l'emmener, lui faire partager sa liberté. C'est si bon d'être son maître ! de ne plus voir les *vaches* [1], de respirer le grand air.

Tout un monde d'idées se heurtait dans sa petite tête. Il était lui-même stupéfait de son audace. Il regardait avec effroi le mur, le long duquel il avait rampé et tremblait maintenant à la pensée du péril qu'il avait couru.

Son pied ayant glissé, il se retourna dans un geste brusque pour ressaisir son point d'appui. Son regard heurta une clarté subite; une bande claire estompait le ciel. Les étoiles pâlissaient vaguement, leur éclat se fondant dans l'aurore qui montait.

Molutor comprit que c'était le jour qui se levait. Il fallait se hâter. Il se laissa glisser sur l'autre versant du toit, du côté extérieur des bâtiments de la prison. Il arriva à la gouttière, saisit une conduite d'eau et descendit lentement. Il était dans le chemin de ronde. Au fond, adossé au mur extérieur, se dresse un hangar destiné à resserrer le bois. Il y courut

[1] Les gardiens.

et grimpa lestement sur le toit qui était à fleur du mur.

De ce toit peu élevé, il lui était facile de se laisser glisser jusqu'à terre et de gagner le large. Il avait enlevé sa veste de bure et était en bras de chemise.

La machine sinistre était dressée. Dans le haut, sous l'attache transversale des deux grands montants, luisait le couperet en biseau. La foule avait des mouvements de houle noirâtre, une agitation de flots pressés.

Derrière la guillotine, faisant un trou sombre, la porte de fer de la Grande-Roquette se dessinait, pas encore ouverte.

Les gardes à cheval, rangés en demi-cercle, contenaient les assistants. On entendait des ébrouements de chevaux, mêlés au cliquetis gai des harnais.

Dissimulé dans son observatoire, caché par les feuilles, l'enfant suivait attentivement les derniers préparatifs de ce drame, attendant le dénouement pour assurer son évasion.

Une clameur s'éleva de la place. La porte de la Grande-Roquette tournait sur ses gonds et dans l'encadrement, des silhouettes se détachaient ; en avant, le condamné, dont le torse blanc faisait tache sur la robe noire de l'abbé Crozes.

Frissonnant à l'air du matin, La Pommerais marchait, le regard hébété, droit devant lui, fixant la fatale machine. Le silence était effrayant. Tout à coup un bruit sourd retentit.

Un secouement d'épouvante parcourut l'assistance.

Tous les regards étaient fixés sur l'échafaud. Quand

le couperet s'abattit, la foule ne bougea pas ; seules les têtes se tournèrent automatiquement du côté de l'échafaud et de mille poitrines s'échappa une clameur de satisfaction.

A ce moment, Molutor se redressa vivement sur le chapiteau du mur. Personne ne le remarqua. Il se glissa rapidement jusqu'à terre. Ceux qui, par hasard, l'aperçurent crurent que c'était un gamin qui, trompant la vigilance des agents, était parvenu à grimper sur le mur. Confondu dans la foule qui s'écoulait, il gagna le large.

Victor Hugo a crayonné de main de maître un joli quatuor de bandits : Claquesous, Gueulemer, Babet et Montparnasse, qui, dit-il, gouvernaient, de 1830 à 1835, le *troisième dessous* de Paris, cette cave d'où sort Lacenaire.

Babet était maigre et savant. On lui voyait le jour à travers les os, mais rien à travers la prunelle. Il se déclarait chimiste. Il avait été pître chez Bobêche et paillasse à Bobino. Son industrie était de vendre en plein vent des bustes de plâtre et des portraits du « chef de l'Etat ». De plus, il arrachait les dents. Il avait montré des phénomènes dans les foires et possédé une baraque avec trompette et cette affiche :

« Babet, artiste dentiste, membre des académies, fait des expériences physiques sur métaux et métalloïdes, extirpe les dents, entreprend les chicots abandonnés par ses confrères. Prix : une dent, un franc cinquante centimes ; deux dents, deux francs ; trois dents, deux francs cinquante. Profitez de l'occasion. »

Ce « Profitez de l'occasion » signifiait : Faites-vous en arracher le plus possible.

Il avait été marié et avait eu des enfants. Il ne savait pas ce que sa femme et ses enfants étaient devenus. Il les avait perdus comme on perd son mouchoir.

Un jour, du temps qu'il avait sa famille avec lui dans sa baraque roulante, il avait lu dans le *Messager* qu'une femme venait d'accoucher d'un enfant suffisamment viable, ayant un mufle de veau, et il s'était écrié :

« — Voilà une fortune ! Ce n'est pas ma femme qui aurait l'esprit de me faire un enfant comme celui-là !»

Molutor (François-Joseph), le père de notre fugitif de la Petite-Roquette, avait été plus favorisé de la fortune que le Babet de Victor Hugo. Sa femme lui avait donné trois enfants qui, pour n'être pas nés avec un mufle de veau, lui avaient rapporté une petite aisance.

Molutor était né à Hougomont dans la nuit du 18 juin 1815. Il quitta la Belgique en 1845 et alla s'installer en Algérie. Quand ses filles eurent atteint leur quinzième année, il les confia à de riches protecteurs, qui lui comptèrent une somme respectable pour prix de son infamie. Il ne garda que le garçon né en 1851.

Ce Molutor était un homme petit, maigre, blême, anguleux, osseux, chétif, qui avait l'air malade et qui se portait à merveille ; sa fourberie commençait là. Il souriait habituellement par précaution, et était poli à peu près avec tout le monde, même avec le mendiant auquel il refusait un liard. Il avait le regard d'une fouine. S'il rappelait Babet par certains côtés , il faisait encore plus songer à Thénardier. Comme Thénardier, il s'était établi gargotier à Alger.

Souvent, il s'absentait plusieurs semaines de suite et l'on remarquait que c'était toujours du côté et à l'époque où nos soldats se battaient contre les Arabes. Il partait avec une petite carriole attelée d'un mauvais cheval, emportant quelques provisions qu'il vendait fort cher aux troupes.

Il rentrait toujours à la nuit noire, comme s'il avait eu quelque crime à cacher.

Qu'allait faire Molutor à la suite de nos troupes?

Le métier que Victor Hugo a dépeint dans : *Le champ de bataille la nuit.*

« ... La guerre a d'affreuses beautés, elle a aussi quelques laideurs. Une des plus surprenantes, c'est le prompt dépouillement des morts après la victoire. L'aube qui suit une bataille se lève toujours sur des cadavres nus.

« ... Vers minuit, dans la nuit du 18 juin 1815, un homme rôdait ou plutôt rampait du côté du chemin creux d'Ohain... Il était vêtu d'une blouse qui était un peu une capote ; il était inquiet et audacieux, il allait devant lui et regardait derrière lui.

« De temps en temps, il s'arrêtait, examinant la plaine autour de lui comme pour voir s'il n'était pas observé, se penchait brusquement, dérangeait à terre quelque chose de silencieux et d'immobile, puis se redressait et s'esquivait. Son glissement, ses attitudes, son geste rapide et mystérieux le faisaient ressembler à ces larves crépusculaires qui hantent les ruines et que les anciennes légendes normandes appellent les Alleurs.

« ... Notre rôdeur nocturne s'en allait vers la chaussée de Genape, où avait eu lieu l'effondrement des cuirassiers. Il furetait cette immense tombe. Il regardait. Il passait on ne sait quelle hideuse revue des morts. Il marchait les pieds dans le sang.

« Tout à coup il s'arrête.

« A quelques pas devant lui, dans le chemin creux, au point où finissait le monceau de morts, de dessous cet amas d'hommes et de chevaux sortait une main ouverte, éclairée par la lune.

« Cette main avait au doigt quelque chose qui brillait et qui était un anneau d'or. L'homme se courba, demeura un moment accroupi et, quand il se releva, il n'y avait plus d'anneau à cette main.

« Il ne se releva pas précisément, il resta dans une attitude fausse et effarouchée, tournant le dos aux tas de morts, scrutant l'horizon, à genoux, tout l'avant du corps portant sur les deux index appuyés à terre, la tête guettant par-dessus le bord du chemin creux.

« Puis, prenant son parti, il se redressa.

« En ce moment, il eut un soubresaut. Il sentit que par derrière on le tenait.

« Il se retourna : c'était la main ouverte qui s'était refermée et qui avait saisi le pan de sa capote.

« Un honnête homme eût eu peur. Celui-ci se mit à rire.

« — Tiens, dit-il, ce n'est que le mort ! J'aime mieux un revenant qu'un gendarme. »

« Cependant la main défaillit et lâcha.

« — Ah ! çà, reprit le rôdeur, est-il vivant ce mort ? Voyons donc ! »

« Il se pencha de nouveau, fouilla le tas, écarta ce qui faisait obstacle, saisit la main, empoigna le bras, dégagea la tête, tira le corps et, quelques instants après, il traînait dans l'ombre du chemin creux un homme inanimé, au moins évanoui. C'était un officier de cuirassiers.

« Il avait sur sa cuirasse la croix d'argent de la Légion d'honneur.

« Le rôdeur arracha cette croix, qui disparut dans un des gouffres qu'il avait sous sa capote ; il fouilla le gilet, y trouva une bourse, l'empocha. »

Ce fut cette nuit-là même que François-Joseph Molutor naquit, la nuit du 18 juin 1815. Sa mère était seule au logis, quand les douleurs de l'enfantement survinrent. Les émotions que la malheureuse avait ressenties dans la journée, par suite de la bataille au centre de laquelle se trouvait Hougomont, avaient hâté le terme de sa délivrance. Elle appela son mari. Celui-ci ne lui répondit pas. Il était sorti. Elle accoucha seule, sans le secours de personne. Au matin, Molutor rentra. Il avait l'air défait, fatigué, et cependant rayonnant. Au village, on remarqua qu'il fit dans la suite des dépenses exagérées. On disait malicieusement que la nuit du 18 juin lui avait valu un « héritier et un héritage ».

Quand son héritier François-Joseph fut devenu homme, instinctivement il fit le même métier que son papa : gargotier et détrousseur de cadavres sur les champs de bataille. Seulement, comme on ne se

battait ni en France, ni en Belgique, Molutor émigra
en Algérie où la fusillade crépitait jour et nuit. Il y
resta quinze ans. Un beau matin du mois de mai 1860,
il quitta sa mine d'or. Il venait — c'est du moins ce
qu'il racontait aux voisins — il venait d'hériter. Il
n'allait plus avoir besoin de travailler. Il laissa ses
deux filles à Alger avec leurs riches protecteurs et ne
ramena que sa femme et son garçon, âgé de neuf
ans.

Sa femme mourut, en arrivant à Marseille, d'une
fièvre typhoïde, dont elle avait contracté les germes
en Algérie.

Molutor prit le chemin de fer et vint s'installer à
Paris.

Il acheta une gargote bien achalandée aux environs des Halles.

Le cabaret des *Pieds-Humides* était situé devant
les anciennes Halles; il n'existe plus. Ce cabaret s'ouvrait sous les plus vieilles maisons de ce quartier,
disparu depuis le rajeunissement de la capitale. Il
avait deux entrées : l'une donnant sur les Halles,
l'autre sur un cul-de-sac. L'intérieur de la salle,
longue, noire, fétide — c'était plutôt un couloir
qu'une salle — était éclairé jour et nuit par un quin-
quet-reverbère.

Les buveurs de nuit étaient des chiffonniers, des
forts, des marchands ambulants, marchands et mar-
chandes aux petits tas, attendant l'heure du travail
en buvant la goutte sur le comptoir.

Un ruisseau partageait en deux cette salle, entre
le comptoir et un long banc vis-à-vis. Là, dormaient

les buveurs avant de faire leurs tournées ou de choisir leurs places autour du marché. Ce que ces buveurs attendaient pour la plupart, c'était l'arrivée du *père Neuf-Heures*, un usurier qui se tenait dès trois heures du matin à un bout du comptoir, pour faire aux clients des Pieds-Humides sa distribution de pièces de cent sous. A neuf heures sonnant, après la dernière heure de la criée, elles se changeaient toutes en pièces de dix francs par le labeur de ces marchands.

Grâce à la pièce d'argent du providentiel père Neuf-Heures, le petit marchand pouvait acheter, de troisième main, les provisions servant à son étalage en plein vent, autour des Halles, sur la chaussée.

Dès trois heures du matin, les marchands aux petits tas attendaient au cabaret des Pieds-Humides leur usurier. Il arrivait invariablement, avec ses sacs de toile, pour faire sa distribution usuraire et quotidienne.

Ce prêteur était un homme-chiffre; cependant il ne tenait pas de livres. Il n'avait pas de comptabilité. Celui qui ne lui rendait pas son argent se trouvait le lendemain dans l'impossibilité d'acheter la marchandise et de garnir son étalage. Il était ruiné par son manque de parole. C'était pour caractériser ce prêteur aussi inflexible qu'original qu'il était connu sous le sobriquet de père Neuf-Heures.

C'était un petit homme sec et grêle, aux habits sordides, à la figure parcheminée, d'où ressortait un long nez. Ses yeux gris et fauves tournaient dans leur orbite comme ceux d'un oiseau de proie; ses lèvres minces se dessinaient en raie, entre son nez effilé et crochu et son menton proéminent, ce qui lui donnait la physionomie d'un fantoche terrible.

Un beau matin, on le trouva assassiné dans sa chambre.

L'opinion unanime était que le père Neuf-Heures avait une fortune colossale, aussi était-il le point de mire de tous les malfaiteurs.

Un Italien, nommé Pitti, le fit assassiner pour le voler.

Deux vauriens, surnommés l'un Boule-de-Neige, l'autre Gueule-de-Sac, furent les deux bras de Pitti. Ce dernier avait loué une chambre contiguë à la pièce de l'usurier. Cette pièce, comme les chambres d'autrefois, avait eu une alcôve qui s'était trouvée bouchée pour les besoins des nouveaux locataires et avait été convertie en armoire. Dans une partie de cette armoire, l'usurier avait placé son trésor; l'autre partie appartenait, par une distribution nouvelle, à la chambre contiguë.

Pitti avait loué la chambre attenante à celle du père Neuf-Heures pour qu'aucun voisin ne pût le gêner au moment de son opération.

Au jour fixé pour le crime, Gueule-de-Sac et Boule-de-Neige attendirent le père Neuf-Heures dans l'escalier. Huit heures et demie allaient sonner, c'était l'heure où l'usurier remontait dans sa chambre pour s'apprêter à faire sa tournée de neuf heures. A l'instant où le vieillard mettait la clef dans la serrure, deux hommes couchés sur le palier se levèrent et poussèrent la cloison. Ces deux hommes étaient Gueule-de-Sac et Boule-de-Neige qui, sautant du palier dans la pièce, s'abattirent sur l'usurier qu'ils traînèrent au milieu de la chambre. L'un des associés avait dans la main un gros clou qui devait servir de levier pour peser sur la porte de l'alcôve où était caché le trésor ; l'autre, un marteau pour faire entrer la pesée dans le mur de la cassette et faire sauter la cloison de la cachette. Tous deux, de leur main libre, mirent le vieillard à leur merci. Pendant que Gueule-de-Sac menaçait de son marteau le père Neuf-Heures accroupi à ses pieds, Boule-de-Neige lui plaçait un bâillon sur la bouche. En vain le père Neuf-Heures essaya-t-il de crier, de sortir du cercle de fer qui le rivait au sol, il resta sans mouvement et sans voix sous les étreintes des misérables. Boule-de-Neige, après avoir bâillonné le père Neuf-Heures, dit à Gueule-de-Sac, en plaçant perpendiculairement l'énorme clou sur le crâne de la victime :

« — Allons, Gueule-de-Sac, frappe de ton marteau sur le clou. Tu sais de quelle mort il doit finir. Comme il a été convenu, frappe à la place du cerveau ! Frappe vite, avant de faire sauter l'alcôve aux écus. »

En sentant la pointe de fer sur son occiput, le père Neuf-Heures poussa sous son bâillon un cri d'angoisse. A l'instant, Gueule-de-Sac laissa retomber avec violence son marteau sur le clou placé sur le crâne du vieillard. Un jet de sang sortit du crâne entr'ouvert où s'était enfoncé le clou, pendant qu'un seul cri, un premier et dernier râle, s'échappait de la poitrine du vieillard qui, en même temps, s'affaissait sur lui-même. Le père Neuf-Heures n'était plus qu'un cadavre.

Raillerie du sort ! quand le clou poussé par le marteau de l'assassin traversa la cervelle du moribond, neuf heures sonnaient à la pointe de l'église Saint-Eustache.

Ce fut ce cabaret que Molutor acheta.

D'abord, ses affaires prospérèrent. Il eut la malencontreuse inspiration de jouer à la Bourse.

Il trouva plus malin que lui.

En quelques mois, tout son avoir passa des poches profondes de sa vieille capote d'Algérie, dans le portefeuille d'un coulissier, qui leva le pied et fila en Belgique, où Molutor n'avait ni le loisir, ni l'intention de l'aller chercher. Il fut donc obligé de quitter sa gargote, que son créancier avait eu soin de faire vendre et se vit réduit, pour ne pas mourir de faim, à entrer comme homme de peine dans une grande scierie de Vaugirard.

C'est à ce moment qu'apparaît le jeune Molutor.

A Vaugirard, quand, en suivant la rue de Javel pour s'éloigner de Paris et gagner les fortifications, on arrive à peu près à moitié chemin, on rencontre tout à coup une sorte de cul-de-sac étroit, décoré du nom d'impasse, et sur les plaques bleues attachées à l'angle de la maison de gauche, on peut lire : Impasse Pernetty. Les quelques immeubles qui, de chaque côté, bordent cette ruelle infecte, au milieu de laquelle coule un ruisseau boueux et diversement teinté, ont leurs rez-de-chaussée occupés par des ateliers de différents corps d'état : forgerons, maréchaux ferrants, teinturiers, menuisiers. Aux fenêtres sans persiennes des étages supérieurs, des loques sales pendent, haillons pittoresques, accrochés çà et là, qui disent assez la misère des habitants.

Par instants, apparaissent des têtes mal peignées de ménagères interpellant dans une langue verte, absolument écœurante, des gamins malfaisants qui jouent en bas, criant, piaillant, se battant, se traînant dans le ruisseau, de ces gamins que Victor Hugo a crayonnés dans *les Misérables* : « Le gamin de Paris... n'a pas de chemise sur le corps, pas de souliers aux pieds, pas de toit sur la tête. Il est comme les mouches du ciel qui n'ont rien de tout cela. Il a de sept à treize ans, vit par bandes, bat le pavé, loge en plein air, porte un vieux pantalon de son père, qui lui descend plus bas que les talons, un vieux chapeau de quelque autre père qui lui descend plus bas que les oreilles, une seule bretelle en lisière jaune : court, guette, quête, perd le temps, culotte des pipes, jure comme un damné, hante le cabaret, connaît des voleurs, tutoie les filles, parle argot, chante des chansons obscènes... » En temps de barricades, ce gamin meurt en héros ; en temps de paix, il devient à seize ans souteneur, voleur et assassin, et, dès l'âge de dix-huit ans, entre à la Grande-Roquette où il prend son billet pour la Nouvelle-Calédonie.

Aux cris, aux blasphèmes, aux obscènes plaisanteries des gamins et des gamines, jetés en l'air à pleine voix, se mêle le vacarme des machines entrecoupé de coups sourds frappés par les marteaux, de sifflements aigus faits par la vapeur en s'échappant, de grincements stridents, produits par les engrenages, dont les dents serrées se mordent au passage. C'est un bruit assourdissant, le bruit d'une cité ouvrière claquemurée, entassée dans cet étroit cul-de-sac noir et banal.

5.

Ce fut dans une scierie de cette impasse que le père Molutor eut la chance de trouver un emploi.

Après avoir traîné de porte en porte, s'être offert pour tous les métiers possibles dans tous les quartiers de Paris, le misérable était venu échouer impasse Pernetty, où il avait été accepté comme homme de peine pour porter les fardeaux au debors; au dedans, balayer les copeaux et les rognures, graisser les machines, les nettoyer, surveiller leur chauffage; être à l'atelier ce qu'est la servante dans le ménage : une bonne à tout faire.

Ah! ce n'était plus le bon vieux temps de l'Algérie! ce bon vieux temps où Molutor était son maître et alignait sur sa table de longues piles de pièces de vingt francs. Tout cela avait fui comme un rêve! On avait du mal en ce temps-là, mais on gagnait sa vie, et puis, quand on le voulait, on savait oublier au fond d'une bouteille les soucis du passé.

Jour de malheur! être maintenant enseveli dans ce cul-de-sac de l'impasse Pernetty, dans cet *in-pace* du travail forcé. Quelle ironie!

La vie, en effet, y était dure. Arrivé le matin dès quatre heures pour mettre la machine en mouvement, faire l'atelier, Molutor ne quittait son boulet qu'à huit ou neuf heures du soir, après les compagnons; et pour cette longue journée, dont pas une minute n'était consacrée au repos, son patron, un dur à cuir, qui lui aussi avait connu la misère, et ne s'était établi qu'après avoir lutté pendant vingt-cinq ans, son patron lui comptait trois maigres pièces de vingt sous. Parfois, mais rarement, quand le travail avait bien marché, que les commandes avaient afflué, que les rentrées d'argent s'étaient bien effectuées, il lui donnait trois francs cinquante.

Molutor avait cependant dans la journée un moment d'arrêt, à l'heure du déjeuner. Tandis que les autres ouvriers, aussitôt que sonnait la cloche de la cité, allaient s'éparpillant, dans les gargotes environnantes, se faire servir un ordinaire, le père Molutor, lui, contraint à ne pas sortir, obligé de rester là pour garder la scierie vide pendant une heure, mangeait un morceau sur le coin de l'établi, quelquefois seul, plus souvent en compagnie de son petit, qui lui apportait un michon de pain et un demi setier de vin.

Le soir, après son dur labeur, le vieux ayant empoché dans le gousset de son gilet, aujourd'hui trop large, les trois pièces blanches que le patron venait de lui donner, s'en revenait songeur au galetas, où il logeait, près de l'Ecole-Militaire, dans la rue Frémicourt, du côté qui touche à la place Cambronne.

« — Non, décidément, la vie n'est plus drôle ! Seul avec ce moucheron qui n'est bon à rien, un gonse pas dégourdi, toujours l'air renfrogné, tellement qu'on ne sait jamais ce qui lui passe par la boussole ; qui se graisse les jambes avec du baume de paresse ; rien fiche tout le temps, quoi ! et avec ça un appétit d'enfer ! Quel bon dieu de sort m'a donc cramponné à une pareille fripouille. Si encore c'était une gonzelle !... »

Et le vieux gredin, s'oubliant dans un honteux attendrissement qui le reportait à quelques années en arrière, se rappelait ses deux filles qui avaient été l'origine de sa fortune...

« — De riches morceaux et qui m'ont rapporté gros ! Ah ! c'était le bon temps !... »

Ainsi songeait Molutor tout en regagnant la rue Frémicourt, comme on allumait les réverbères, et chaque soir, il se sentait plus haineux contre la société.

Une branche de houx fixée au-dessus de la porte, comme aux auberges de village, indiquait de loin le garni de la *Peau-de-Lapin* : une bicoque haute de trois étages, d'aspect misérable, dont le plâtre des murs avait coulé sous la pluie, dont les fenêtres apparaissaient garnies de carreaux sales ou cassés, séparés dans le milieu par une cloison de bois, indiquant ainsi que la même ouverture donnait jour à deux chambres différentes accolées l'une à l'autre.

Elle avait été bâtie avec les débris des maisons expropriées. Sa façade ressemblait à l'étoffe qu'on emploie pour les costumes d'arlequin ; on avait remplacé par des papiers de diverses couleurs les vitres brisées par les titubements des hôtes habituels. Bois et vitres étaient assemblés par à peu près ; portes, fenêtres et vitrines formaient un tout ; les araignées et les cloportes, aidés par la poussière et les buées, comblaient les assemblages mal joints. Des restants d'inscriptions se lisaient encore et on devinait : *Loge à pied et à cheval. A cheval*, presque complètement effacé, avait entraîné la disparition des écuries, qu'une sagesse économique et intéressée avait convertie en des taudis à l'intention des locataires de passage.

A travers les vitres de la boutique, on apercevait, sur des bouts de planches superposées, des aligne-

ments de fioles aux couleurs réjouissantes, puis des
rangées de verres de différentes grandeurs, toutes
choses qui indiquaient que le patron du garni donnait
à boire à ses clients.

Le comptoir était à droite, on n'y pouvait entrer
qu'en enjambant le trou noir par lequel on descen-
dait dans les caves. La nuit, une trappe fermait cet
antre ; le jour, on le laissait béant, il protégeait ainsi
l'hôtesse des tendresses de ces messieurs et le comptoir des curieux qui auraient voulu plonger la main
dans le bronze de la caisse. Devant le comptoir, c'est-
à-dire en entrant à gauche, il y avait six tables, trois
appuyées sur la cloison, trois adossées au mur ; les
tables d'une simplicité rustique, enfonçaient leurs
pieds dans le sol salpêtré ; il n'y avait point de tabou-
rets, mais des bancs. Sur les murs suintants, les habitués avaient, pour la joie de leurs yeux, crayonné
mille croquis impurs.

Les flacons à liqueurs, les bouteilles de vins fins,
se trouvaient empilés derrière le comptoir au-dessus
duquel ils formaient niche ; pas une bouteille n'était
à la portée de la main des clients de la Peau-de-
Lapin.

Le garçon était un être à part. Il avait bien trente
ans ; sans être obèse, il était gras et rasé comme un
prêtre ; habillé aux couleurs de la maison, c'est-à-
dire de crasse sur fond d'usure ; sa tête sortait propre,
luisante, fardée, pommadée, de son linge douteux,
comme une tête de cire. C'est de lui qu'un raffiné du
Lapin avait dit un jour :

« — Faut-il qu'il ait du linge sale pour en changer
tous les jours. »

Le visage était rond, l'air doux ; les joues, passées
au blanc gras, avaient les pommettes rose-rouge ; les
sourcils et les cils lourdement crayonnés rendaient
les yeux plus vifs, mais la paupière, en clignant souvent, en voilait modestement les feux ; ses lèvres
semblaient plus lippues sous la pommade carminée
qui les couvrait ; le croquant des oreilles ne partici-
pait pas plus au débarbouillage qu'au maquillage ; il
était crasseux ; le crâne était couvert par une perruque blonde rousse dont les mèches grasses venaient
se terminer en rouleaux sur les tempes. Sa voix était
douce, son allure embarrassée, timide, ses mains
grasses et potelées étaient des nids d'engelures. Il se
nommait Gustave.

Il donnait, lorsqu'on en avait besoin, des renseignements sur la prison de Poissy où il avait été cinq ans,
on ignorait pour quelle cause ; il prétendait être un
honnête homme. La maîtresse de la Peau-de-Lapin à
laquelle il ne souriait jamais, avait la plus grande
confiance en lui.

Celle qui tenait le comptoir n'avait rien de remar-
quable. Assise, les clients un peu avinés, la prenaient
pour un homme ; seul le costume qu'elle portait indiquait son sexe.

Au reste, pour distinguer quelque chose dans le
bouge, il fallait avoir l'habitude d'y séjourner, tant
la vapeurs des lampes au schiste et la fumée des
pipes envahissaient l'atmosphère et la rendait
opaque ; on ne se voyait que dans les nuages.

Le vieux Molutor habitait au haut d'un escalier
noir, dont la rampe était une corde et sur les paliers
duquel les plombs puants ouvraient leurs tuyaux

pour la plupart engorgés ; une petite pièce prise dans l'inclinaison du toit et recevant le jour et l'air par un vasistas scellé dans les tuiles. Le père et son gamin couchaient ensemble par terre, sur un vieux matelas tout éventré, la tête appuyée contre le corps d'une cheminée qui passait dans leur taudis, seul mode de chauffage qu'ils pouvaient se permettre ; une écuelle fêlée, qu'ils remplissaient à la pompe de la cour, leur servait pour les soins de leur toilette sommaire.

Un soir, c'était un samedi, le vieux Molutor apprit d'une voisine, en montant l'escalier, que le petit était déjà rentré depuis longtemps, mais qu'il avait un drôle d'air.

« — Bougre de clampin ! si t'as fait des bêtises, gare les giffles ! » grommela-t-il en mâchonnant le tuyau de sa bouffarde.

Dans un coin de la chambre, une masse noirâtre dessinait de vagues contours informes et immobiles ; c'était l'enfant qui dormait. Les mains crispées étaient ramenées dans un geste de possession sur sa poitrine.

« — Eh bien ! qu'est-ce que tu f...là? cria Molutor, monsieur roupille ! et moi je turbine ! Sacré vaurien ! Un aristo ! quoi ! »

Brusquement arraché à son sommeil, dressé en un clin d'œil sur ses petites jambes, le môme offrait à son père l'aspect pleurnichant d'un petit qui a peur.

« — Pourquoi donc que tu tiens ta main fermée comme ça? Il y a donc quelque chose de bien beau dans ces cinq doigts-là? Fais un peu voir. »

Et comme le petit approchait trop lentement, le

vieux lui desserra violemment les mains, le faisant crier sous l'horrible douleur de ses faibles doigts tordus. Un objet brillant tomba sur les carreaux avec un bruit métallique qui fit dresser l'oreille au vieux. Il se baissa pour le ramasser, c'était une montre.

« — Où as-tu trouvé ça ?

« — Je l'ai pris.

« — Où ?

« — A l'atelier, pardi ! riposta le gamin qui s'enhardissait à la vue de la mine patelarde et joyeuse de son père, à l'atelier, ce matin, quand je suis venu t'apporter ton pain à onze heures... »

Il allait continuer, lorsque tout à coup, il se sentit enlever de terre. Son père le tenait dans ses bras, le couvrait de caresses, l'appelait des noms les plus tendres.

« — Ah ! mignon ! ah ! fiston ! ah ! chéri ! cré coquin ! c'est de l'or, c'est la fortune ; viens encore que je t'embrasse. »

C'était du délire, de la folie. Son fils allait lui rapporter plus que l'enfant au *mufle de veau*, dont il avait lu la naissance dans le *Messager*.

Le vieux Molutor se sentait revivre dans son fils. Bon chien chasse de race. La famille de détrousseurs de cadavres avait un rejeton digne d'elle.

Ce que le petit drôle venait de faire en obéissant à une sorte d'intuition du vice, le vieux allait l'ériger en travail régulier. Dans son cerveau, embarbouillé par l'alcool, mais où la seule idée du mal produisait instantanément des éclaircies d'intelligence et de raisonnement, il avait combiné son plan.

Sa vie était maintenant assurée : une vie de bien-

être s'ouvrait de nouveau devant lui. Avec la jouis-
sance d'un gourmet qui fait passer et repasser sur sa
langue la goutte d'or d'un vieux vin, il savourait
cette pensée :

« — L'enfant volera ! »

Tout d'un coup, il eut un frisson.

Il faillit se rappeler qu'il était père.

Il se remit vite d'aplomb.

« — Qu'importe ! c'est le bien-être, c'est la fortune ! L'enfant volera. »

Il se sentit d'ailleurs rassuré en jetant sur son fils
un regard plus attentif. Ce petit être, au regard
fuyant, au visage émacié, pâle, autant amaigri par la
souffrance physique que par des vices précoces, à
l'œil insolent et fripon, était bien le type accompli
du bandit que le vol réclame et qui ne sait que *barboter*. L'enfant était né pour voler. Autant utiliser
ses talents.

Dès le lendemain, le travail commençait. A onze
heures, au coup de cloche donné par le portier de
l'impasse, les tours s'arrêtaient, les machines ces-
saient de transmettre le mouvement aux ateliers, les
ouvriers pressés couraient à la gargote sans seulement prendre le temps de se rhabiller.

Ils partaient en tablier ou en blouse, laissant à leur
place : gilet, casquette, paletot, dans lequel le plus
souvent ils avaient les uns une montre, d'autres leur
pipe ou leur porte-monnaie.

« — Aucun danger, d'ailleurs, se disaient-ils, le
patron ne quitte jamais son bureau qu'à midi, quand
nous revenons ; puis Molutor est là qui veille. »

Au bout d'un certain temps, le patron, voyant que

régulièrement le petit garçon de l'homme de peine venait passer avec son père l'heure du déjeuner et allait lui chercher ce dont il avait besoin, ce qui le dispensait de sortir, prit l'habitude de quitter son bureau, soit pour fumer dans la cour une cigarette en attendant l'hèure de son déjeuner, soit pour remonter chez lui et prendre plus tôt son repas.

« — Vous ne bougez pas, n'est-ce pas, Molutor? Je compte sur vous.

« — Bien sûr, patron, soyez tranquille, je reste là. »

Peu à peu, l'atelier se trouva livré pendant cette heure à la complète discrétion de Molutor et de son jeune associé.

A partir de ce jour, des vols nombreux se succédèrent dans la scierie. Les ouvriers, en remettant leur gilet, le soir, au moment de s'habiller pour partir, remarquaient qu'il leur manquait toujours quelque chose. La première fois, l'un se dit :

« — Ah ! je l'aurai oubliée chez moi, je croyais bien l'avoir emportée ; faudra que je voie. »

Arrivé chez lui, il cherchait, fouillait, retournait ses tiroirs sans dessus dessous et ne trouvait rien. Le lendemain, il racontait aux camarades qu'il n'avait pas retrouvé sa montre, bien sûr qu'il l'avait perdue en route.

De nouvelles disparitions eurent lieu. Les soupçons finirent par se porter sur le vieux, puisqu'il restait seul dans l'atelier et que jamais personne ne venait à cette heure-là. Molutor se défendit avec énergie, et simula tellement l'innocence que de nouveau l'incertitude entra dans l'esprit de ces braves gens, et le mystère de planer plus épais, plus impénétrable sur les disparitions.

Cependant, déjà deux montres, une pipe, trois ou quatre porte-monnaie avaient disparu, sans que leurs propriétaires aient jamais pu remettre la main dessus. Un ouvrier se dévoua, fit le guet à l'heure du déjeuner et surprit le petit Molutor en train de *barboter*.

« — Ah ! gredin, je t'y prends ! »

Le petit criminel ne pouvait nier.

Le vieux jeta les hauts cris.

« — On lui en voulait, un si honnête homme ! si rangé ! qui n'avait jamais fait de tort à personne ! Enfin, c'était bien malheureux ! Quelqu'un avait dû pousser son gosse à faire ce mauvais coup, pour lui faire perdre sa place, un enfant si sage, si poli, qui ne courait jamais, qu'il élevait si bien, c'était abominable ! »

Le vieux Molutor eut beau le calotter, le trépigner, le traiter de vaurien, de va-nu-pieds, de sac à corde, lui prédire qu'il périrait sur l'échafaud, se confondre en larmes, en expressions de repentir, le moutard eut beau pleurer, jurer ses grands dieux que jamais plus il ne recommencerait, qu'il ne croyait pas mal faire, quelqu'un qui avait couru au garni du vieux Molutor, en rapporta les objets volés. Le père protesta qu'il n'avait connaissance de rien, qu'il était bien malheureux... la preuve était faite.

Le patron feignit d'avoir pitié de lui, et, comme les ouvriers l'en prièrent, il le renvoya sans porter plainte.

« — Allez vous faire pendre ailleurs, et que je n'entende plus parler de vous. »

Molutor fit semblant de fondre en larmes, et sortit, heureux d'en être quitte à si bon marché.

C'est alors que commença, pour lui, une vie misérable et errante, de longs jours sans manger, des nuits froides passées à la belle étoile ; il connut ces angoisses du malheureux qui craint toujours de tomber entre les mains de la police, et qui ne sait comment lui échapper ; vie odieuse, insupportable, misère sans fin et sans issue. Son aventure avait été vite connue ; aussi eût-il de la peine à rester dans les ateliers où on voulait bien l'accueillir. Son gamin roula d'atelier en atelier, et finit bientôt par abandonner son père, qui, plus que jamais, traîna, en haillons, sans ressources, et alla grossir l'armée des sans-ouvrage.

Rebuté de partout, Molutor se fit mendiant. Il mendia d'abord à la porte des églises. Mais, comme il n'était pas connu de la clientèle et de la valetaille des porches pieux, il en fut brutalement chassé, lorsqu'un soir, le hasard le conduisit dans la rue de la Calandre, au cabaret du *Gras-Double*.

Les tronçons de la rue Mouffetard offraient, à cette époque, sur sa montée, les débris de petites rues remplies de nombreuses bibines, anciens reposoirs de chiffonniers.

De la place Maubert à l'extrémité de la rue de la Calandre surgissaient des cabarets fétides, des hôtels garnis, dont les habitués et les locataires avaient leurs noms inscrits dans les annales judiciaires et dans les archives de la police.

Le fretin des impures et des déclassés de tout

genre se réfugiait dans ce quartier immonde, au fond des rues Julien-le-Pauvre, du Fouarre et des Anglais.

Dans cette dernière ruelle, il faisait presque nuit en plein jour.

Les garnis en étaient le plus bel ornement, ils étaient occupés par des brocanteurs, des marchands de chiffons, des débitants de consolation, dont la plus sérieuse clientèle était composée de voleurs.

Les honnêtes habitants qui occupaient, par exception, ces garnis, étaient exposés à de cruelles surprises.

Profitant de l'absence de son voisin d'un garni de la rue des Anglais, un jour, un malfaiteur, après avoir, par précaution, vainement frappé à la porte vis-à-vis de la sienne, pénétra dans le logement à l'aide d'un rossignol.

La porte refermée, il visita les meubles sur lesquels on avait laissé les clefs; il explora les coins et recoins, ne trouvant ni argent ni valeur, il se disposait à s'habiller, des pieds à la tête, aux dépens du locataire.

Il avait choisi, dans sa garde-robe, un pantalon, un gilet, un paletot, un feutre, une paire de bottines; déjà il avait posé délicatement, sur le lit, une chemise de toile.

Au moment où, nu comme le premier homme, il allait changer de linge, un bruit de pas retentit dans l'escalier. Il prête l'oreille, les pas se rapprochent, on s'arrête, on introduit une clef dans la serrure.

Vite, notre larron se baisse et disparaît sous le lit. La porte est ouverte, on entre. Il voit le bas des jambes de la personne qui va et vient dans la chambre d'un pas précipité. Blotti sous le lit, le voleur ne bronche pas, fort inquiet sur l'issue de sa mésaventure.

A peine cinq minutes se sont-elles écoulées que la personne se dirige vers la porte et descend. Le malfaiteur sort précipitamment de sa cachette.

O guignon ! la chemise n'est plus sur le lit. Les vêtements qu'il a mis de côté ont disparu. Réduit à reprendre ses anciens effets, il va au pied du lit où il les avait préalablement déposés.

Redoublement de guignon ! On les avait emportés ! Pour comble de malheur, la garde-robe avait été complètement dévalisée, la commode n'avait plus vestige du moindre linge.

L'individu que le voleur avait pris pour le voisin était un deuxième larron, qui avait fait un paquet du tout.

Pendant qu'il réfléchissait au moyen de se tirer d'embarras, le véritable locataire survient. En voyant le désordre qui règne dans sa chambre, il comprend qu'il est victime d'un vol récent; car il n'était resté absent qu'une demi-heure.

Le premier voleur volé n'avait eu que le temps de se retirer dans un cabinet noir attenant à l'alcôve du lit. Instinctivement, le locataire va droit à ce cabinet et se trouve face à face avec le quidam en état de nudité complète, interdit et confus.

Ne pouvant rien en tirer qui pût expliquer sa présence, le voisin lui intime l'ordre de le suivre au poste, sans lui permettre de revenir dans sa chambre, de peur de lui laisser le temps de soustraire ses effets sortis de sa commode.

Chemin faisant, le voleur, tout penaud, enveloppé de la couverture du lit de son voisin, ne cessait de répéter :

« — En voilà une affaire, c'est moi qui suis le volé ! et c'est mon voisin qui me pige pour un autre qui n'est même pas de la maison !.,. Pas de chance !... En voilà une affaire ! »

Le garni à la mode avait pour enseigne : *Au Gras-Double.*

Une salle longue, forme boyau ; à droite, un comptoir en zinc, qui n'en finissait plus, chargé de bouteilles ; des bouteilles en face, le long du mur, avec des bocaux sur des planches ; au-dessous, un large banc de bois faisant vis-à-vis au comptoir et filant d'un bout à l'autre de la salle.

Sur ce banc, à toute heure, des femmes déguenillées, depuis l'horrible vieille jusqu'à la toute jeune fille, attendaient..... pour passer au salon et y manger le gras-double, le plat unique, le plat favori de l'établissement.

Le salon séparait la boutique par une cloison vitrée. D'un côté, elle donnait sur la rue ; de l'autre, sur un escalier en colimaçon, dans les chambres du garni. Cette pièce était meublée de tables et de bancs en bois, bien serrés les uns contre les autres.

Les mendiants et les mendiantes n'avaient généralement droit qu'au banc de la grande salle. Après l'heure des déjeuners, l'entrée du salon appartenait cependant à tous les déclassés. Les mendiants eux-mêmes pouvaient s'y lancer dès qu'ils étaient régalés par un des élus de cet enfer.

Ce fut dans ce bouge que Molutor se réfugia. Il y

fit la connaissance d'un misérable de sa trempe, avec lequel il se lia. d'amitié, entre deux verres d'absinthe. L'autre lui conta comment il vivait.

Il exploitait la charité humaine. Il vivait dans un taudis avec une femme et des enfants qu'il *louait*, et s'arrangeait de manière à ce qu'on vînt le visiter. Le commerce était bon. Il engagea Molutor à tenter la fortune.

Ce fut un trait de lumière pour Molutor. Il n'eut pas de peine à trouver au Gras-Double une compagne digne de lui. Il lui restait quelques sous. Il s'installa avec elle. Celle-ci dénicha deux petites filles abandonnées, et Molutor se mit à l'ouvrage.

Tout le monde a lu cette description navrante du mauvais pauvre par Victor Hugo :

« ..... La porte du galetas venait de s'ouvrir brusquement. La fille aînée parut sur le seuil. Elle avait aux pieds de gros souliers d'homme tachés de boue, qui avait jailli jusque sur ses chevilles rouges, et elle était couverte d'une vieille mante en lambeaux.

« Elle entra, repoussa la porte derrière elle, s'arrêta pour reprendre haleine, car elle était essoufflée, puis cria avec une expression de joie :

« — Il vient !

« Le père tourna les yeux, la femme tourna la tête, la petite sœur ne bougea pas.

« — Qui ? demanda le père.

« — Le monsieur !

« — Le philanthrope ?

« — Oui.

« — De l'église Saint-Jacques ?

« — Oui.

« — Ce vieux ?

« — Oui.

« — Et il va venir ?

« — Il me suit.

« — Tu es sûre ?

« — Je suis sûre.

« — Là, vrai, il vient ?

« — Il vient en fiacre.

« — En fiacre ! C'est Rothschild !

Le père se leva.

« — Comment es-tu sûre ? S'il vient en fiacre, comment se fait-il que tu arrives avant lui ? Lui as-tu bien donné l'adresse, au moins ? Lui as-tu bien dit : « La « dernière porte au fond du corridor, à droite ? » Pourvu qu'il ne se trompe pas ! Tu l'as donc trouvé à l'église ? A-t-il lu ma lettre ? Qu'est-ce qu'il t'a dit ?

« — Ta, ta, ta, dit la fille, comme tu galopes, bonhomme ! Voici : Je suis entrée dans l'église, il était à sa place d'habitude, je lui ai fait la révérence et je lui ai remis la lettre, il a lu et il m'a dit : « Où demeurez-vous, mon enfant ? » J'ai dit : « Monsieur, je vais vous mener. » Il m'a dit : « Non, donnez-moi votre adresse, ma fille a des emplettes à faire, je vais prendre une voiture et j'arriverai chez vous en même temps que vous. » Je lui ai donné l'adresse. Quand je lui ai dit la maison, il a paru surpris, il a hésité un instant, puis il a dit : « C'est égal, j'irai ». La messe finie, je l'ai vu sortir de l'église avec sa fille, je les ai vus monter en fiacre, et je lui ai bien dit : « La dernière porte au fond du corridore, à droite ».

« — Et qu'est-ce qui te dit qu'il viendra ?.

« — Je viens de voir le fiacre qui arrivait rue du Petit-Banquier. C'est ce qui fait que j'ai couru.

« — Comment sais-tu que c'est le même fiacre ?

« — Parce que j'en avais remarqué le numéro, donc !

« — Quel est ce numéro ?

« — 440.

« — Bien, tu es une fille d'esprit.

« La fille regarda hardiment son père, et, montrant les chaussures qu'elle avait aux pieds.

« — Une fille d'esprit, c'est possible ; mais je dis que je ne mettrai plus ces souliers-là, et que je n'en veux plus, pour la santé d'abord et pour la propreté ensuite. Je ne connais rien de plus agaçant que des semelles qui jutent et qui font ghi, ghi, ghi tout le long du chemin. J'aime mieux aller nu-pieds.

« —Tu as raison, répondit le père d'un ton de douceur qui contrastait avec la rudesse de la jeune fille, mais c'est qu'on ne te laisserait pas entrer dans les églises, il faut que les pauvres aient des souliers. On ne va pas pieds nus chez le bon Dieu, ajouta-t-il amèrement. Puis, revenant à l'objet qui le préoccupait :

« — Es-tu sûre, là, sûre, qu'il vient ?

« — Il est derrière mes talons, dit-elle.

« L'homme se dressa. Il y avait une sorte d'illumination sur son visage.

« — Ma femme ! cria-t-il, tu entends. Voilà le philanthrope. Éteins le feu.

« La mère, stupéfaite, ne bougea pas. Le père, avec l'activité d'un saltimbanque, sortit un petit pot égueulé qui était sur la cheminée et jeta de l'eau sur les tisons.

« Puis, s'adressant à sa fille aînée :

« — Toi ! dépaille la chaise.

« Sa fille ne comprenait point.

« Il empoigna la chaise et, d'un coup de talon, il en fit une chaise dépaillée. Sa jambe, passa au travers. Tout en retirant la jambe il demanda à sa fille :

« — Fait-il froid ?

« — Très froid. Il neige.

« Le père se tourna vers la cadette qui était sur le grabat, près de la fenêtre, et lui cria d'une voix tonnante :

« — Vite ! à bas du lit, fainéante ! Tu ne feras donc jamais rien ! Casse un carreau.

« La petite se jeta à bas du lit, frissonnante.

« — Casse un carreau ! reprit-il.

« L'enfant demeura interdite.

« — M'entends-tu ? répète le père, je te dis de casser un carreau.

« L'enfant, avec une sorte d'obéissance terrifiée, se dressa sur la pointe du pied et donna un coup de poing dans un carreau. La vitre se brisa et tomba à grand bruit.

« — Bien, dit le père.

« Il était grave et brusque. Son regard parcourait rapidement tous les recoins du galetas.

« On eût dit un général qui fait les derniers préparatifs au moment où la bataille va commencer.

« La mère, qui n'avait pas encore dit un mot, se souleva et dit d'une voix lente et sourde, et dont les paroles semblaient sortir comme figées :

« — Chéri, qu'est-ce que tu veux faire ?

« — Mets-toi au lit, répondit l'homme.

« L'intonation n'admettait pas de délibération. La mère obéit et se jeta lourdement sur un des grabats.

« Cependant on entendait un sanglot dans un coin.

« La fille cadette, sans sortir de l'ombre où elle s'était blottie, montra son poing ensanglanté. En brisant la vitre, elle s'était blessée ; elle s'en était allée près du grabat de sa mère, et elle pleurait silencieusement.

« Ce fut le tour de la mère de se dresser et de crier :

« — Tu vois bien les bêtises que tu fais ? En cassant ton carreau, elle s'est coupée !

« — Tant mieux ! dit l'homme, c'était prévu.

« — Comment ! Tant mieux ! reprit la femme...

« — Paix ! répliqua le père, je supprime la liberté de la presse.

« Puis, déchirant la chemise de femme qu'il avait sur le corps, il fit un lambeau de toile dont il enveloppa vivement le poignet sanglant de la petite.

« Cela fait, son œil s'abaissa sur la chemise déchirée, avec satisfaction.

« — Et la chemise aussi, dit-il. Tout cela a bon air.

« Le père promena un dernier coup d'œil autour de lui comme pour s'assurer qu'il n'avait rien oublié. Il prit une vieille pelle et répandit de la cendre sur les tisons mouillés, de façon à les cacher complètement. Puis, se relevant et s'adossant à la cheminée :

« — Maintenant, dit-il, nous pouvons recevoir le philanthrope.

« Il y eut un moment de silence dans le bouge. Puis s'adressant à l'aînée :

« — Ah ça mais ! il n'arrive pas ! s'il·allait ne pas venir ! J'aurais éteint mon feu, défoncé.ma chaise, détérioré ma chemise et cassé mon carreau pour rien.

« — Et blessé la petite ! murmura la mère.

« — Savez-vous, reprit le père, qu'il fait un froid de chien dans ce galetas du diable !... Mais qu'est-ce qu'il fait donc, ton mufle de monsieur bienfaisant ? Viendra-t-il ? L'animal a peut-être oublié l'adresse !` Gageons que cette vieille bête...

« En ce moment on frappa un léger coup à la porte, l'homme s'y précipita et l'ouvrit en s'écriant avec des salutations profondes et des sourires d'adoration :

« — Entrez, Monsieur, daignez entrer, mon respectable bienfaiteur.

« — Monsieur, lui dit le nouveau venu, vous trouverez dans ce paquet des hardes neuves, des bas et des couvertures de laine.

« — Notre angélique bienfaiteur nous comble, dit Jondrette en s'inclinant jusqu'à terre.

« Puis, se penchant à l'oreille de sa fille aînée :

« —Hein ! qu'est-ce que je te disais ! des nippes ! pas d'argent ! Ils sont tous les mêmes ! A propos, comment la lettre à cette vieille ganache était-elle signée ?

« — Fabanton, répondit la fille.

« — L'artiste dramatique, bon !... »

Molutor avait bien les qualités de l'emploi. Cette nature profondément immorale sut se plier à toutes les hypocrisies. Il sut attendrir le curé de sa paroisse, les membres de la conférence de Saint-Vincent de Paul, les administrateurs du bureau de bienfaisance,

de bonnes dames plus zélées que prévoyantes. Les
secours pleuvaient chez lui et déjà il s'applaudissait
de l'heureuse circonstance qui de l'armée des sans-
ouvrage l'avait versé dans celle des mauvais pauvres ;
lorsqu'un matin qu'il se rendait à la mairie pour
aller chercher quelques nouveaux secours, il aperçut
à la porte un rassemblement. Du centre partaient des
cris aigus. Il put s'approcher. Deux sergents de ville
étaient aux prises avec un affreux vaurien d'une dizaine d'années, qui se débattait comme un démon.

Molutor, qui flairait déjà une escroquerie nouvelle
à tenter sous le couvert d'une bonne action, eut le
tort de s'approcher de trop près.

A un moment, il se trouva en face du gamin qui
s'écria :

« — Eh ! papa ! bonjour mon vieux ! »

Il était trop tard pour reculer.

Les sergents de ville se retournèrent aussitôt.

« — C'est votre fils ?»

Molutor aurait bien voulu protester, mais le petit
criait de plus belle :

« — Eh ! oui, je suis son fils, c'est papa Molutor,
est-ce pas que je suis bien ton fils ? »

Molutor fut contraint de s'avouer le père de cet
odieux garnement.

Les sergents de ville prirent son nom et son adresse
pour le jour où le jeune prévenu comparaîtrait devant le tribunal de la police correctionnelle. Il venait
d'être pris en flagrant délit de vol avec une bande
de petits vauriens dont il paraissait être le chef.

Molutor rentra chez lui tout soucieux. Il eut un
instant la pensée de déguerpir, de changer de gale-

tas, pour échapper à la citation des juges. Il préféra rester.

Quelques jours après, il comparaissait comme témoin devant la huitième chambre correctionnelle. Molutor n'était pas à son aise. Il craignait que son gamin ne le vendît.

A l'audience, le jeune Molutor fut d'un cynisme révoltant, ce qui permit au père de dire, sans trop soulever l'indignation de l'auditoire :

« — Vous voyez, mon président, que je ne puis rien faire de cet enfant, je ne puis le surveiller. Il se moque de moi. Je vous l'abandonne. »

Ce fut la Petite-Roquette quile recueillit, jusqu'au jour où il parvint à s'en échapper si audacieusement.

La retraite avait sonné. Depuis longtemps déjà les notes stridentes du clairon et les frappements sourds du tambour s'étaient perdus dans la nuit calme. Aux bastions, dans les casemates, derrière les fascines, sous les tentes, les soldats dormaient sur le sol glacé, la tête haussée par le sac, les jambes enveloppées dans leur caban.

Par instants, des coups de canon ébranlaient l'air, et des obus passaient stridents, avec un sifflement aigu.

Des forts s'échappaient des lueurs sinistres, de scintillants et courts éclairs, aussi vite éteints qu'allumés.

Au loin, derrière les bois, des feux de bivouac, rougissant les futaies environnantes, indiquaient dans les ténèbres la place de l'ennemi.

Sur les sentiers ravagés par le passage des pièces

d'artillerie, sur les routes au sol fatigué par les pié-
tinements de la cavalerie, des grand'gardes, mono-
tonement passaient par groupes disséminés : les
hommes par quatre, à côté les uns des autres, entièrement enveloppés dans leur manteau recouvrant la
croupe de leurs chevaux, la main sur la détente de
la carabine, appuyée contre la cuisse.

Derrière les talus, dans les fossés, au travers des
sillons et des ornières, des francs-tireurs, couchés
dans la boue, faisaient, sous la clarté pâle des étoiles,
des amas noirs, des tas de corps ressemblant à des
tas de cadavres, la vie indiquée seulement par des
remuements brusques, des sursauts imprévus, des
toussements soudains. Pendant le jour, des pa-
trouilles de uhlans, courant dans la plaine, avaient
laissé traîner de leurs selles des fils télégraphiques,
couchés, imperceptibles sur le sol, embûches destinées à leur révéler la présence de nos troupes, le
moindre choc se répercutant à l'extrémité, à l'état-
major prussien.

Se faufilant sous les feuillées ténébreuses, un
homme, revêtu du costume des francs-tireurs, avançait prudemment, seul et loin du campement français.

Contre le tronc mince et blanc d'un bouleau, il heurta
du pied, avec une précaution voulue, un fil de fer ac-
croché dans l'herbe. La vibration se communiqua, et
comme un frisson courut dans le sol, jusqu'au poste
central. Aussitôt une sentinelle prussienne, défiante
cependant, s'avança. L'homme se fit reconnaître par
un signe de ralliement verbal : des mots durs pro-
noncés bas, avec des sons rauques, une phrase tu-

desque apprise et mal répétée ; puis les deux soldats, le Français et son ennemi, se parlèrent. Le faux franc-tireur sortit de son sac une lettre qu'il remit. En échange, il reçut une pièce d'or, qui étincela sous les rayons de la lune ; puis tout rentra dans le silence, les deux hommes s'éloignant l'un de l'autre.

Molutor — car c'est lui que nous retrouvons ici — trahissait son pays. L'échappé de la Petite-Roquette s'était fait espion de la Prusse.

Après avoir fait la campagne en province sous un faux nom, avec les papiers d'un malheureux qu'il avait assassiné, après avoir été fait prisonnier à Sedan, il avait recouvré sa liberté, grâce à un honteux marché qui l'attachait au service du roi Guillaume. Il avait gagné les lignes françaises, brodé je ne sais quelle histoire où il jouait un rôle héroïque, et s'était fait incorporer dans les armées improvisées que Gambetta formait. Après la prise d'Orléans, il s'était rabattu sur les murs de Paris. Il s'était engagé dans un corps franc pour y continuer plus à son aise son criminel métier.

Avec le mois de décembre qui commençait, la situation de Paris assiégé allait changer. Les proclamations du gouverneur de Paris et du général Ducrot avaient annoncé que le siége entrait dans une phase nouvelle. On n'allait plus demeurer seulement sur la défensive, mais prendre l'offensive et trouer, au point vulnérable, la triple ligne d'investissement élevée autour de Paris par l'ennemi.

Le 29 novembre, les combats s'engageaient autour de Paris par l'Hay et Thiais après une terrible canonnade des forts. Les troupes du général Vinoy, les soldats de la ligne et les fantassins de la marine repoussaient l'ennemi dans ses retranchements et, tandis que deux bataillons de la garde nationale emportaient la Gare-aux-Bœufs, sous le feu de la mousqueterie prussienne, nos soldats se repliaient emmenant leurs prisonniers sous le canon des forts. L'attaque de l'Hay et de Thiais avait pour but de faire croire aux Prussiens que l'objectif de l'armée française était de s'emparer de Choisy-le-Roi.

Le change n'eut pas lieu et l'opération ne put réussir. Avertis par leurs espions, aux oreilles desquels les projets et les plans du gouverneur de Paris avaient transpiré, les Prussiens gardèrent le passage de la Marne.

Molutor, un des premiers, avait, dès la veille, communiqué les nouvelles à l'ennemi. Parti à la nuit tombante en reconnaissance avec un groupe d'éclaireurs chargés de relever les positions de l'ennemi, il avait entraîné ses compagnons jusqu'aux extrèmes limites des avant-postes et là, sous les coups de feu espacés des sentinelles ennemies postées en tirailleurs, il avait dans l'herbe, sans éveiller nul soupçon, cherché et trouvé le fil de laiton communiquant au quartier général. Au milieu du va-et-vient de l'action rapide, à travers la fumée et la nuit, sa situation était périlleuse, il n'attendit pas que la réponse lui parvînt d'une façon ou d'une autre ; il attacha à l'endroit où il se trouvait un papier portant toutes les indications exactes des évènements préparés pour le lendemain.

Le lendemain mercredi 30 novembre, la lutte s'engagea dès le matin.

Tandis que la division Susbielle emportait sur la droite Montmesly, le gros de l'armée du général Ducrot jetait ses ponts de bateaux sur la Marne se précipitant sur Bry et Champigny ; puis, d'un élan arrachait pied à pied aux Prussiens les hauteurs de Villiers, de Cœuilly et de Chennevières.

Nos soldats gagnaient du terrain de minute en minute, lorsque vers cinq heures et demie, quand ils arrivèrent sous les murs crénelés du parc de Villiers, lorsqu'ils attaquèrent en face la première maison blanche de Cœuilly, à droite de la route, sur la hauteur, et qu'ils se portèrent à l'entrée de Chennevières, une fusillade tellement fournie, écrasante, improbable, éclata sur ces crêtes, comme une traînée de poudre qui s'enflamme, un feu tellement meurtrier les accueillit qu'ils furent contraints d'abandonner aux Prussiens l'asile fortifié qu'ils venaient de prendre.

Cette décharge meurtrière et soudaine était l'œuvre de Molutor. Guidés par les renseignements qu'il avait communiqués la veille, les Prussiens avaient pu déjouer les ruses de notre plan et surprendre ceux-là mêmes par lesquels ils devaient être surpris.

Vers la fin de décembre, le gouvernement de Paris voulut tenter une nouvelle action du côté du Bourget. L'attaque du 20 décembre échoua comme celle du 30 novembre.

Nos troupes furent obligées de se replier en bon ordre. Près de soixante mille hommes bivouaquèrent pendant trois jours dans la plaine qui s'étend entre le Bourget et les fortifications. Ils y attendirent une occasion favorable de reprendre l'offensive. L'occasion ne s'étant pas présentée, on les fit rentrer dans Paris, ne laissant aux avant-postes que les troupes nécessaires pour assurer le service des grand' gardes.

J'avais accompagné à titre d'aumônier les ambulances de la Presse.

L'état-major me pria de rester sur le terrain pour remplir mon ministère auprès des troupes qui ne devaient pas rentrer à Paris.

Je m'installai dans le presbytère du Drancy. J'allai chercher à Paris ce qui m'était nécessaire pour camper là jusqu'à nouvel ordre. Je rapportai de quoi célébrer la messe et quelques secours en nature pour les malades.

Un soir, il pouvait être huit ou neuf heures, j'achevais mon bréviaire, quand j'entendis heurter à ma porte.

« — Qui va là ?

« — C'est bien ici M. l'aumônier ?

« — Oui, que lui voulez-vous ? »

Tout en parlant, j'étais descendu et j'avais ouvert la porte.

Je me trouvai en présence de deux hommes encore jeunes. Ils étaient revêtus du costume des francs-tireurs.

« — Qu'y a-t-il pour votre service, mes amis ?

« — Voici, monsieur l'aumônier. C'est le commandant Poulizac qui nous envoie. Il vous prie de venir auprès d'un de nos camarades qui a été blessé mortellement tout à l'heure et qui voudrait voir un prêtre avant de mourir.

« — C'est bien, j'y vais. Et où est votre camarade ?

« — A la Patte-d'Oie, tout près de Bobigny, à vingt minutes d'ici. »

Je remontai dans ma chambre prendre mon chapeau, mon manteau, les saintes huiles et un cordial pour le blessé.

« — M'accompagnez-vous ?

« — Le camarade va vous accompagner, monsieur l'aumônier, dit l'un d'eux. Le commandant m'a donné un ordre à porter au colonel Lespieau. »

Je tirai la porte sur moi, et je partis.

La nuit était noire, le froid glacial. J'avais rejeté mon manteau sur mon épaule pour me préserver du vent. Il me couvrait la figure et presque les yeux.

Le petit village de Drancy était fortifié. On y avait dressé à la hâte quelques barricades qui encombraient les rues. Je fis d'abord quelques pas côte à côte avec mon compagnon. Je venais de franchir la barricade élevée à l'entrée du village, quand, me retournant, je ne vis plus mon compagnon. Je l'appelai. Personne ne me répondit. Je crus entendre un gémissement. Je revins sur mes pas.

« — Peut-être sera-t-il tombé dans un trou. »

J'inspectai les alentours de la barricade. Rien. Cette disparition étrange ne me causa cependant pas d'autre inquiétude. J'imaginai je ne sais quel malentendu et je continuai seul mon chemin jusqu'à la Patte-d'Oie.

Trois ou quatre fois je fus arrêté en route par les sentinelles, auxquelles je dus donner le mot d'ordre.

A la Patte-d'Oie, il n'y avait ni commandant Poulizac, ni francs-tireurs, ni moribond. Un lieutenant colonel de ligne, le lieutenant-colonel Leclerc, y commandait. Je lui contai mon aventure.

« — Vous avez été joué par des drôles, monsieur l'aumônier. Je soupçonne que c'est encore un de ces maraudeurs dont nous sommes infestés. Je vais vous faire accompagner pour rentrer chez vous. »

En arrivant chez moi, je trouvai la porte toute grande ouverte. Ma chambre était dans un désordre inexprimable. Ma malle éventrée ne contenait plus que quelques chapelets, des scapulaires, des livres de piété. Mon linge, mes vêtements, les quelques cordiaux qu'on m'avait donnés à l'ambulance du Grand-Hôtel, mon vin blanc pour dire la messe, tout avait disparu. J'étais complètement dévalisé. Le coquin qui avait fait le coup s'était servi de ma bougie qu'il avait laissée allumée. Sur mon matelas, je trouvai le billet suivant griffonné au crayon, à mon adresse :

« Drancy, 24 décembre 1870.

« A l'aumônier du Drancy :

« Vrai de vrai, c'est pas la peine de se gêner.
« Qu'en dis-tu, mon vieux ?
« Est-ce bien joué ?
« Quand tu reviendras, plus rien.
« Voici ce que j'emporte et je te le rendrai dans l'éternité.
« Trois paires de bas — ça me tiendra chaud — c'est tout de même embêtant qu'ils soient noirs, ça pourra me faire chopper.

« Trois chemises de flanelle, chic !

« Mouchoirs, un, deux, trois, quatre, cinq. Je t'en laisse un, pauvre vieux, dans le cas où tu t'enrhumerais. On est bon zigue ou on ne l'est pas.

« Ah ! des fioles ! Madère, malaga, cassis, cognac. C'est rien chic !

« A ta santé, bibi !

« Je te laisse tes médailles, tes chapelets, ça me porterait malheur. L'heure s'avance. Bigre, dépêchons-nous. On frappe. Je croyais que c'était toi, vieux ratichon ! Ah ! c'est Lecoq. Lecoq, c'est le camarade qui t'a emmené et qui revient m'aider. Il te l'a bien faite.

« Lui et moi nous te disons : M....

« MOLUTOR. »

Je pris le billet et le serrai dans mon portefeuille.

Le lendemain, j'allai trouver le colonel Lespieau. Je lui contai ma mésaventure. Il m'offrit l'hospitalité au quartier général. Je l'acceptai avec d'autant plus d'empressement que je ne pouvais plus habiter le presbytère de Drancy, le clocher de l'église servant de cible aux Prussiens, qui nous bombardaient du Raincy. Déjà le matin, pendant que je disais la messe à l'autel de la Sainte-Vierge, le seul qui fût resté debout, plusieurs obus étaient tombés sur l'église et y avaient fait d'horribles dégâts.

Je réparai de mon mieux la brèche que Molutor et Lecoq avaient faite à mon petit bagage, et je m'empressai d'oublier mes deux voleurs, quand une circonstance fortuite me remit, quelques mois plus tard, en présence de l'un d'eux.

. . . .

La Commune venait d'éclater. L'installation du nouveau gouvernement s'était faite avec solennité.

De grandes draperies rouges, à crépines d'or, couvraient la façade de l'Hôtel-de-Ville.

Le buste de la Liberté, coiffé d'un bonnet phrygien, se dressait sur un fût de colonne, entre les plis flottants des drapeaux rouges.

Les membres du Comité Central, ceints d'écharpes rouges à franges d'argent; ceux de la Commune d'écharpes rouges à franges d'or, siégeaient sur l'estrade. Assi présidait cette cérémonie, dont la mise en scène grisait et montait aux cerveaux. Des salves d'artillerie, des fanfares de *Marseillaise* emplissaient l'air. Le défilé des bataillons devant l'estrade était plein d'enthousiasme.

Ces débuts étaient merveilleux.

Molutor — mes lecteurs ne s'étonneront pas de rencontrer ce gredin mêlé au mouvement révolutionnaire — s'était d'abord incorporé dans les hussards de la mort, et, à travers Paris apeuré et bouleversé, on le voyait circuler superbe, dirigeant avec peine un pur-sang de belle race, dans un costume de théâtre enlevé à quelque magasin de décors pillé par ces fantoches du prolétariat ; sa ceinture bossuée de revolvers toujours chargés, et au côté, battant le poitrail de sa monture, pendait un immense sabre de cavalerie, arraché à un soldat de Versailles, tombé dans une des premières escarmouches.

Nous étions arrivés au dénouement. Le dimanche 21 mai, les troupes françaises étaient entrées dans Paris et commençaient leur œuvre de salut. Je n'avais pas quitté Paris. J'étais resté à mon poste, à l'école Bossuet.

Le lundi matin j'appris la bonne nouvelle.

Le mercredi matin, à six heures, une vingtaine de communards forçaient notre porte, 19, rue d'Assas. J'étais déjà occupé avec le citoyen Varlin, membre de la Commune, qui venait faire une perquisition dans la crypte de la chapelle. Au moment où je le reconduisais, j'aperçus cette troupe, qui se pavanait dans la cour. Je m'avançai. Un des hommes, se détachant du groupe, vint à moi. Je ne portais pas le costume ecclésiastique, j'étais en vêtements civils.

« — C'est vous, me cria-t-il, qui êtes le patron de cette cambuse, citoyen ?.

« — Oui, c'est moi.

« — Ah ! eh bien ! nous venons nous y installer. Tenez, voyez-vous cette cheminée — et il me montra une maison de la rue de Rennes en construction, mitoyenne avec le mur de l'école Bossuet — j'ai passé la nuit là-dedans, et ce que j'y ai dégoté de Versaillais, je ne vous dis que ça. J'ai vu ce matin votre cambuse, et je me suis dit :

« — Là-dedans, on peut tenir un siège. Me voilà. Y paraît que c'est une bondieuserie ? Tant mieux. On verra à la faire sauter après. Hum ! Qu'en dites-vous, citoyen ? »

Je l'avais laissé causer sans l'interrompre, et je cherchais à retrouver dans mes souvenirs où j'avais déjà rencontré cet homme. Ce son de voix ne m'était pas inconnu, et il n'y avait pas longtemps que je l'avais entendu. Où ? mes souvenirs étaient confus....

« — Ce que j'en dis, citoyen ? Mais d'abord, avez-vous des ordres ? Qui êtes-vous ?

« — Qui ? Ah ! mon gaillard, regardez-moi cette poitrine ». Sur sa vareuse s'étalaient quinze ou vingt médailles.

« — Ça ne vous dit rien ? »

Et de sa main il secouait avec prétention sa ferblanterie.

« — Non. Dites-moi qui vous êtes, cela vaudra mieux, et montrez-moi votre ordre de réquisition. Je sors d'avec le citoyen Varlin qui ne m'a nullement parlé d'une occupation militaire quelconque.

« — Le citoyen Varlin, je m'en f.... comme de ma première chemise ! Est-ce pas, les amis ?

« — Oui ! oui ! vive le commandant ! hurlèrent les gars qui s'étaient rapprochés de nous.

— Bataillon du père Duchesne ! me dit alors avec emphase l'homme aux vingt médailles, et moi, Molutor, son commandant.

« — Vive le commandant ! »

Molutor ! ce nom me remit en mémoire ma mésaventure du 24 décembre 1870. Le commandant du bataillon était bien mon franc-voleur de la guerre.

« — Tiens, lui dis-je négligemment, j'ai connu un de vos parents sans doute ; car il portait le même nom que vous ; pendant la guerre, il était franc-tireur sous les ordres du commandant Poulizac.

« — Eh ! ce parent, c'était moi-même, dit-il en riant péniblement. Tiens, moi, je ne vous connais pas... Mais, c'est pas tout ça. Il s'agit, les amis, de se mettre à l'œuvre, dit-il brusquement, et comme cherchant à éviter une confrontation.

« — Pardon, mon commandant, lui répliquai-je, mais votre ordre? vous ne me l'avez pas encore montré, j'attends toujours.

« — Zut! me répondit-il. Tu ne vas pas nous em... nuyer, citoyen! En avant, et montre-nous la cambuse.»

Le parti le plus sage était de faire contre fortune bon cœur! D'ailleurs les hommes qui accompagnaient Molutor n'avaient pas l'aspect de guerriers bien farouches. Il me sembla même qu'ils ne cherchaient qu'un prétexte d'échapper à la lutte. Je me sentais d'autant plus à l'aise que Molutor ne m'avait pas reconnu.

Je les promenai dans le jardin, partout où ils voulurent. A dix heures, ils me quittaient, déclarant qu'il n'y avait rien à faire dans la cambuse, mais que j'étais un bon bougre.

A trois heures, la troupe régulière nous délivrait de cet affreux cauchemar.

Douze ans se sont écoulés. Nous sommes à la Grande-Roquette. Mon auxiliaire me remet le petit billet suivant :

« Salle des vieillards.

« Monsieur l'omônier.

« Grande-Roquette, le 5 avril 1884.

« Le nommé Molutor prie Monsieur l'omônier de bien vouloir lui accorder une petite audience.

« J'ai bien l'honneur,
« Monsieur
« D'être votre tout dévoi
« MOLUTOR Pierre-Isidore. »

Je fais appeler Molutor. C'est bien l'homme que deux fois déjà j'ai rencontré sur mon chemin.

Il m'a reconnu le premier, en assistant le dimanche à la messe.

Le fendant chef de bataillon du père Duchesne est d'ailleurs singulièrement avarié.

« — Vous me reconnaissez, monsieur l'aumônier ?

« — C'est bien vous qui étiez à l'école Bossuet le 24 mai 1871 ?

« — Oui, me dit-il en baissant la tête.

« — Il est heureux que vous n'ayez pas su à ce moment-là qui j'étais, sans cela...

« — Oh ! sans cela, je vous aurais fait fusiller, je l'avoue.

« — Allons, ne parlons plus de cela, mais de vous. Pourquoi êtes-vous à la Grande-Roquette ? Et en quoi puis-je vous être utile ?

« — J'ai été arrêté pour escroquerie. Je sors le 24 de ce mois et je viens vous demander de me faire la charité de quelques vêtements, surtout d'un pantalon. Je ne sais si je trouverai de l'ouvrage, mais je voudrais redevenir honnête. »

Le ton avec lequel il prononce ces mots : « Je voudrais redevenir honnête » ne me laisse aucun doute sur ses vraies dispositions. Molutor est un incorrigible qui ne peut exercer d'autre métier que celui de grinche. Je fais semblant de croire à ses bonnes dispositions, et je le prie de me raconter les derniers épisodes de son histoire.

« — En vous quittant, le 24 mai 1871, je me rendis avec mes hommes à l'Hôtel-de-Ville. Je fus dirigé sur Mazas et fis partie de la troupe qui accompagna les otages à la Grande-Roquette. Lorsque l'ordre de massacrer les otages fut donné, je me joignis au peloton d'exécution. On fit descendre les otages par le petit escalier de secours. On devait les fusiller au bout du chemin de ronde, au bas de l'infirmerie. On avait peur que les otages qui étaient à l'infirmerie ne les vissent. On rebroussa chemin et on les conduisit au second chemin de ronde. L'archevêque avait l'air très crâne. Il donnait le bras à M. Bonjean. Au moment où il franchit la petite porte, j'étais à côté de lui et je l'entendis qui disait :

« — Ce ne sont pas ces hommes-là qui sont coupables, c'est M. Thiers. »

J'étais à côté de Ferré quand on commanda le feu. Je n'ai pas tiré ; mais, si on me l'avait commandé, je n'aurais pas hésité. J'étais complètement ivre de rage. Je ne savais plus ce que je faisais. Je courus au Père-Lachaise et je me battis jusqu'à la fin. Je fus fait prisonnier, conduit à Versailles et condamné à mort. On m'a commué, je ne sais pourquoi. J'ai passé neuf ans à la Nouvelle. Je suis revenu après l'amnistie. Je n'ai pas trouvé de travail. J'ai volé ! On m'a condamné à six mois. Je ne sais pas ce que je ferai en sortant. J'ai cruellement souffert à la Nouvelle. Je ne suis plus bon à rien. Il faudra cependant vivre. »

A ce moment, sa figure exprime une haine féroce. J'essaie de le calmer. Tout d'un coup il se lève et part.

Molutor a quitté la Grande-Roquette. Un jour ou l'autre il y reviendra, et ce ne sera pas pour une *petite affaire.*

____

CHAPITRE III

Que faut-il faire des voleurs de profession ?

« ...... Je crois peu à la conversion des larrons et
des voleurs de profession, a écrit un voleur de profession. Qui a volé volera ; qui a tué tuera ; comme
qui a bu boira, sauf quelques crimes exceptionnels
provenant de la surexcitation des passions ; et si je
donnais un conseil au gouvernement, ce serait de
mettre à chacun de nous une balle dans la tête, ou
de nous jeter à la mer avec un boulet, nous tous
frères du crime, unis par le sang. Le repentir, ou

plutôt le changement de vie, est bien rare chez nous...... »

Voilà qui est net. Il n'y a pour ce voleur de profession qu'une issue : la mort.

Or, est-il vrai que cette issue soit la seule? et ne pourrait-on pas, au contraire, remplacer la peine de mort par un supplice moins répugnant et plus efficace ?

La peine de mort est certainement un châtiment terrible. Rien n'est comparable à l'épouvante qui envahit l'âme du condamné pendant l'attente et lorsque l'heure fatale a sonné.

Dans son cachot cet homme vit avec des inspecteurs de la sûreté qui se prêtent à ses caprices autant que le règlement le permet. Ils causent et jouent aux cartes avec lui, selon qu'il le désire. Depuis plusieurs années, on ne met la camisole de force qu'aux condamnés indociles. Il est libre. Il fait ce qu'il veut, il dort, se lève, se couche, fume, lit, parle, se tait selon sa fantaisie; il n'est astreint à aucun travail; pour se promener, il a à sa disposition, deux heures par jour, une petite cour au milieu de laquelle s'épanouit un massif de marronniers, et qui est entourée de galeries en cas de mauvais temps. Instinctivement et sans effort, on agit à son égard avec une grande bonté. Sa nourriture est plus soignée, plus abondante que celle des autres détenus ; s'il a quelque argent, il peut se procurer certaines douceurs à la cantine ; ses parents, ses amis peuvent lui en envoyer du dehors. Le directeur, l'aumônier, ses avocats lui rendent visite.

Quoi qu'on fasse, la pensée de la mort, dont chaque

jour approche le terme, ne quitte jamais ces malheureux. Tout en eux trahit l'appréhension la plus vive.

Lorsque je fus nommé aumônier de la Grande-Roquette, j'y trouvai un nommé Daux, que la cour d'assises de la Seine venait de condamner à mort pour avoir tenté d'assassiner une vieille femme au Bourget. Le matin de la Toussaint, le brigadier me remettait le petit billet suivant :

« Monsieur,

« L'homonier je vous demanderez si sa vous serait possible de bien vouloir m'accorder une petite audience s'ils vous plais. Je suis votre très humble serviteur, je vous salue.

« DAUX. »

Après la messe, je me rendis dans la cellule de Daux. Il ne m'eut pas plutôt aperçu, qu'il fut pris d'un tremblement nerveux, et une sueur abondante lui perla au visage.

« — Qu'avez-vous, mon ami? c'est bien vous qui m'avez fait demander?

« — Oh! monsieur, c'est que ça me fait de l'effet de vous voir. »

J'étais pour ce malheureux l'aumônier des dernières prières. Chaque fois que je le revis, je fus témoin de la même scène.

Il fut commué. J'allai le féliciter : ce n'était plus le même homme. Ma présence ne lui faisait plus peur.

Quelques mois après, lui succédait dans la même cellule Meerholz, surnommé le « Pacha de la Glacière ». Le président des assises, M. Cammartin, m'avait chargé de lui annoncer que non seulement il ne serait pas exécuté, mais que même sa peine serait commuée en celle de vingt ans de travaux forcés. Je le fis prévenir que je lui apportais de bonnes nouvelles. Il n'en trembla pas moins de tous ses membres quand il m'aperçut.

Abadie et Gilles, qui attendirent leur sort pendant trois mois, entraient en agonie tous les matins, vers quatre heures, m'a raconté l'abbé Crozes, et ne retrouvaient un peu d'assurance que vers six heures. Ils se sentaient sauvés jusqu'au lendemain.

J'ai observé le même phénomène chez Cornet, qui a attendu soixante-trois jours la décision du chef de l'État.

Les quarante jours qui s'écoulèrent entre l'arrêt et l'exécution de Montcharmont furent pour ce malheureux quarante jours d'agonie. L'image du supplice le poursuivait sans relâche; à chaque moment, il croyait voir se dresser devant lui l'échafaud sur lequel il allait périr. La nuit, il faisait des rêves affreux, des rêves de couperet sanglant, de tête séparée du tronc et se réveillait en poussant des hurlements de bête fauve. Le jour, il pleurait, il gémissait, il écrivait à ses amis, à tous ceux qu'il croyait pouvoir lui venir en aide. Des personnes charitables le visitaient, le consolaient, l'exhortaient à la résignation et au repentir...

« — Mais c'est ce couteau! s'écriait-il, c'est cette planche que je vois toujours! »

Pendant les trente-neuf jours de son internement à

la Grande-Roquette, Gamahut fut pris des mêmes
terreurs. La nuit, il était en proie à des cauchemars
suivis de brusques réveils.

« — Est-ce qu'on vient ? » s'écriait-il, dressé sur son
lit, l'oreille tendue vers la porte de la cellule. Le
moindre bruit d'un gardien en tournée, une porte ouverte l'apeuraient.

Gervais dormait profondément, lorsqu'on pénétra
dans sa cellule. Son réveil fut effrayant.

L'abbé Crozes s'approcha de lui et l'embrassa.

« — Oh ! c'est impossible, ajouta-t-il à plusieurs reprises, d'une voix rauque. C'est impossible ! mais c'est
un crime que va commettre la société. »

« Ils disent que ce n'est rien, fait dire Victor Hugo
à son héros, dans le *Dernier jour d'un condamné*,
qu'on ne souffre pas, que c'est une fin douce, que la
mort de cette façon est bien simplifiée.

« Hé ! qu'est-ce donc que cette agonie de six semaines et ce râle de tout un jour ? Qu'est-ce que les
angoisses de cette journée irréparable qui s'écoule si
lentement et si vite ? Qu'est-ce que cette échelle de
tortures qui aboutit à l'échafaud ?

« Apparemment ce n'est là que souffrir.

« Ne sont-ce pas les mêmes convulsions, que le
sang s'épuise goutte à goutte ou que l'intelligence
s'éteigne pensée à pensée ? »

Campi, qui, au lendemain de son arrivée à la
Grande-Roquette, m'avait dit d'un ton fort dégagé :

« — Mon seul désir est de mourir. La lecture du
verdict, auquel je m'attendais, ne m'a produit aucune

émotion. Je me suis même donné le plaisir, en quittant l'audience, de courir dans le couloir avec l'espérance que les municipaux, en se pressant pour me rattraper, dégringoleraient dans l'escalier. La mort ne m'effraie pas. Je me figure que je suis poitrinaire. Combien qui meurent à mon âge ! »

Campi qui avait dit à l'audience, à M⁰ Laguerre, pendant que la Cour délibérait :

« — Je viens d'être frappé d'une phthisie galopante, c'est l'affaire de quelques semaines » ; et qui avait d'abord refusé de signer son pourvoi, s'était promptement ravisé. Je remarquais d'ailleurs, que chaque jour, il devenait plus distrait, plus songeur. Il jouait aux cartes nerveusement, sans attention.

Je sentais que, quand il me parlait de sa mort, la pensée de la guillotine l'obsédait. Il ressemblait à ces malades qui essayent d'oublier leur mal en en causant avec leur médecin. Ses gardiens eux-mêmes s'étaient aperçus que plus l'heure du supplice approchait, plus ses nuits étaient agitées. Il avait des mouvements brusques. Tout d'un coup, il se levait, quittait sa lecture, arpentait sa cellule en crispant les poings.

C'est toujours ainsi, m'avait prévenu l'abbé Crozes. Les plus violents sont matés dès qu'ils entrent à la Grande-Roquette. Ils comprennent que le temps de la pose est fini et que c'est le cercueil qui s'entr'ouvre.

Quand on vint chercher Verger, l'assassin de Mᵍʳ Sibour, il se mit d'abord à plaisanter.

« — Oui, je vous connais tous, dit-il aux assistants, vous venez voir quel effet cela me fera. Soyez sans inquiétude, je connais l'Empereur, il ne me laissera pas exécuter. » Tout le monde était consterné.

L'abbé Hugon s'approcha de lui :

« — Voyons, mon cher ami, votre dernière heure est arrivée, il faudrait songer à votre âme...

« — Un instant, monsieur l'abbé, je suis prêtre comme vous et je connais toutes ces formules. »

L'heure cependant avançait et l'on ne savait quel parti prendre. L'air insouciant de Verger, ses bravades paralysaient tout le monde. Tout d'un coup, soit, qu'il ait compris, soit qu'il ait été frappé de folie, il s'écria :

« — Ah ! ça, mais c'est donc vrai?... »

« Et vous croyez que je vais aller tranquillement à l'échafaud? Vous m'y conduirez de force. » Et, se cramponnant à son lit, il regarda les assistants de l'air d'un homme décidé à se faire mettre en pièces plutôt que d'avancer.

« — Voyons, messieurs, s'écria-t-il tout d'un coup, joignant les mains, se jetant à genoux devant les agents, vous qui êtes décorés, qui approchez l'Empereur — peut-être avait-il reconnu M. de Nieuwerkerke qu'on avait laissé entrer — allez trouver l'Empereur. Dites-lui que je ne veux pas mourir. Qu'il me gracie.»

A ce moment, des agents se jetèrent sur lui. Une lutte épouvantable s'engagea. Le directeur, M. de Lasalle, se sentant défaillir, quitta la cellule. Verger se cramponnait aux agents, au lit, à la porte. C'était horrible. Il rugissait. Le greffier, M. Brandereth, actuellement directeur de la prison des Jeunes-Détenus, eut l'heureuse inspiration d'aller chercher le bourreau. Heidenrech était un colosse : sa haute taille, ses cheveux blancs taillés en brosse, ses favoris courts, ses lèvres et son menton soigneusement rasés lui donnaient l'air d'un officier en retraite. Quand il pénétra dans la cellule, la lutte était effrayante.

« — Eh bien ! Verger, lui dit-il lentement, le fixant de son œil clair, il paraît que vous ne voulez pas venir de bonne volonté, nous allons donc vous emmener de force ? »

Verger regarda cet homme en tremblant. Il eut peur et se laissa garrotter; puis, sans dire un mot, il le suivit.

On le conduisit à l'avant-greffe pour la toilette.

« — Oh ! mon Dieu, s'écria-t-il en se tordant sur le tabouret où il était assis, est-ce triste de mourir sans parents, sans amis, abandonné de tous !

« — Verger, lui dit aussitôt l'abbé Hugon, tous vos amis ne vous abandonnent pas — et, lui montrant le crucifix, — en voici Un qui pense à vous, qui vous aime, qui vous attend, le reconnaissez-vous ? » Et Verger, prenant le crucifix, l'approcha de ses lèvres.

« — C'est bien, lui dit l'aumônier, je vois que vous m'avez compris. » Et, l'attirant doucement dans un coin de l'avant-greffe, il lui donna l'absolution.

« L'échafaud, a écrit Victor Hugo, quand il est dressé et debout, a quelque chose qui hallucine. Qui l'aperçoit *frissonne du plus mystérieux des frissons*. Le lendemain de l'exécution, l'évêque parut accablé. Par moments il bégayait des monologues lugubres. En voici un que sa sœur entendit un soir et recueillit: « *Je ne croyais pas que cela fût si monstrueux.* »

J'ai senti ce frisson au réveil de Michel Campi.

Jamais je n'ai éprouvé d'angoisse aussi profonde, jamais je n'ai été autant obligé de calmer mes nerfs.

Je ne croyais pas que cela fût si monstrueux, ni que le réveil d'un condamné à mort fût si épouvantable.

Campi s'était couché confiant, rêvant peut-être de l'avenir.

Tout à coup on l'éveille, on l'arrache à son rêve, et brusquement on lui crie : *Tu vas mourir!*

Jamais je n'oublierai l'égarement, la pâleur cadavérique dont ce visage fut aussitôt envahi.

« — Campi! Campi! répéta par deux fois le directeur.

« — Qu'est-ce que tout ce monde? dit-il en se dressant sur son séant.

« — Votre pourvoi a été rejeté... Allons, mon garçon, il faut être courageux. »

Campi était devenu livide. Ses yeux hagards se promenaient sur toutes les personnes présentes, sans en fixer aucune. Au bout d'une minute, il sembla faire effort pour réunir ses idées, il secoua ses couvertures et se mit à genoux sur son lit... Un tremblement nerveux secouait ses membres, comme si un fluide électrique les traversait ; il fit plusieurs fois le geste de l'agonisant qui *ramasse ses draps* et passa la main sur son front. Sa respiration était bruyante, saccadée; une sueur abondante inondait son visage. Serrant les dents pour en réprimer le claquement, il s'assit sur son lit. On lui passa ses vêtements. Tout en s'habillant, il nous regardait d'un regard atone, hébété. Il faisait d'étonnants efforts pour rester maître de lui.

« — Donnez-moi de l'eau, que je me lave la figure »,

commanda-t-il de ce ton impérieux qu'il employait volontiers vis-à-vis des personnes de la prison.

Le sous-brigadier prit de l'eau dans un geigneux [1] et lui en jeta sur la figure.

« — Vous ne pourriez pas me donner de l'eau autrement, sur une serviette? »

On lui passa une serviette. Tout en s'essuyant, il lançait autour de lui des regards farouches et menaçants.

Le réveil de Marchandon fut d'autant plus terrible que, lui aussi, comptait sur sa grâce. N'avait-il pas fait dire une messe à cette intention?

Quand on entra dans sa cellule, il se souleva sur son lit, retomba, pris d'un tremblement nerveux.

L'abbé Scala, aumônier de la Petite-Roquette, s'approcha de lui, et essaya de lui faire reprendre courage. Mais le malheureux ne l'entendait pas.

Un instant il parut revenir à lui et fit signe à l'abbé Faure de s'approcher. Il lui murmura quelques mots à l'oreille. C'était pour lui demander d'envoyer à sa mère une photographie avec son dernier souvenir.

Malgré ses efforts, Marchandon se sentait défaillir; ses jambes se dérobaient. En franchissant le seuil de la prison, il manqua de tomber. Les deux prêtres furent forcés de lui prendre les bras et c'est presque en le portant qu'ils lui firent franchir les huit ou dix mètres qu'il avait à parcourir.

Avec ses cheveux courts, sa barbe complètement rasée, son cou dégarni, Marchandon avait l'air d'un enfant de quinze ans. La pâleur mate du teint, le men-

---

[1] Petite cruche à l'usage des détenus.

ton fuyant qui diminuait le visage ajoutaient encore à l'illusion. Il avait les yeux égarés et ne semblait plus se rendre compte de ce qui lui arrivait. Sur la bascule, une révolte de la chair se produisit, mais sa tête fut emprisonnée dans la lunette et le couteau tomba.

La peine de mort est donc une peine redoutable, mais pour qu'elle soit un remède efficace, il faudrait d'abord qu'elle fût en vigueur. Or elle ne l'est plus, c'est pourquoi elle n'intimide plus les coquins.

On a calculé qu'à l'heure actuelle, sur 100 criminels de profession, qui passent devant les assises, 92 sont exonérés par le jury avec les circonstances atténuantes; 8 sont condamnés à mort; 3 seulement sont exécutés. En 1826, 72 criminels ont été exécutés en France; en 1880, il n'y en a eu qu'un seul, Ménesclou; en 1881, encore un seul, Lantz; — et encore ni Ménesclou, ni Lantz n'étaient des voleurs de profession; Ménesclou avait coupé en morceaux une enfant de quatre ans, à laquelle il avait fait subir les derniers outrages; Lantz avait tué son père; — pas un seul en 1882, ni en 1883; un seul en 1884, Michel Campi.

A l'heure où j'écris ces lignes, vingt-sept condamnés à mort attendent dans leur cachot la décision du chef de l'État. Il y a longtemps qu'on a vu en France un aussi grand nombre de condamnés à mort à la fois.

Combien seront exécutés?

Il y a d'abord quatre femmes : la femme Piel, qui assassina, le 15 août dernier, deux vieillards septuagénaires; la femme Rosalie Lecat, qui fit tuer son mari par son amant; la fille.Baudet, cette ancienne prostituée qui, vieillie, usée, sans le sou, vendit à un ignoble satyre un petit enfant de cinq ans qu'elle égorgea ensuite pour l'empêcher de rien dire; enfin la femme Thomas qui, avec son mari et ses frères, brûla vive leur vieille mère, en Sologne.

Depuis de nombreuses années, pas une femme n'a subi le dernier supplice. Si bien qu'une légende s'est formée. Le peuple livide des escarpes et des assassins s'imagine volontiers que la loi n'ose plus frapper « le beau sexe ». Une galanterie de la guillotine! Et cette croyance est si enracinée, que le président de la cour d'assises de la Vienne ayant dit à la fille Baudet :

« — Vous saviez bien que vous seriez punie de mort?

La fille Baudet répliqua :

« — Je croyais en être quitte pour quelques années de prison. »

Je ne m'explique pas ce code du pardon appliqué aux femmes criminelles. Est-ce pour ne pas montrer à la foule le spectacle effroyable d'une femme montant à l'échafaud? Est-ce au contraire une galanterie macabre envers « la plus belle moitié du genre humain? » comme disait Desmoustiers.

Il faut être logique. Si on veut supprimer la peine de mort pour les femmes, alors qu'on rétablisse la peine du talion.

Je suppose que Mme Chabanacy pénètre demain dans la cellule de la misérable Baudet et qu'elle lui inflige le même supplice que son enfant a subi, qu'ensuite elle comparaisse devant des jurés et dise :

« — Messieurs, il est clair que j'ai eu tort de me faire justice. Mais je sais qu'aujourd'hui on n'exécute jamais les femmes. Eh bien ! j'ai voulu que celle qui a tué mon enfant fût tuée ; j'ai voulu qu'elle souffrît ce que mon enfant avait souffert. » Quelle voix s'élèverait pour la condamner, quel juge oserait dire : « Cette mère est criminelle parce qu'elle s'est vengée ? »

Dans la prison de Limoges se trouve Simonnet, l'assassin de la veuve Lavaud, condamné à mort le 1ᵉʳ décembre par la cour d'assises de la Haute-Vienne.

Si cette affaire a fait peu de bruit à Paris, elle a causé une grande émotion dans tout le Limousin.

Le 4 février dernier, vers onze heures du soir, Simonnet tuait, dans un cabaret de Limoges où il avait pénétré pour voler, la veuve Lavaud et son gendre.

Il fut arrêté à Bourges, où il commit un vol avec effraction quelques jours après.

L'assassin avait lui-même raconté son crime dans sa cellule à un de ses co-détenus.

Simonnet a des antécédents déplorables : il a subi quatre condamnations dont une à cinq ans de réclusion pour vol qualifié, puis a été condamné successivement à Châteauroux et à Bourges, « deux fois à vingt ans de travaux forcés et en dernier lieu à perpétuité », par contumace.

Quelqu'un qui a vu Simonnet dans son cachot m'assure qu'il a une entière confiance dans la clémence du président de la République.

A Versailles, à la prison des Chantiers, Leduc, condamné deux fois à mort par la cour d'assises d'Eureet-Loir et par celle de Seine-et-Oise pour avoir, de complicité avec la fille Decauchy, sa maîtresse, assassiné à coups de serpe, dans le but de dévalise sa maison, une vieille fille de Faverolles, presque octogénaire, Mlle Moulin, dont ils avaient été les locataires.

Dans la prison de Caen, se trouvent quatre condamnés à mort : Houlon, Petit, la femme Piel et Prosper Catherine.

Les trois premiers ont été condamnés pour avoir assassiné, le 15 août dernier, deux vieillards septuagénaires, les époux Durand.

Prosper Catherine a tué sa petite fille âgée de deux ans. Après l'avoir mordue avec une cruauté de fauve altéré de sang, le misérable assomma la fillette d'un coup de poing et lui brisa le crâne comme avec une massue.

Voilà, ce semble, neuf misérables que l'échafaud réclame; aucun peut-être ne sera exécuté.

Les dix-huit autres ne sont guère plus intéressants et leur vie n'est qu'une suite non interrompue de délits, de vols, entremêlés de crimes, et que termine un assassinat plus éclatant que les autres, qui les a fait prendre. Tous, néanmoins, comptent sur la clémence du chef de l'Etat.

Un seul sur ces vingt-sept, un seul peut-être, sera exécuté, Austruy qui, le 31 août dernier, a tué, d'un coup de casse-tête, le gardien Esselin dans la prison de Clairvaux.

Austruy est une espèce de brute, à peine âgé de vingt ans, qui faisait à Clairvaux dix années de réclusion pour vol et tentative d'assassinat.

Esselin entrait, le 31 août dernier, à sept heures du matin, dans la cellule d'Austruy, lorsqu'il fut saisi au collet par ce détenu qui lui broya le crâne d'un formidable coup de casse-tête.

Esselin tomba foudroyé.

Après son crime, Austruy, loin d'exprimer le moindre repentir, s'inquiétait seulement de savoir si Esselin était bien mort.

« — Je n'ai pas pu, disait-il avec une rage cynique, lui donner un second coup ; j'aurais été plus sûr de le refroidir ! »

En entendant sa condamnation, Austruy était resté absolument impassible.

Dans sa prison, il ne paraît nullement se soucier de son sort ; il mange, dort et boit sans songer au terrible réveil qu'il peut avoir un de ces matins.

Il sera peut-être le seul, sur ces vingt-sept condamnés à mort, qui sera exécuté ; et encore je n'ose l'affirmer.

C'est donc un calcul de probabilités, une chance à courir.

Les coquins n'ignorent pas qu'après une exécution il y a toujours un temps d'arrêt, que pendant un an ou deux ils ont la bride sur le cou.

Si l'on veut que la peine de mort fasse trembler les voleurs de profession, il ne faut pas qu'ils puissent compter sur une grâce possible. Tu as tué, on te tue. Tu es dangereux pour la société, on te supprime.

Il faut de plus que cette peine soit appliquée comme il convient.

Un prêtre belge ayant assisté 167 condamnés à mort

demandait à chacun : « Avez-vous vu une exécution ? » et 161 répondaient affirmativement.

« — J'ai vu mourir Campi, disait Gamahut quelques jours avant d'être exécuté, s'il faut que j'y passe
j'aurai du courage comme lui. »

En montant dans le « panier à salade » qui le conduisait à Bicêtre, Avril fit parvenir à Lacenaire un papier
sur lequel il avait écrit ces mots :

« Mon cher Lacenaire, toi qui as de l'esprit, fais-
moi donc une chanson pour que je la chante en allant
a l'échafaud. »

Lacenaire écrivit sur le verso :

« — Mon cher Avril, je ne veux pas te faire de
chanson ; on chante quand on a peur, et j'espère que
nous ne chanterons ni l'un ni l'autre. »

« — M. Hugo, disait Lacenaire à l'un de ses gardiens, a fait un bien beau livre, le *Dernier jour d'un
condamné*. Eh bien ! je suis sûr que si on me laissait
le temps, je l'enfoncerais ! »

« — Voyez-vous, s'écriait Lemaire, c'est sur l'échafaud qu'on verra quel homme je suis. »

Par une suprême bravade, Campi balbutia en apercevant la guillotine :

« — Ce n'est que ça ! »

Il avait dit à ses gardiens :

« — Je voudrais que l'échafaud fût bien haut pour
que la foule me voie et m'entende. » Cette petite
guillotine à fleur de terre lui paraissait indigne de lui.

. . . .

« Les détenus du chauffoir s'étaient pris à rire aux
éclats, raconte Eugène Suë.

« — Mille tonnerres! s'écria le Squelette, je voudrais bien qu'ils nous voient blaguer ce tas de *curieux*[1] qui nous croient faire bouder devant leur guillotine... Ils n'ont qu'à venir à la barrière Saint-Jacques le jour de ma représentation à bénéfice ; ils m'entendront faire la nique à la foule, et dire à Charlot d'une voix crâne :

« — Père Samson, cordon, s'il vous plaît[2]! »
Nouveaux rires...

« — Le fait est que la chose dure le temps d'avaler une chique... Charlot tire le cordon.

« — Et il vous ouvre la porte du *boulanger*[3], dit le Squelette en continuant de fumer sa pipe.

« — Ah! bah!... est-ce qu'il y a un boulanger?

« — Imbécile! je dis ça par farce... il y a un couperet, une tête qu'on met dessous... et voilà.

« — Moi, maintenant que je sais mon chemin et que je dois m'arrêter à l'*Abbaye Monte-à-Regret*, j'aimerais autant partir aujourd'hui que demain, dit le Squelette avec une exaltation sauvage, je voudrais déjà y être... le sang m'en vient à la bouche... quand je pense à la foule qui sera là pour me voir... Ils seront bien quatre ou cinq mille qui se bousculeront, qui se batteront pour être bien placés ; on louera des fenêtres et des chaises comme pour un cortège. Je les entends déjà crier : Place à louer!... place à

---

[1] Juges.

[2] Pour comprendre le sens de cette horrible plaisanterie, il faut savoir que le couperet glisse entre les rainures de la guillotine après avoir été mis en mouvement par la détente d'un ressort au moyen d'un cordon qui y est attaché.

[3] Du diable.

louer!... et puis il y aura de la troupe, cavalerie et
infanterie, tout le tremblement à la voile... et tout
ça pour moi, pour le Squelette... c'est pas pour un
pante qu'on se dérangerait comme ça... hein!... les
amis?... Voilà de quoi monter un homme... Quand
il serait lâche comme Pique-Vinaigre, il y a de quoi
vous faire marcher en déterminé... Tous ces yeux
qui vous regardent, vous mettent le feu au ventre...
et puis... c'est un moment à passer... on meurt en
crâne... ça vexe les juges et les *pantes*, et ça encou-
rage la *pègre* à blaguer la *camarde*.

« — C'est vrai, reprit Barbillon afin d'imiter l'effroyable forfanterie du Squelette, on croit nous faire
peur et avoir tout dit quand on envoie Charlot monter sa boutique à notre profit.

« — Ah bah! dit à son tour Nicolas, on s'en moque
pas mal... de la boutique à Charlot! C'est comme de
la prison ou du bagne, on s'en moque aussi : pourvu
qu'on soit tous amis ensemble, vive la joie à mort! »

Tant que l'échafaud servira de piédestal aux coquins de profession, il ne sera pas le dernier supplice.
Quitter la vie leur est désagréable, mais du moment
qu'ils sont sûrs de mourir avec escorte et réclame,
ils font sans trop de regrets ce sacrifice.

Aussi soignent-ils cette « représentation à bénéfice ».
Ils viennent voir comment partent les autres, pour
ne pas « flancher », ils préparent leur attitude, le
mot de la fin. Ils savent que la presse leur sera favorable s'ils meurent crânement. Ils ne négligent rien
pour obtenir ce dernier applaudissement.

« — Monsieur l'aumônier, voulez-vous me montrer
le chemin que nous suivrons pour aller à l'échafaud? »

m'avait une fois dit Campi; et, une autre fois, il me
confia qu'il répétait sur son lit la scène dernière,
s'allongeant, présentant sa tête au couperet, de manière à mourir avec grâce.

Ils feront effort pour fumer une cigarette, pour
boire, manger, lancer un trait d'esprit, remercier
celui-ci, paraître dégagés, indifférents.

Au moment où les aides s'emparèrent de Poncet,
il demanda de l'eau-de-vie. On lui en apporta.

« — Ce n'est pas ça, dit-il après avoir goûté, ce
n'est pas digne de Poncet; il m'en faut de meilleure. »

Allumant alors un cigare, et apercevant l'exécuteur :

« — N'est-ce pas que ça embaume ? » ajouta-t-il
lançant un jet de fumée au nez de l'homme qui allait
le décapiter.

Quand on voulut l'attacher :

« — Ne vous gênez pas, je sais ce que c'est, j'en
ai vu arranger pas mal à Toulon. Seulement, là-bas,
on ne-les traite pas si bien qu'ici. Ici, on arrive, et
ça y est! »

Il prit un verre que lui offrit M. Huline, gardien-
chef de la maison de justice, le remercia des soins
qu'il avait eus pour lui, dit adieu au détenu qui avait
partagé sa cellule et monta en voiture avec l'abbé
Follet. Plus de dix mille personnes attendaient le
condamné au pied de l'échafaud. Poncet en monta
les marches avec fermeté. Lorsqu'il aborda la plate-
forme, il se tourna à droite et à gauche, salua la
foule, et voulut la haranguer :

« — Adieu, mes amis, je meurs innocent! »

Pendant le parcours, de la Conciergerie à la place de Grève, Louvel tournait la tête à droite et à gauche, jetant à la foule des regards de mépris.

Il se disposait à monter la première marche de l'échafaud, lorsque l'abbé Montès l'arrêta doucement par le bras, et lui dit :

« — Agenouillez-vous, mon fils, et demandez pardon à Dieu d'avoir commis un tel crime. — Louvel avait assassiné le duc de Berry.

« — Jamais, monsieur, répliqua-t-il avec hauteur. Je n'ai aucun regret de ce que j'ai fait, et ce serait à refaire que je recommencerais.

« — Mon ami, vous n'avez qu'un dernier effort à faire pour gagner le ciel. Allons, un acte de contrition, et vous fléchirez le Dieu des miséricordes infinies.

« — J'irai tout comme vous au ciel, s'il y en a un; mais je vous en prie, dépêchez-vous ; ça m'attend.

Et d'un geste il montrait l'échafaud.

« — Mon cher ami, je vous en conjure, reprit avec émotion l'abbé Montès, en ce moment si court et si décisif, songez au salut de votre âme ; dites que vous vous repentez d'avoir offensé Dieu.

« — J'ai déjà fait beaucoup de choses pour vous plaire, répliqua-t-il avec une impatience croissante; faut-il ajouter que je suis fâché de ce que j'ai fait? Prenez que je l'ai dit. » Et il s'élança sur l'échafaud d'un pas si ferme et si rapide, que les aides furent obligés de le retenir pour qu'il n'arrivât pas avant eux.

Foulard était d'abord resté taciturne; mais, au moment où le cortège déboucha sur le quai, une grande exaltation s'empara de lui, et, se levant à plusieurs reprises sur son banc, il cria d'une voix stridente à la foule qui s'était amassée le long des trottoirs et des parapets :

« — Pères et mères ! voyez où conduit l'abandon de la famille ! Oui, je suis coupable, mais la faute en est à mes parents, qui m'ont livré à moi-même sans appui et sans éducation. »

En vain l'abbé Montès le conjurait de cesser ses récriminations qui offensaient Dieu sans le justifier vis-à-vis des hommes.

On était arrivé à la Grève. La guillotine élevait ses deux grands bras rouges et les pâles lueurs d'un soleil d'hiver se jouaient sur l'acier poli de la lame. Foulard s'était calmé subitement. Une foule considérable couvrait les pavés de la place, et de nombreux curieux, attirés par ce sanglant spectacle, se montraient aux fenêtres des maisons. Foulard apercevant au premier rang des assistants un brigadier de sa compagnie, l'interpelle vivement :

« — Approche, mon vieux, lui cria-t-il, si je ne puis faire mes adieux à tous les camarades, qu'ils les reçoivent en ta personne. »

Le vieux soldat vint au pied de l'échafaud donner l'accolade à celui qui allait mourir, et deux grosses larmes sillonnèrent sa figure.

Foulard, de plus en plus animé, et dont le teint s'était empourpré, semblait pris d'une sorte de fièvre et de délire. Il se tourna tout à coup vers le bourreau :

« — Venez, que je vous embrasse aussi, dit-il, pour montrer que je suis sans rancune et que je pardonne à tout le monde. »

Ce cérémonial, cette toilette, cette pompe théâtrale des derniers instants, ce cortège de magistrats, d'agents, s'avançant trois par trois, graves et silencieux comme en une procession pieuse ; cette lourde porte qui tourne tout à coup sur ses gonds, comme en un théâtre ; cette place noire de curieux qui ont payé leur place par des démarches nombreuses, par une nuit d'insomnie ; cette escorte militaire en grand uniforme, cette cavalerie superbement montée, le sabre au poing ; tous ces regards fixés sur ce cadavre, décolleté comme une femme, le cou et les épaules frissonnants, qui ne peut marcher qu'à petits pas, dont on épie les moindres gestes pour l'admirer ou le huer ; cet *acteur en vedette* que *Tout-Paris* vient voir « éternuer dans la sciure », selon l'expression de Nicolas Roch, tout cela m'a paru écœurant, odieux, d'autant plus que ce héros de théâtre, que traîne l'aumônier, n'est souvent qu'un cadavre, à peine soutenu par sa vanité.

... La toilette est finie. Campi se lève. Il traverse le vestibule et la cour le corps droit, la tête haute, avec des attitudes de défi. Il marche si précipitamment que je dois lui dire :

« — N'allez pas si vite, Campi, vous allez tomber. »

La porte de la prison s'ouvre. Les gendarmes mettent sabre au clair.

Campi aperçoit le couperet, il fait alors d'étonnants efforts pour marcher d'un pas ferme. Je lui tiens le bras, il tremble comme une feuille. Sa tête penchée de mon côté, sa bouche convulsée, ses yeux, dont on ne voit plus que le blanc, témoignent d'une émotion que malgré tous ses efforts il ne peut maîtriser. Deux minutes de plus, il serait tombé inanimé.

Les procès-verbaux des exécutions capitales sont tous aussi pitoyables.

Le 7 septembre 1878, on exécutait Barré et Lebiez.

Barré s'était couché de bonne heure et sommeillait à peine. Il s'attendait à son exécution. A minuit il avait remis au directeur de la Roquette un long mémoire adressé à ses parents, et il avait déclaré à ses gardiens qu'il ne se coucherait pas, parce qu'il pressentait qu'il serait exécuté le matin.

Lorsqu'on ouvrit sa cellule il était à moitié assoupi.

« — Aimé-Thomas Barré, du courage, lui dit le directeur... du courage ! »

Un tressaillement nerveux secoua tous ses membres. Il ne répondit rien et se mit à s'habiller d'un air égaré.

Quand il eut passé son pantalon, il demanda si on ne pourrait pas lui donner un peu de vin. L'abbé Crozes s'empressa de lui en apporter un verre qu'il avala d'un trait. Les couleurs revinrent à ses pommettes pâles.

« — Maintenant, murmura-t-il, je fumerais bien une cigarette. »

On lui en donna une toute faite. Il l'alluma et se mit à examiner ses papiers placés dans le tiroir de la table en bois blanc, qui meublait sa cellule. Il les compulsa lentement, en apparence pour y faire un choix; en réalité c'était pour gagner du temps.

Au bout d'un instant cependant, il se décida à

remettre au directeur une lettre ; puis il donna ce qui lui restait d'argent à l'abbé Crozes.

« — Vous savez pour qui c'est, n'est-ce pas ? » lui dit-il.

Lebiez avait tellement la conviction d'être envoyé à la *Nouvelle*, qu'il avait prié un des gardiens de lui faire la monnaie de cinq francs, craignant, disait-il, de ne pas pouvoir la changer sur le bateau.

Il avait joué aux cartes jusqu'à deux heures du matin. Puis il avait pris un livre, *L'Histoire des Navigateurs*, et avait lu jusqu'à trois heures.

Il y avait à peine deux heures qu'accablé par la fatigue il s'était endormi.

« — Lebiez... », dit le directeur.

Lebiez ne bougea pas. Il fallut qu'on le secouât pour le tirer du sommeil de plomb dans lequel il était plongé.

« — Ah ! ah ! ah ! », dit-il sur trois tons différents, regardant les assistants.

Le directeur prononça la formule usitée. Lebiez sauta à bas de son lit, s'habilla rapidement, et se mit lui aussi à ranger ses papiers.

« — Voulez-vous fumer ? voulez-vous un peu de vin ? » lui demanda-t-on.

« — Non, rien, merci. »

En relevant la tête il aperçut l'abbé Latour. Il lui fit signe de s'approcher et l'embrassa à plusieurs reprises.

A ce moment, Barré passait devant la cellule de Lebiez, fumant machinalement sa cigarette qu'il avait rallumée deux fois pendant son entretien avec l'aumônier.

On le livra à M. Roch pour la toilette. Comme l'exécuteur voulait le ligoter :

« — Oh ! ne me faites pas de mal, dit-il, je vous promets que je ne me débattrai pas. »

M. Roch l'attacha en effet avec beaucoup de précautions. Néanmoins, le contact de la corde le fit défaillir.

« — Encore du vin ! du vin ! » râla-t-il.

On lui plaça le verre aux lèvres. Il but avidement. Puis :

« — Je voudrais bien encore une cigarette », demanda-t-il. Mais M. Baron fit un signe. Pendant toutes ces lenteurs de Barré, la toilette de Lebiez avait été faite. On ne voulait pas prolonger l'agonie de ce malheureux, qui ne devait passer que le second et qui attendait.

On se mit en marche.

A ce signal : « Sabre en main ! » la porte de la Roquette s'ouvrit pour laisser passer le condamné.

Barré avait perdu toute son énergie ; chaque pas qu'il faisait vers l'échafaud augmentait sa défaillance. A mi-chemin, il s'affaissa. Si on ne l'avait soutenu solidement, il tombait à terre,

On l'enlève. L'abbé Crozes l'embrasse. On le jette sur la bascule. Le couteau s'abat...

La tête tombe régulièrement dans le baquet, mais le corps, par suite sans doute d'un soubresaut suprême, n'est projeté qu'à moitié dans le panier ; les épaules portent sur le montant du panier, et un énorme jet de sang inonde les vêtements de l'aide, qui, suivant l'usage, s'avançait vers le panier pour y jeter la tête. Roch se précipite sur le tronc, le saisit à bras-le-corps et le jette dans le panier. L'aide, qui verse la tête, est souillé de sang, le montant qui touche au panier en ruisselle et la bascule elle-même en est teinte.

Lebiez, qui suivait, aperçut cette scène horrible. Il entendit le bruit du choc.

Il eut un éblouissement à son tour ; mais, avec une volonté de fer, il se remit en se disant à mi-voix :

« — Allons ! allons ! »

A l'avant-greffe, il s'était livré aux aides et s'était laissé garrotter par eux, sans faire entendre la moindre plainte, sans manifester la moindre faiblesse. Et de lui-même il s'était mis à marcher vers la guillotine, dont on avait rapidement relevé le glaive.

Arrivé à quelques mètres de l'échafaud, l'abbé Latour lui présenta le crucifix, qu'il baisa. Le prêtre à son tour l'embrassa.

Les exécuteurs le saisirent :

« — Adieu, messieurs », dit-il d'une voix ferme.

Lorsque l'abbé Latour se retira, Lebiez vit la bascule couverte du sang de son ami. Son visage trahit une crispation de dégoût.

Puis le couteau tomba pour la seconde fois.

. . . .

Lorsqu'on pénétra dans le cachot d'Albert, ce malheureux, qui cependant s'attendait à être exécuté, ne put réprimer un tressaillement nerveux et devint livide.

Remarquant que le brigadier l'observait :

« — Eh bien ! brigadier, est-ce que la couleur s'en va ? » Bien qu'il fût très pâle, le brigadier fit un signe négatif.

« — C'est que j'ai la conscience nette au moment de paraître devant l'Eternel, reprit Albert, non sans une certaine emphase inhérente à sa nature. J'ai été franc pour me livrer à la justice et je serai aussi franc pour mourir. Maintenant il n'y a plus de pitié pour moi en ce monde, je n'en implore que dans l'autre ; peut-être y en aura-t-il. » Il causa dix minutes avec l'abbé Crozes.

« — Maintenant, le courage ne me manquera pas. Je dormais tout à l'heure du sommeil de l'innocence, je vais dormir maintenant du sommeil de l'éternité. »

Le contact de la corde avec laquelle on le ligotait lui ayant fait passer un frisson par tout le corps :

« — Est-ce que je vous fais mal? » demanda l'exécuteur.

« — Non, » répondit Albert, en faisant un effort sur lui-même. D'ailleurs, il faut que je souffre beaucoup pour expier le mal que j'ai fait aux autres. »

Quelques semaines auparavant, on avait exécuté Welker. Ce misérable avait assassiné une jeune enfant de huit ans, à laquelle il avait fait subir les derniers outrages.

Son réveil fut horrible.

On dut le traîner à l'échafaud. Quand on l'étendit sur la bascule, il était déjà mort d'effroi.

Un des gardiens, présent à l'exécution, m'a assuré que si on lui avait accordé sa grâce au pied de l'échafaud, Welker aurait été incapable d'en profiter.

Ce fut un cadavre que l'exécuteur guillotina, comme Furet, à Saintes, il y a trois mois.

La marche de Gervais jusqu'à l'échafaud fut marquée d'un incident pénible.

Lorsqu'on ouvrit la grande porte à deux battants, il eut un sourire diabolique. Plusieurs crurent à du cynisme, et quelques murmures s'élevèrent. On croyait à un défi.

Ce sourire était purement nerveux. Darwin a décrit ce *rictus* causé par la contraction des muscles peauciers de la face, dont le principal est le *muscle risorius de Saintini*, lequel attire en arrière et en grand l'orbiculaire des lèvres. De là cette terrible illusion du sourire.

Gervais était d'ailleurs dans une telle surexcitation nerveuse, que l'exécuteur eut toutes les peines du monde à accomplir sa lugubre besogne, et dut s'y reprendre à deux fois.

Le 10 mai avait été fixé pour l'exécution de Montcharmont.

L'échafaud fut dressé dans la nuit ; Roch, exécuteur du Jura, était venu prêter main-forte à son collègue de Châlons.

A force de prières, l'aumônier avait décidé Montcharmont à se confesser. Il demanda un second prêtre. On envoya chercher un vicaire à Saint-Pierre. Le moment de la lugubre toilette venu, les exécuteurs voulurent pénétrer dans sa cellule. La porte résista. Montcharmont s'était barricadé. On parvint à vaincre cet obstacle ; mais le malheureux refusa de s'habiller.

Après de longs efforts on parvint à l'habiller à peu près et à lui lier les pieds et les mains. Il fut hissé sur la charrette et on le mena jusqu'au pied de l'échafaud. Mais lorsqu'on voulut lui faire gravir l'escalier fatal, il parvint à accrocher ses pieds aux marches en bois et de ses larges et robustes épaules à se retenir avec une vigueur surhumaine.

Des deux exécuteurs, l'un était âgé, l'autre de faible complexion; ils voulurent l'enlever, leurs efforts furent vains.

Alors commença une lutte horrible. Montcharmont, dont les forces étaient décuplées par le désespoir, ramassé sur lui-même, l'œil fixe et concentré dans sa résistance, faisait corps avec l'escalier et ne cédait pas une ligne de terrain. Il appelait à son secours, hurlait, invoquait le nom de son père et de sa mère et embrassait convulsivement le christ que lui présentait l'aumônier.

Cette lutte désespérée dura trente-cinq minutes. Les deux exécuteurs, haletants, couverts de sueur, étaient à bout de forces ; le commissaire délégué pour assister à l'exécution, ancien et brave soldat, mais novice dans ses fonctions et mal aguerri, perdit la tête et on renonça à vaincre la résistance du condamné.

On le ramena à la maison d'arrêt. Il voulut faire le trajet à pied. Ses épaules nues et ensanglantées témoignaient de l'énergie de ses efforts. Réintégré dans sa cellule, Montcharmont fut gardé à vue ; il ne cessait de faire entendre des cris lamentables.

L'instrument du supplice resta dressé toute la journée. A quatre heures et demie du soir, arriva l'exécuteur de Dijon, mandé par le procureur de la République ; Montcharmont fut lié de nouveau, mais cette fois de manière à ne pouvoir faire aucun mouvement.

A cinq heures, il fut ramené sur la charrette. Arrivé au pied de l'échafaud, il se confessa de nouveau. Puis les exécuteurs s'emparèrent de lui et le portèrent sur la plate-forme. Là, se retournant vers les assistants, et s'écria :

« — Amis, priez Dieu de me faire grâce. »

Il venait à peine d'achever et de baiser le crucifix, que sa tête tombait.

Lors de l'exécution de Lacenaire, il se passa quelque chose d'horrible.

Lacenaire avait déjà placé sa tête dans la lunette rougie du sang d'Avril. Le triangle ne glissait pas dans la rainure. Pendant vingt secondes l'instrument tomba plusieurs fois sans descendre jusqu'à la tête. Lacenaire fit un effort désespéré, tourna les regards vers le couteau et ses yeux s'y attachaient avec une expression effroyable, quand l'instrument fatal s'abattit.

Dans la liste que Charles Sanson a dressée de ses victimes, une des plus intéressantes fut Mme Tiquet, dont le procès eut à cette époque autant de retentissement que, de nos jours, celui de Mme Lafarge.

M. Tiquet était conseiller au Parlement. Il accusa, à la fin de l'année 1699, sa femme d'avoir voulu le faire mourir. Mme Tiquet, arrêtée, fut condamnée à avoir la tête tranchée en place de Grève. On lui épargna la question parce qu'elle avait avoué son crime. Elle fut assistée par M. de la Chétardie, curé de Saint-Sulpice.

Au moment où le sinistre cortège arrivait sur la

place de Grève, un violent orage éclata. Une pluie mêlée de grêle, d'éclairs et de tonnerre, tomba par torrents. On fut obligé de différer l'exécution d'une demi-heure.

Le fatal moment étant venu, Mme Tiquet monta lentement l'escalier. Arrivée sur l'estrade, elle se mit à genoux, fit une courte prière ; puis, se tournant vers son confesseur :

« — Monsieur, lui dit-elle avec effusion, je vous remercie de vos consolations et de vos bonnes paroles ; je vais porter le tout au Seigneur. »

Elle accommoda alors sa coiffe et ses longs cheveux, puis après avoir baisé le billot, elle dit au bourreau en fixant sur lui ses beaux yeux :

« — Monsieur, voulez-vous bien avoir la bonté de me dire dans quelle attitude je dois me mettre ? »

Le bourreau, troublé par ce regard, eut à peine la force de lui indiquer qu'elle devait seulement mettre la tête sur le billot.

Angélique Tiquet s'y plaça d'elle-même, et, quand ce fut fait, elle dit encore :

« — Suis-je bien comme ceci ? »

Un nuage passa sur les yeux de Sanson. Il souleva des deux mains la lourde épée à double tranchant qui servait aux décapitations, lui fit décrire une sorte d'arc dans l'espace et la laissa retomber de tout son poids sur le cou de la victime.

Le sang jaillit, mais la tête ne tomba point. Un cri d'horreur s'éleva dans la foule. Sanson frappa de nouveau. On entendit, comme la première fois, un sifflement dans l'air et le bruit du glaive qui retentissait sur le billot ; mais la tête ne s'était pas détachée. Il sembla aux personnes les plus rapprochées que le corps avait frémi.

Les hurlements de la multitude devenaient menaçants.

Aveuglé par le sang qui avait jailli, Sanson brandit son arme pour la troisième fois et l'abattit avec une sorte de frénésie.

Enfin, la tête de Mme Tiquet vint rouler à ses pieds.

En 1833, au mois de septembre, François Roch reçut l'ordre de se transporter, ainsi que son frère Nicolas, à l'endroit dit de Peirebeilhe, afin d'y assister Pierre Roch, exécuteur de l'Ardèche, qui avait à procéder à l'exécution de Martin, *dit* Leblanc ; de Marie Breysse, sa femme, et de Rochette, surnommé Fétiche, les terribles aubergistes de Perebeilhe, qui, après vingt-six ans d'assassinats, étaient enfin tombés sous la main de la justice. Les condamnés devaient partir de Privas. Ce terrible voyage ne dura pas moins de trois jours. Les condamnés partirent le 29 septembre, à cinq heures du matin, accompagnés d'un prêtre.

Le funèbre cortège se mit en route, accueilli sur son passage par les malédictions de la foule. Toute la campagne des environs était couverte de groupes accourant à la hâte.

Sur la route, de distance en distance, s'établissaient des cantines et des boutiques de marchands ambulants.

De jeunes garçons, placés en sentinelles sur la pointe des rochers, signalaient l'apparition du cortège.

Tandis que le convoi s'éloignait de Meyres, la dernière étape des condamnés, une voiture occupée par quatre personnes s'arrêtait sur la place de **Peirebeilhe**, déjà envahie par la multitude. Ces personnes étaient les exécuteurs et leurs aides.

Lorsque la sinistre machine fut dressée, et que les exécuteurs en eurent minutieusement examiné le jeu, les aides tirèrent du fourgon trois bières de sapin peintes en noir, et les placèrent au pied de l'échafaud.

Les linceuls étaient dans les bières, et les fossoyeurs, qui avaient déjà creusé les fosses étaient là dans l'assistance, attendant leur charge.

Tout à coup un murmure lointain se fit entendre. C'étaient les condamnés qui arrivaient.

Peu d'instants après, la charrette et sa nombreuse escorte arrivèrent sur le plateau.

Leblanc aperçut la guillotine et avec calme s'écria dans le patois du pays :

. « — *A qui nostro mort.* »

Un profond silence succéda au tumulte. Un cercle immense se forma autour de l'échafaud ; vingt-cinq mille personnes environ étaient assemblées.

Les trois Roch montèrent dans la voiture des condamnés pour procéder à la toilette.

Puis Marie Breysse fut descendue la première. Elle n'avait plus la force de pleurer, seulement elle répétait d'une voix défaillante :

« — Oh mon Dieu !... oh mon Dieu !.. »

Les valets de l'exécuteur voulurent la soutenir ; elle les repoussa et monta d'un pas assuré.

Leblanc regarda d'un œil sec comment sa femme mourait.

Il lui succéda avec une contenance impassible.
Avant de se coucher sur la planche fatale, il jeta un
regard amer sur sa maison fermée.

Deux minutes après, il n'était plus.

Jean Rochette suivit ses maîtres, il ne les avait
pas vus tomber. La paupière rouge, se soutenant à
peine, il gravit d'un pas chancelant l'escalier. On
entendit ses sanglots convulsifs jusqu'au moment où
sa tête alla rouler auprès de celles de ses complices.

Tandis que les derniers témoins de cet épouvantable drame s'éloignaient, une femme vêtue de deuil,
qui s'était tenue cachée, tourna l'angle de l'auberge
et s'avança résolûment vers l'échafaud.

Les exécuteurs et leurs aides déposaient dans leurs
bières les corps des suppliciés.

A la vue de cette femme qui s'approchait, Nicolas
Roch suspendit sa besogne.

« — Que voulez-vous? lui demanda-t-il.

« — Je suis la fille de Martin Leblanc, dit-elle, je
me nomme Catherine X... et je viens réclamer le
corps de mon père et de ma mère. »

Nicolas Roch accéda à la demande de la malheureuse femme, qui ensevelit les troncs décapités sans
s'effrayer du sang et de l'expression hideuse de ces
restes mutilés.

Elle approcha ses lèvres du front de son père et de
sa mère, se mit à genoux, et pria.

Sa prière terminée, elle s'éloigna.

Quelqu'un demandant à Roch s'il n'avait jamais
éprouvé d'émotions.

« — Ma foi non, répondit-il, je fais mon métier
consciencieusement; jamais aucun reproche ne m'a

été adressé dans mon service si ce n'est à l'occasion de cette triple exécution pendant laquelle mon père m'appela maladroit, parce que j'avais laissé échapper la tête de la femme qui roula loin de l'échafaud ; sans plus m'émouvoir, je descendis de la plate-forme et allant prendre la tête, je la jetai dans le panier. »

« Ce fut à l'exécution de Troppmann que l'occasion de faire la connaissance de Nicolas Roch me fut offerte, a raconté M. Laurens. Tout d'un coup je sens qu'on me frappe sur l'épaule, je me retourne et me trouve en présence d'Heidenrech.

« — Si vous voulez venir demain avec moi, me dit-il, je vous emmène à Beauvais. Un de mes confrères a un parricide à faire et je vais lui prêter la main.

« — J'accepte, répondis-je.

« — Eh bien ! à demain matin, neuf heures trente à la gare du Nord. »

Le lendemain jeudi, à l'heure dite, je me rendis dans la salle des Pas-Perdus de la gare du Nord, où se trouvaient déjà les aides d'Heidenrech, et où ce dernier ne tarda pas à arriver lui-même.

Il vint à moi et m'invita à le suivre ; mais, comme modeste voyageur, j'avais pris un billet de deuxième, je dus retourner au contrôle pour opérer l'échange de ma place en une première, le maître étant pourvu d'un permis de circulation qui lui donnait le droit de cette place.

Nous voilà enfin partis et filant à toute vapeur vers Beauvais ; les aides d'Heidenrech étaient montés dans un compartiment de deuxième. Le voyage me parut fort court, grâce à la conversation très intéressante de M. de Paris.

L'arrivée d'Heidenrech était attendue, on le reconnut, nous fûmes vite entourés. Une voiture nous déroba à cette curiosité malsaine et, peu d'instants après, nous étions installés dans un hôtel situé sur la route d'Amiens.

Heidenrech s'informa si son confrère n'était pas arrivé ; on lui répondit affirmativement et bientôt nous vîmes entrer dans la salle où nous nous trouvions un homme qu'Heidenrech me présenta comme le bourreau d'Amiens.

« — Nicolas Roch, mon collègue, que je viens assister dans son travail de demain matin », me dit-il.

Le nouveau venu était un homme de taille ordinaire, ayant une physionomie assez douce, mais rien de la distinction de manières et de tournure qu'on remarquait chez Heidenrech. A cette époque, il portait aux oreilles un ornement assez original : c'étaient des anneaux d'or : l'ensemble du personnage donnait assez l'opinion qne l'on se forme d'un compagnon charpentier ; néanmoins, il avait la mise soignée, il était correctement vêtu de noir comme pour porter le deuil de ceux qu'il était obligé de frapper.

A cinq heures on vint nous prévenir que nous étions servis et bientôt après j'étais attablé côte-à-côte avec sept exécuteurs ou aides qui se mirent à causer de leur grande affaire du lendemain.

Heidenrech demanda à Roch où il avait remisé ses bois ; celui-ci répondit qu'il les avait laissés sur une charrette qui les lui avait amenés d'Amiens et que, pour le moment, ils étaient exposés aux regards du public devant la porte de l'hôtel.

« — Je ne commencerai à monter que vers deux heures du matin; un piquet de cavalerie appartenant au 2e hussards doit protéger mon travail; je le crois bien inutile car il fait froid, nous n'aurons pas beaucoup de curieux.

« — Quelle heure, la toilette?

« — Six heures et demie.

« — Avez-vous tout ce qu'il vous faut?

— Ma foi, oui, et tout neuf encore, il ne se plaindra pas. J'ai des cordes qui n'ont jamais servi, ainsi que le voile et la chemise. »

Le condamné Belière était un homme de trente-trois ans, grand, vigoureux, qui avait tué son père et avec une effroyable cruauté.

« — Le couteau enfoncé dans le corps de mon père, avait-il dit tranquillement à la cour d'assises, me faisait l'effet d'une lame pénétrant dans une motte de beurre. »

La cour d'assises de l'Aisne l'avait condamné à la peine de mort le 10 décembre 1869.

L'échafaud fut dressé pendant la nuit sur la place du marché aux chevaux. Cette lugubre opération se fit par un froid vif et piquant, au milieu de la neige. A quatre heures du matin, l'échafaud élevait dans les airs ses deux grands bras rouges. Personne, pas un curieux n'était venu sur la place. A six heures seulement, la foule arriva, la neige ne tombait plus et le froid était moins vif.

Sept heures sonnèrent aux horloges de la ville. Le

directeur de la prison entra dans la cellule du condamné.

Belière ne dormait pas ; il comprit que sa dernière
heure était venue et murmura :

« — Ma mère ! ma pauvre mère ! »

Belière refusa de voir l'aumônier de la prison. Il
demanda M. Carpentier, aumônier du collège, qu'il
écouta avec recueillement.

A six heures et demie, on procéda à la toilette.
Belière se débattit et Roch, jusque-là froid, impassible, sut trouver des paroles de consolation pour
calmer la crainte terrible qui envahissait l'âme du
patient.

« — Allons, mon ami, lui disait-il, du courage,
laissez-nous faire, nous vous donnerons tout le temps
que vous voudrez. »

Belière fixa l'exécuteur, et deux larmes lui tom-
bèrent des yeux.

Pour un parricide, la toilette est toute particulière.
Après la cérémonie d'usage, on revêtit Belière d'une
longue chemise blanche, assez semblable aux pei-
gnoirs de bain, puis on lui jeta sur la tête un voile
noir ; le condamné était pieds nus .

Arrivé devant l'échafaud, il écouta la sentence lue
par un huissier de la ville, puis monta sur la plate-
forme, soutenu par les aides de l'exécuteur.

Une minute plus tard le couperet avait accompli sa
terrible mission.

Pendant que la foule se retirait visiblement impres-
sionnée, Heidenrech vint me chercher dans un coin
du poste voisin où je m'étais blotti tout frissonnant:

« — Votre mission n'est pas finie, me dit-il avec

le sourire aux lèvres, venez avec moi sous l'échafaud pour voir la position qu'occupe le corps du supplicié en tombant par la trappe. »

Je suivis en silence M. de Paris et j'arrivai ainsi sous l'effroyable machine.

« — Prenez garde, me dit-il, ne vous approchez pas trop du centre, le sang du casse-cou pourrait rejaillir sur vous. »

Je me reculai avec effroi, mais en même temps un tableau hideux s'offrit à mes regards.

Le corps du supplicié, lancé de la planche à bascule vers la trappe, n'était pas entièrement tombé dans le panier, le tronc seul y reposait, tandis que les jambes se trouvaient en l'air, en dehors. Roch était déjà en train de déligaturer le cadavre. Heidenrech, peu satisfait de cette opération, en fit la remarque à son confrère.

« — Peste! comme vous y allez, vous, répondit Roch; plus souvent que je vais lui laisser les cordes. Elles sont toutes neuves et me serviront pour d'autres.»

Les aides allongèrent le corps dans la bière d'osier et le transportèrent sur la charrette qui prit aussitôt le chemin du cimetière.

Le funèbre cortège avait déjà franchi la place, lorsque Roch s'aperçut que la tête de Belière était restée dans la cuvette; un aide revint vers l'échafaud et reparut bientôt portant à la main la tête sanglante qu'il déposa près du corps.

Le 18 janvier 1870, à minuit, deux journalistes, MM. Albert Wolf et Victorien Sardou, sur l'invitation de M. Piétri, préfet de police, et M. Claude, chef de la sûreté, se rencontraient devant la statue du prince Eugène où ils s'étaient donné rendez-vous, pour de là se rendre à la prison de la Grande-Roquette.

Déjà la place était occupée militairement ; deux régiments d'infanterie, un régiment de cavalerie et la garde municipale avaient toutes les peines du monde à maintenir la foule, d'un côté à la hauteur du Père-Lachaise, de l'autre à l'angle de la rue de la place de la Roquette. Du centre de Paris affluaient des milliers de curieux, décidés à passer, par un froid sibérien, la nuit à la belle étoile, pour voir mourir Troppmann. Le froid était abominable, les fantassins soufflaient dans leurs doigts, les cavaliers avaient mis pied à terre et battaient la semelle ; les charpentiers donnaient des coups de marteau sur les bois de justice, et, aux environs du Père-Lachaise, la foule, pour s'échauffer, chantait des airs de café-concert.

Albert Wolf et Victorien Sardou avaient emporté quelques provisions. : un pain, un jambonneau, deux bouteilles de vin de Bordeaux, du tabac, des cigares.

De minuit à huit heures du matin, l'estomac avait le temps de crier la faim.

« — Vous voyez que nous avons des vivres, dit Sardou à M. Claude.

« — Précaution inutile, répondit M. Claude. A tout hasard, j'ai envoyé une dinde truffée chez le pharmacien de la prison, vous m'en direz des nouvelles. »

Chez le pharmacien de la prison, une quinzaine de personnes étaient réunies. On se chauffait, quelques-unes mangeaient.

Chez le directeur, M. de la Roche d'Oisy, la réception

était plus brillante. L'appartement du directeur, situé au-dessous du petit logement affecté à l'aumônier, et que le pharmacien occupait, était éclairé *a giorno*. Des bougies dans les lustres, tous les candélabres sur la cheminée, flamboyants de lumières, un buffet avait été dressé avec tout ce qu'il faut pour passer un bon moment. Sandwichs, jambon froid, poularde, pâté de foie gras ; des domestiques circulaient avec du thé, du punch, du vin.

Pour embellir ses salons, M. le directeur avait fait prier MM. les officiers de monter. On servait le café aux soldats dans la cour.

« — Mais prenez donc un verre de punch.

« — Merci, je préfère une tasse de thé.

« — Un verre de bordeaux, je vous prie.

« — Avec un sandwich ?

« — Non, merci, je vais prendre un peu de poulet. »

Un journaliste, Edouard B..., était enfoncé dans un fauteuil, ivre-mort, si mort qu'il ne put accompagner ses collègues dans la cellule de Troppmann et à l'exécution. Il resta à cuver son vin dans l'appartement du directeur et ne se réveilla qu'à huit heures. Il n'en fit pas moins un récit *de visu* des derniers moments et de l'exécution de Troppmann. Lorsque l'abbé Crozes s'excusa de ne rien prendre pour pouvoir dire sa messe, B... sortit de son ivresse un instant, pour marmotter entre deux hoquets, assez haut cependant pour que ses collègues l'entendissent et du ton particulier aux ivrognes :

« — Qu'est-ce que ça f...? » et il grommela un blasphème que la décence m'interdit de reproduire.

Cette nuit fut une nuit de liesse pour MM. les journalistes. Quand la guillotine fut dressée, plusieurs montèrent sur la plate-forme et Heidenrech leur donna des explications. A un moment même, Sardou se laissa jeter sur la bascule par les aides du bourreau et on fit le simulacre de le guillotiner. A sa tête on avait substitué une botte dé paille. Il en fut quitte pour une courbature, qui dura, paraît-il, plusieurs jours.

L'affaire des joyeusetés de ces Messieurs pendant cette nuit fit d'ailleurs assez de bruit pour que M. Steenackers interpellât vivement le ministre, M. Chevandier de Valdrôme, au Corps Législatif. Il affirmait, entre autres choses, qu'un des rédacteurs du *Petit Journal* avait rempli les fonctions d'aide du bourreau.

J'ai raconté dans mes *Souvenirs de la Roquette* la démarche au moins déplacée que se permit Capoul en cette circonstance. Il avait une envie folle d'assister à l'exécution de Troppmann. Il se rappela que l'abbé Crozes était son compatriote. Déjà il lui avait demandé une photographie de l'assassin de Pantin, en échange de laquelle il lui avait envoyé la sienne avec cette dédicace : *En échange d'un grand criminel, je vous envoie un humble pécheur. Octobre, 69. L. Capoul.*

Ce premier succès l'enhardit. Il se crut autorisé à adresser en janvier 1870 la lettre suivante à l'abbé Crozes :

« Mon cher Monsieur Crozes,

« Combien je regrette de ne pas m'être trouvé chez moi, quand vous m'avez fait l'honneur d'y venir.

Veuillez accepter toutes mes excuses, de vous être ainsi dérangé et n'oubliez pas que je reste toujours à votre service, soit pour faire un peu de bien, ou vous donner mon concours s'il vous était agréable, pour un office quelconque.

« En ce moment vous êtes la providence et la consolation d'un grand criminel; puis-je, par votre puissante intercession, assister à ses derniers moments? J'apprends que M. Claude délivre quelques cartes en dehors de la masse du public et je vous serais mille fois obligé de lui demander en mon nom, qui ne lui est pas étranger, au moins *deux entrées.*

« Pardonnez-moi cette curiosité, dont je me confesse pour l'instant et dont je me repentirai humblement, quand, par vous, j'aurai pu la satisfaire.

Votre respectueux serviteur et ami,

« L. Capoul. »

« Ce mercredi. »

Lorsque Campi fut exécuté, un curieux, qui m'était inconnu, abusa d'un de mes meilleurs amis pour l'obliger à courir à onze heures du soir à la Roquette me prier de le garder auprès de moi, afin qu'il ne perdît pas une scène de ce drame. Il ne me quitta en effet qu'à six heures du matin, au retour du cimetière d'Ivry, où il avait tenu à m'accompagner, enchanté de sa nuit qu'il n'aurait pas, m'assura-t-il à plusieurs reprises, donnée pour un million.

A l'exécution de Marchandon, on se montrait une femme qui, de la terrasse d'une maison voisine, lorgnait attentivement la guillotine à l'aide d'une forte jumelle. Malgré la mante qui recouvrait sa tête, on distinguait que cette femme était jeune. Plusieurs la reconnurent pour avoir assisté aux exécutions précédentes.

A l'exécution de Gamahut, un bon petit bourgeois gras et replet, qui avait apporté une chaise pour ne pas se fatiguer et ne perdre aucun des détails de l'exécution, racontait à ses voisins qu'il n'en avait pas manqué une seule depuis vingt ans. Il avait vu Troppmann, Barré et Lebiez, Moreau, Billoir, Prévost, Ménesclou, Campi. Pour rien au monde il n'aurait voulu manquer celle-ci. C'était la troisième nuit qu'il passait sur la place.

Une nuit d'exécution, parcourez les abords de la place de la Roquette, du boulevard Voltaire, du boulevard Ménilmontant, vous vous heurtez à chaque pas à des groupes composés en partie de filles ivres et de souteneurs qui se dirigent en chantant vers le lieu de l'exécution. Les établissements de marchands de vin qui avoisinent la place sont bondés ; quelques ouvriers accompagnés de leurs femmes, de leurs enfants, enchantés de ce spectacle gratuit, soupent les uns avec du saucisson, les autres avec du fromage ; les enfants jouent dans la rue, interrompant leurs jeux, pour lancer à pleins poumons, à la grande joie de leurs parents, des : « Ohé, Campi ! ohé, Gamahut ! ohé Marchandon ! »

La haie des curieux commence à barrer la rue de la Roquette en deçà et en delà de la place, ainsi que dans les rues qui bordent les prisons de la Petite et de la Grande-Roquette. Les plus agiles grimpent dans les arbres. Quelques minutes avant l'exécution de Campi, je vis un curieux dégringoler, pousser un cri ;

il venait de se casser la colonne vertébrale. De tous côtés, de pâles voyous, le cou étranglé dans une cravate de couleur voyante, se livrent à d'ignobles plaisanteries sur le condamné, et font rire aux larmes leurs compagnes, des gamines qui n'ont pas quinze ans. Les cafés, les cercles envoient leurs re-présentants. Il y a de tout : des filles de brasserie, des boudinés étriqués, jusqu'à des filles déguisées en homme.

On devait guillotiner un condamné place de la Roquette. Pendant la nuit, les frères Lyonnet se ren-dirent chez un petit traiteur du quartier de la Ro-quette où Heidenrech avait l'habitude, ses préparatifs terminés, de venir prendre une légère collation. Comme il restait du temps, Heidenrech, après avoir vidé son verre de vin sucré, pria un des frères Lyonnet de lui conter quelque chose.

Anatole dit la *Musette* de Mürger. Au troisième couplet, il dut s'arrêter, Heidenrech fondait en larmes...

S'il est vrai que la peine de mort est une nécessité sociale, n'est-il pas souverainement indécent que la société la transforme en un mélodrame, où tous les acteurs déclament faux et jouent un rôle aussi ré-pugnant qu'immoral?

« ..... La société va absolument contre son but, à écrit M. Rochefort au lendemain de l'exécution de Campi, qui est probablement de montrer les consé-quences d'un meurtre et de faire haïr le meurtrier. Lorsqu'on voit cet homme qu'on mène à l'abattoir, conduit comme le bœuf gras par des sacrificateurs...

il devient, ne fût-ce qu'un quart d'heure, intéressant au même degré que le taureau amené dans l'arène sous les piques, les banderolles et finalement l'épée de toute une escouade de picadores. »

Que la société tue, si elle croit que c'est son droit, mais qu'elle tue avec dignité.

C'est ce sentiment qui a inspiré M. Bardoux lorsqu'il a fait voter par le Sénat que les exécutions capitales cesseraient d'être publiques, et M. Charton, lorsqu'il a proposé d'abroger l'article 12 du Code pénal ainsi conçu :

« Tout condamné à mort a la tête tranchée » et de « substituer à la mutilation du corps des condamnés, aussi longtemps que l'on ne jugera pas possible d'abolir la peine de mort, un agent physique ou chimique assez puissant pour anéantir instantanément la vie. »

L'écrivain qui signe *Ignotus* au *Figaro* m'a fort insulté il y a quelques mois, parce qu'appelé au Sénat pour donner mon opinion, j'avais été de l'avis de MM. Bardoux et Charton.

«..... Il faut bien que la société se défende! s'écrie-t-il; où irons-nous si...? même un prêtre qui... etc..., etc...; l'audace des malfaiteurs n'aura plus de bornes, ... on ne verra qu'atrocités et guet-apens... Une répression est nécessaire... etc... l'échafaud est un exemple... »; comme si tout le monde n'était pas d'accord aujourd'hui que la peine de mort n'est ni exemplaire, ni juste, ni utile. Qu'est-elle donc? Elle est! C'est tout. On la maintient parce qu'on a peur de toucher à ce qui existe. C'est mauvais, c'est détestable, mais cela existe. La guillotine pour la guillotine, c'est de l'art pour l'art.

Soit! mais qu'on ne nous répète plus que la guillotine est une école de moralité. Quand une institution produit juste le contraire de ce qu'on est en droit d'en attendre, elle est jugée. Quand on voit l'échafaud servir chaque fois de prétexte à des fêtes, à des orgies, jusque dans la prison où le condamné dort son dernier sommeil; quand on voit non plus seulement des filles sans mœurs, de cyniques voyous, mais des magistrats, de hauts fonctionnaires, des hommes, des femmes du monde, courir après ce spectacle, solliciter un strapontin, jouer avec le couperet, intriguer auprès du bourreau, pour jouir de sa société, pour voir jaillir le sang, tomber le cadavre; quand on voit les coquins préparer leur entrée, leur sortie, le mot de la fin, on se demande comment les pouvoirs publics peuvent prêter leur concours à un pareil scandale.

Peut-on imaginer quelque chose de plus répugnant que l'attitude des deux derniers coquins qui ont été guillotinés place de la Roquette?

Quand on pénétra dans la cellule de Rivière, il était debout et à moitié habillé. A l'entrée du directeur et des personnes qui l'accompagnaient, il eut un soubresaut, et devint pâle...

« — Rivière, dit le directeur, votre recours en grâce a été rejeté...

« — Rejeté! Ah! je m'en doutais, s'écria-t-il tout pâle... *Et l'autre, y passe-t-il aussi?* »

Il commença à s'habiller en marmottant des récriminations contre la déveine, contre M. Grévy qui

le laissait guillotiner, « lui, bien moins coupable que
beaucoup d'autres qui avaient échappé ».

L'abbé Colomb s'approcha de lui et l'exhorta à la
résignation :

« — Oh! n'ayez pas peur, dit-il, je ne faiblis pas.
Mais, c'est raide, quand on n'est pas l'auteur...
Enfin, ça m'est égal, si *l'autre* y passe comme
moi! »

Il accepta un verre de cognac. L'abbé Colomb ne
le quitta pas. Mais Rivière ne semblait pas l'écouter.
Tout entier à la colère que lui causait sa désillusion,
il grommelait :

« — M. Grévy n'est vraiment pas clément .. Oh!
non... Ah! le salaud de Frey! Ah! si je le tenais! »

Et il crispait de colère ses deux poings attachés
derrière son dos.

« — Calmez-vous, mon ami, songez à Dieu, disait
le prêtre.

« — Non, je ne crois plus à Dieu. Je ne crois plus
à rien... Laissez-moi tranquille... C'est trop fort!...
Si c'était moi l'auteur, encore! Mais m'exécuter, moi
qui ne suis que complice! »

Pendant ce temps, on était allé dans la cellule de
Frey. Brusquement éveillé, il eut un papillotement
des yeux à la vue de tout ce monde. Un instant, il
parut étourdi.

« — Je suis debout! dit-il en rejetant vivement sa
couverture pour s'habiller.

« — Du courage, mon pauvre enfant! lui dit l'abbé
Faure.

« — Oh! ça ne fait rien du tout... Ah! là là!... Qué
qu'c'est qu'ça?... Eh bien! ça y est et v'là tout!... »

L'aumônier s'approcha et voulut l'embrasser, mais Frey le repoussa brutalement :

« — Ah ! vous savez, vous, l'aumônier, f... tez-moi la paix avec vot' bon Dieu !

Frey n'a plus qu'une pensée. Il tient à « ne pas flancher ».

Il regarde en ricanant nerveusement les cordes avec lesquelles l'aide de l'exécuteur l'attache. Il compte les tours, et quand c'est terminé :

« — Il n'y en a plus ? demande-t-il d'un ton moqueur.

Il se lève, secoue ses jambes entravées et s'écrie avec ironie :

« — Ça va être bien commode de marcher avec ça ! Ah ! il n'y aura pas besoin de me tenir, je pourrai bien marcher à la guillotine tout seul ! »

Les gendarmes ont le sabre au clair, tous les regards sont fixés vers la grande porte. Six heures sonnent, la porte s'ouvre à deux battants.

Rivière marche d'un pas ferme, s'avance jusqu'auprès de la guillotine, et au moment où M. Deibler va le prendre, il se redresse, son œil étincelle d'un éclair de fureur, un sourire haineux crispe sa bouche et, se tournant vers le côté de la rue Servan, où, en sa qualité de voyou parisien, il sait bien qu'est la plus grande foule :

« — Allez, vous pouvez dire au père Grévy que c'est un assassin ! » hurle-t-il de toute la force de ses poumons.

Frey apparaît à ce moment. Il a entendu le cri de Rivière. Lui aussi veut faire le crâne. Il bouscule l'aumônier qui essaye d'adoucir ses derniers moments.

« — Retirez-vous, lui dit-il grossièrement. Je n'ai pas besoin de vous ! »

Comme Rivière, il se tourne vers le public. Mais sa langue sèche se colle à son palais. Sa gorge est serrée. Il ne peut crier, il bredouille quelques mots inarticulés.

« — *Adieu, les garçons !...* prétendent avoir entendu certains des assistants ; d'autres croient qu'il a dit tout simplement : *Nous voici tous deux.* Enfin, un grand nombre ont compris : *On tue les jeunes !* »

De bonne foi ces égards dont on entoure le condamné à mort ne sont-ils pas choquants ? N'est-elle pas grotesque l'attitude de tous ces « gentlemen » qui s'empressent autour de ce coquin, surtout quand on songe à l'agonie de ses victimes ? C'est à qui adoucira l'amertume de ses derniers instants. Rien n'est trop bon pour lui. On évite de l'attrister, on cherche à faire diversion dans ses pensées, on lui dissimule la vue du couperet, on veille à ce que les cordes ne le serrent pas trop. Tout cela ne jure-t-il pas avec l'idée du châtiment, de l'expiation ?

Maintenons la peine de mort, si sans elle la société est en péril, mais que cette peine en soit une ! quelle soit la plus redoutable, vraiment la dernière ! Qu'il soit entendu que pas un criminel de profession ne sera épargné, et que sa mémoire sera vouée à l'opprobre et à l'oubli.

Lorsque M. de Gavardie me fit l'honneur de m'interroger à l'époque où vint en discussion, au Sénat, le projet de M. Bardoux sur la non-publicité des exécutions capitales, j'allai demander à l'abbé Crozes son opinion.

« — Je voudrais, me répondit-il, que, dès qu'un homme est condamné à mort, on l'emmenât au loin, dans une île déserte, sans que personne sût où il est, et qu'on l'exécutât aussi obscurément que possible. »

A l'heure actuelle, l'unique préoccupation des pouvoirs publics est de s'assurer si la mécanique est bonne, et si le bourreau opère bien.

C'était en 1866. Un homme de cinquante-quatre ans environ, M. Couvreux, s'était installé depuis quelques années dans un hôtel de Castellamare, sur la charmante hauteur de *Quisisana*.

M. Couvreux était en proie à une idée fixe : mourir sans souffrir. Il lut tout ce qui avait trait au supplice de la guillotine. On trouva chez lui des pages usées, où l'on examinait si la tête du guillotiné voit et sent après l'exécution. Il arriva à se persuader que ce genre de mort est le plus doux.

Il dressa alors une belle guillotine dans la partie qui séparait son salon de sa chambre à coucher. L'élément essentiel de son invention était une hache mobile, sur le manche de laquelle pesaient 60 kilogrammes de plomb. Il essaya l'instrument sur plusieurs animaux.

Quand il se fut bien assuré de l'excellence de sa machine, il l'orna. Il l'encadra de deux rideaux rouges, élégamment entr'ouverts. Entre les rideaux, sous le couperet, il dressa une table avec des marches, et couvrit le tout d'une tapisserie noire. Il plaça un coussin moelleux vers le coin de la table où devait reposer la tête coupée par le tranchant de la hache, puis vers neuf heures et demie du soir, il joua sur son piano un *hymne à la Vierge* de sa composition ; il était vêtu de flanelle blanche ; il monta les degrés de son petit échafaud, se coucha sur le dos, les yeux en l'air, de façon à voir tomber le couperet.

Pour mieux voir, il avait placé une lumière sur un meuble voisin. Il détacha la corde qui tenait la hache suspendue : la hache descendit, et d'un seul coup lui trancha la tête... La tête, sans bondir, s'éloigna fort peu du cou, et resta dans une position régulière sur le coussin.

Quand on entra dans sa chambre le lendemain matin, on trouva sur sa table un testament, par lequel il léguait plusieurs billets de mille francs aux gens de l'hôtel.

Je ne désespère pas qu'un philanthrope propose d'enguirlander la guillotine et de faire jouer l'hymne national par la garde républicaine pour diminuer l'horreur des derniers moments du condamné.

L'échafaud sans phrase, si l'échafaud doit rester, ou pas d'échafaud. Mais l'échafaud-piédestal, l'échafaud avec ses acolytes, ses thuriféraires, ses joueurs de guitare ; l'échafaud avec son pontife est un legs que la société moderne doit refuser ; ce n'est plus une peine, c'est une récompense ; ce n'est plus un instrument de honte, c'est un monument élevé au crime et à l'infamie.

Des magistrats m'assurent que ce que je propose est impraticable. Cette « guillotine silencieuse » est, paraît-il, un danger, parce qu'on ne saura jamais si elle a fonctionné. Tant mieux, parce qu'alors la peine de mort a vécu.

S'il est vrai que pour faire disparaître un « escarpe », il faille l'entourer d'autant d'honneurs qu'on en décerne au chef de l'État, mettre sur pied des escouades d'agents, de soldats, d'officiers, de magistrats, le bon sens public fera de lui-même explosion, et la guillotine ira rejoindre la torture, le pilori, le carcan, la marque, ces supplices disparus pour toujours, et dont l'abolition n'a pas mis la société en péril.

CHAPITRE IV

La loi du 27 mai 1885. — Le règlement du 26 novembre 1885. — Qui trompe-t-on ? — Le réveil à Mazas. — Le réveil à l'île Nou. — Les cinq catégories de forçats. — Quel sort est réservé aux *libérés des travaux forcés*. — Le code de la presqu'île Ducos. — Comment finir ? — Mieux vaut le travail forcé que la libération. — Mes débuts comme libéré. — Dieu soit loué ! je suis libre. — La loi du 27 mai 1885 vivra-t-elle ? — Opinion de l'abbé Crozes. — Le Squelette. — Les serpents à sonnettes. — L'emprisonnement cellulaire.

C'est en partant de cette pensée, qu'il faut à tout prix nous débarrasser des voleurs de profession que le gouvernement a obtenu la loi du 27 mai 1885, dont voici les principales dispositions :

ARTICLE PREMIER. — La relégation consistera dans l'internement perpétuel sur le territoire de colonies ou possessions françaises des condamnés que la présente loi a pour objet d'éloigner de France.

ART. 4 — Seront relégués les récidivistes qui, dans quelque ordre que ce soit et dans un intervalle de dix ans, non compris la durée de toute peine subie, auront encouru les condamnations énumérées à l'un des paragraphes suivants :

1° Deux condamnations aux trav... forcés ou à la réclusion ;

2° Une des condamnations énoncées au paragraphe précédent et deux condamnations, soit à l'emprisonnement pour faits gratifiés crimes, soit à plus de trois mois d'emprisonnement pour : vol, escroquerie, abus de confiance, outrage public à la pudeur, excitation habituelle des mineurs à la débauche, vagabondage ou mendicité ;

3° Quatre condamnations, soit à l'emprisonnement pour faits qualifiés crimes, soit à plus de trois mois d'emprisonnement pour les délits spécifiés au paragraphe 2 ci-dessus ;

4° Sept condamnations, dont deux au moins prévues par les deux paragraphes précédents, et les autres, soit pour vagabondage, soit pour infraction à l'interdiction de résidence signifiée par application de l'art. 19 de la présente loi, à la condition que deux de ces autres condamnations soient à plus de trois mois d'emprisonnement. — Sont considérés commé gens sans aveu et seront punis des peines édictées contre le vagabondage, tous individus qui, soit qu'ils aient ou non un domicile certain, ne tirent habituellement leur subsistance que du fait de pratiquër ou faciliter sur la voie publique l'exercice de jeux illicites, ou la prostitution d'autrui sur la voie publique.

RÈGLEMENT D'ADMINISTRATION PUBLIQUE
SUR LA RELÉGATION

Du 26 novembre 1885.

TITRE Ier.

ARTICLE PREMIER. — La relégation est individuelle ou collective.

ART. 2. — La relégation individuelle consiste dans l'internement, en telle colonie ou possession française déterminée, des relégués admis à y résider en état de liberté, à la charge de se conformer aux mesures d'ordre et de surveillance qui seront prescrites en exécution de l'art. 1er de la loi du 27 mai 1885. — Sont admis à la relégation individuelle, après examen de leur conduite, les relégables qui justifient de moyens honorables d'existence, notamment par l'exercice de professions ou de métiers, ceux qui sont reconnus aptes à recevoir des concessions de terre et ceux qui sont autorisés à contracter des engagements de travail ou de service pour le compte de l'Etat, des colonies ou des particuliers.

ART. 3. — La relégation collective consiste dans l'internement, sur un territoire déterminé, des relégués qui n'ont pas été, soit avant, soit après leur envoi hors de France, reconnus aptes à bénéficier de la relégation individuelle. — Ces relégués sont réunis dans des établissements où l'administration pourvoit à leur subsistance et ils sont astreints au travail.

Art. 4. — La relégation individuelle sera subie dans les diverses colonies ou possessions françaises. — La relégation collective s'exécutera dans les territoires de la colonie de la Guyane et, si les besoins l'exigent, de la Nouvelle-Calédonie ou de ses dépendances, qui seront déterminés et délimités par décrets. — Des règlements d'administration publique pourront désigner ultérieurement d'autres lieux de relégation collective.

Art. 13. — Lés individus condamnés à la relégation qui sont maintenus, pendant toute ou partie de la durée des peines à subir avant leur envoi hors de France, dans les divers établissements pénitentiaires normalement destinés à l'exécution de ces peines, doivent être séparés des détenus non soumis à la relégation.

Art. 15. — Les relégables, qui subissent tout ou partie de leur peine dans les pénitenciers spéciaux, y sont préparés à la vie coloniale. Ils sont soumis au travail dans des ateliers ou chantiers organisés autant que possible en vue d'un apprentissage industriel ou agricole. — Ils peuvent être répartis en groupes et en détachements d'ouvriers ou de pionniers pour l'emploi éventuel de leur main-d'œuvre aux colonies.

· Le temps de séjour dans les pénitenciers spéciaux est compté pour l'accomplissement des peines à subir avant l'envoi en relégation.

Art. 31. — Il sera organisé, sur les territoires affectés à la relégation collective, des dépôts d'arrivée et de préparation où seront reçus et provisoirement maintenus les relégués à titre collectif. — Ces dépôts pourront comprendre des ateliers, chantiers et exploitations où seront placés les relégués pour une période d'épreuves et d'instruction. — Les relégués y seront formés, soit à la culture, soit à l'exercice d'un métier ou d'une profession, en vue des engagements de travail ou de service à contracter et des concessions de terre à obtenir selon leurs aptitudes et leur conduite.

ART. 32. — Les relégués qui n'ont pas été admis à la relégation individuelle, soit avant leur départ de France, soit pendant leur séjour dans les dépôts de préparation, sont envoyés dans dés établissements de travail. — Ces établissements peuvent consister en ateliers, chantiers de travaux publics, exploitations forestières, agricoles ou minières. Les relégués sont répartis entre ces établissements d'après leurs aptitudes, leurs connaissances, leur âge et leur état de santé. L'administration peut toujours les admettre, sur leur demande, à revenir dans les dépôts de préparation pour une nouvelle période d'épreuve et d'instruction. »

Deux sentiments ont inspiré cette loi et ce règlement : un sentiment de protection envers la société, et un sentiment d'humanité envers les coquins. En condamnant à l'exil perpétuel les voleurs de profession, le gouvernement a voulu nous rassurer. Ils partent. Ils ne reviendront pas. C'est certainement un soulagement de penser que notre vie et notre fortune seront en sûreté, sans qu'il y ait effusion de sang. Aussi m'en coûte-t-il de jeter une note discordante dans ce concours d'éloges que recueille le gouvernement pour cet acte de fermeté et de modération. Malheureusement, je suis si convaincu que cette loi sur la relégation ne donnera pas les bénéfices qu'on en attend, qu'il m'est difficile de me taire.

Dans une circulaire restée fameuse, je ne sais plus quel haut fonctionnaire des Beaux-Arts avait retracé l'*idéal mâle et fier* que devaient poursuivre les auteurs, les directeurs, les acteurs, les chanteurs, les décorateurs, jusqu'aux concierges des théâtres.

« — A partir d'aujourd'hui, pensait-il, une ère nouvelle commence pour l'art dramatique en France. »

Malheureusement, ce fonctionnaire n'a jamais trouvé une minute pour s'assurer par lui-même de l'effet de ses prescriptions.

Il avait tant de besogne ! Des groupes sympathiques à organiser, le Salon à réorganiser, des tableaux à commander pour nos musées nationaux. Que sais-je encore ?

Ce n'est pas qu'il perdît son noble but de vue. Non. De temps en temps il faisait venir son secrétaire.

« — Eh bien ! lui demandait-il, comment vont les théâtres ?

« — A merveille, Monsieur. L'Opéra a encore fait près de 20,000 francs hier soir.

« — Il ne s'agit pas de cela. Les recettes ! je m'en moque bien. C'était bon du temps des ministres dégénérés. Mais avec un ministre régénérateur !... non... parlez-moi de l'idéal !...

« — Mâle et fier, Monsieur, toujours mâle et fier.

« — A la bonne heure ! »

D'autres fois, c'était un directeur de théâtre qui venait, le fonctionnaire s'informait :

« — Êtes-vous content ?

« — Heu ! monsieur, comme ci, comme ça..., on veut encore me forcer à rallonger les jupes de mes danseuses...

« — Considération mesquine ! Il faut voir l'art... l'art, rien que...

« — Précisément... c'est ce que je pensais... mais Sardou ne veut pas...

« — Je crois que vous ne saisissez pas bien... comprenez-moi... Il faut voir, entendez bien... votre idéal ?

« — Ah ! parfaitement, mâle et fier, répondait le directeur, auquel l'huissier avait donné le mot.

« — Merci, je suis très heureux... avec des hommes tels que vous, j'atteindrai facilement le but que je me suis proposé. »

Et le fonctionnaire était aux anges. Ce n'était pas plus malin que cela de régénérer le théâtre !

Ne serions-nous pas en train de rééditer, pour les voleurs de profession, l'*idéal mâle et fier* de ce naïf fonctionnaire ?

La loi sur la relégation a été votée par un sentiment d'humanité. Elle amènera, logiquement et à court intervalle, la suppression de la peine capitale... A quoi bon guillotiner si l'exil suffit ? En outre, pourquoi ne chercherait-on pas à rendre cet exil, sinon agréable, du moins profitable à l'exilé ? Faisons-en un colon ; aidons-le à se refaire une vie nouvelle. Là-bas, à la Guyane, à l'île des Pins, loin des centres corrupteurs, sous un climat réparateur, ce malheureux renaîtra à la santé, à l'honneur. Nous aurons ainsi accompli deux bonnes actions : supprimé un voleur et créé un honnête homme.

C'est ainsi qu'on raisonne à Paris, à trois mille lieues du pays où l'on envoie ces gens.

Au ministère, on trace gravement sur le papier des ateliers, des chantiers de travaux, des exploitations forestières, agricoles, minières ; on répartit les relégués entre ces établissements, d'après leurs aptitudes, leurs connaissances, leur âge, leur état de santé ; on installe des dépôts d'arrivée, de préparation ; des fermes modèles, des cours d'agriculture, de métiers manuels. C'est à vous donner envie de dire adieu à la mère patrie pour se faire reléguer.

Le marquis de Rays n'a guère procédé autrement quand il a lancé son affaire de Port-Breton. Il a fait miroiter, aux yeux des gogos, les splendeurs de la Nouvelle-France, et les millions ont afflué dans ses caisses.

Nous sommes furieux que les coquins rêvent de la Nouvelle-Calédonie, mais qui donc leur en brosse des peintures attrayantes? Cette loi sur la relégation n'est-elle pas dans sa sécheresse même un alléchant programme? Relisez-là, et dites-moi si elle n'est pas une prime au vol et à l'assassinat? Quand je serai fini, vidé, usé, quand je n'aurai plus ni emploi, ni gîte, ni famille, l'article 4 m'aidera à retrouver tout cela avec la garantie du gouvernement. En ouvrant aux coquins ces perspectives de bonheur, de vie tranquille, assurée, le gouvernement favorise, à son insu, le vice, le vagabondage, le crime. La *Nouvelle!* c'est le paradis retrouvé. Il y aura bien quelques ronces, quelques épines, mais où n'y en a-t-il pas ? Allons-y gaiement !

Ce qui, maintenant, est beaucoup plus grave, c'est que ces perspectives de bonheur sont absolument mensongères. Sans s'en douter, le gouvernement joue les marquis de Rays. C'est dans l'inconnu qu'il précipite ces misérables, après les avoir peut-être jetés dans l'armée du crime, avec ses réclames.

L'île des Pins n'offre pas plus de ressources aux relégués que le sol de la Nouvelle-France aux émigrés de M. de Rays.

C'est des lettres d'un forçat adressées à l'abbé Crozes, que j'extrais ces passages qui éclaireront, je l'espère, d'un jour vrai, cette grosse question de la relégation.

Le « transporté » — c'est le nom officiel que l'on donne aujourd'hui aux forçats, — le transporté qui les a écrites occupait une situation qui aurait dû le mettre à l'abri de toute tentation malsaine, comme elle le mettait à l'abri du besoin. Un jour, il se réveilla à Mazas. Le premier moment de stupeur passé, il confia à l'abbé Crozes son infortune.

« ..... Vous avez sans doute entendu parler de ce qui m'est arrivé.

« Plusieurs ouvriers du chemin de fer ont reçu deux fois la solde qui leur était due pour un seul mois. Ce double paiement a été fait, d'un côté, par les soins du chef de gare, et de l'autre, par mes propres soins. Il est le résultat de manœuvres frauduleuses exécutées par des ouvriers, qui m'ont audacieusement trompé en venant me réclamer la solde

de certains de leurs camarades (dont ils s'appro-
priaient les noms), solde qui, en même temps qu'elle
était reversée à la caisse pour cause d'absence au
moment de la paye, leur était néanmoins payée par
le chef de gare.

« Les auteurs de ces fraudes étant inconnus, la compagnie m'accuse d'avoir imaginé ce trafic à mon profit, et de m'être approprié, à l'aide de fausses signa-
tures, les sommes payées ainsi en double emploi.

« Cette accusation n'est pas fondée. Elle est venue
à l'esprit de l'administration du chemin de fer, par
suite d'une maladresse impardonnable que j'ai commise après avoir constaté ces irrégularités. J'ai été
tellement impressionné par la responsabilité que
j'avais assumée en laissant pratiquer ces fraudes,
que j'ai perdu la tête et envoyé ma démission.

« Cet acte irréfléchi, insensé, a causé mon malheur,
car la compagnie en a conclu que j'étais coupable, et
elle a porté plainte sans même prendre la peine de
m'interroger. J'ai donc perdu une situation qui me
faisait vivre et qui m'avait coûté dix-huit ans de travail
opiniâtre. Ma famille est plongée dans la désolation
et je suis sous le coup d'une accusation dont les conséquences peuvent être absolument désastreuses. Il y
a vingt-six jours que je suis en prison, isolé du
monde entier.

« Pendant ces vingt-six jours, je n'ai vu le juge
d'instruction qu'une seule fois et sans résultat, il y a
douze jours, ce qui me fait entrevoir une très longue
instruction. J'ai cependant envoyé à ce monsieur un
mémoire justificatif très détaillé.

« Jusqu'à présent, mes facultés ont été tellement

bouleversées par cet affreux malheur, que je n'ai pas eu le courage d'en informer les personnes qui peuvent s'intéresser à moi.

« Vous êtes la première à qui j'écris depuis mon incarcération..... »

Victor Hugo parle d'une vieille fille « remplie de la charité qui consiste à donner, mais n'ayant pas au même degré la charité qui consiste à comprendre et à pardonner ». L'abbé Crozes, qui a su pratiquer ces trois sortes de charité, accueillit cet homme et lui ouvrit son cœur et sa bourse.

Quand on voit ce que les malheureux libérés récoltent déjà de misères dans cette presqu'île inhospitalière de Nouméa, on se demande ce qui se passera quand leur nombre sera décuplé.

« ... Le 25 octobre, à midi, nous entrions dans le port de Nouméa.

« La ville nous apparaît, adossée à une colline que surmonte le sémaphore. Nouméa, avec ses maisons grises aux toits blancs, ses cocotiers gigantesques, ses flamboyants arbres bouquets qui portent de magnifiques fleurs rouges offre à l'œil un aspect agréable. Mais on se demande si ce n'est pas là un camp bien tenu plutôt qu'une ville, car on n'aperçoit ni clochers, ni monuments d'aucune sorte. Il n'y a que des maisons basses, couvertes en tôle et disposées suivant le caprice de chacun, sans symétrie. Quelques rares constructions de pierre y émergent : l'hôpital militaire, l'hôtel du gouverneur, la caserne, l'école municipale de garçons, où l'on a logé les six ou sept élèves du « collège » avec les deux professeurs, dont

l'un est le principal et l'autre un officier de la garnison. Ajoutez l'évêché, modeste habitation haut
perchée, où demeure un vicaire apostolique, mieux
logé cependant que le bon Dieu, fort mal installé, lui,
dans une sorte de grange sans clocher, le dernier
cyclone ayant emporté au loin celui qui existait ;
les bureaux de l'administration pénitentiaire ; puis,
sur une montagne, une caserne d'artillerie, d'où les
canons regardent, de leur œil unique, le pénitencier-
dépôt de l'île Nou qui fait vis-à-vis à Nouméa, de
l'autre côté de la rade, au bord de laquelle le chef-
lieu a été établi. C'est tout comme monuments, avec
la maison du commandant militaire et celle du directeur de l'administration pénitentiaire, constructions
fort semblables à des hôtelleries américaines.

« Le même aspect désolé, aride, caractérise Nouméa et Nou. Il faut trois quarts d'heure à la rame,
pour aller de l'une à l'autre.

« La première impression que l'on ressent, en approchant de l'île, c'est que l'on va aborder un petit centre
manufacturier : de vastes bâtiments dominés par une
cheminée d'usine s'offrent aux regards de face ;
d'autres constructions, mais à un seul rez-de-chaussée, ressemblent à des magasins.

« Débarqué, on s'aperçoit qu'on ne s'est trompé qu'à
demi. Il y a bien une usine : ce sont les ateliers de
l'île Nou, où se trouvent — où *se trouvaient* est plus
exact à présent — employés les forgerons, serruriers, ferblantiers, menuisiers, charrons, ébénistes,
charpentiers, bourreliers, vanniers, faisant partie de
la population pénale. Outre les ouvriers tout faits qui
arrivent, on en formait d'autres.

« Cette organisation coûtait un peu cher, mais elle était logique. M. Pallu de la Barrière a tout changé. Grâce à lui, les ateliers sont déserts. Comme conséquence, un matériel de plus d'un million se trouve inutilisé.

« Le départ de M. Pallu de la Barrière, dont les intentions étaient excellentes, mais dont le sens pratique était nul, rendra-t-il à l'île Nou l'aspect qu'elle doit avoir ? C'est désirable. Les bévues de ce fonctionnaire ont coûté des millions aux contribuables.

« On nous transborde dans des chalands, et on nous débarque à l'île Nou. Ces chalands sont manœuvrés par des Canaques, qui n'ont d'autre vêtement qu'un morceau d'indienne, rouge chez les uns, blanc chez les autres. C'est une espèce de tablier de brasseur, qui, en faisant le tour du corps, couvre les fesses et le bassin. Tout le reste du corps est nu.

« On nous compte au débarquement, puis on nous conduit dans les cases. On nous y enferme par groupe de soixante, sans nous rien dire.

« La nuit arrive, et bientôt l'obscurité est complète. La case n'a que les murs et le toit, les fenêtres sont grillées, les portes fermées au verrou. Elle n'est pas éclairée. Chacun s'assied par terre ou sur son sac.

« Nous sommes sans pain et sans eau. Nous n'avons pris aucune nourriture depuis dix heures du matin. Une heure s'écoule ainsi.

« Cependant, la faim commence à aiguillonner quelques estomacs. Des impatiences, timides d'abord, se font entendre : elles s'accentuent de plus en plus, à mesure que la soirée s'avance. Bientôt, les plus audacieux se ruent sur la porte, la secouent avec violence et demandent du pain en jurant.

« Rien ne bouge au dehors.

« Le vacarme devient de plus en plus intense, c'est un brouhaha de cris, de jurements, d'imprécations, de hurlements et de blasphèmes épouvantables !

« Tout à coup, vers dix heures, une voix menaçante se fait entendre au dehors.

« Silence immédiat dans la case.

« La voix extérieure menace toujours...

« La porte s'ouvre subitement.

« Un homme, muni d'une grosse lanterne; se présente dans la case en jurant, et déclare qu'il cassera la tête au premier qu'il ne trouvera pas couché et qui prononcera un seul mot. Cet homme est nu-pieds. Il n'a qu'un pantalon de toile pour tout vêtement, pas de chemise. Un chapeau de paille, aux ailes éraillées et capricieusement tordues, couvre sa tête. Il est de haute taille. Il s'avance au milieu de la case et il nous apostrophe avec une extrême violence. Il nous dit des choses inouïes, qui étonnent même les plus cyniques de mes compagnons.

« Ceux-ci, cependant, commencent à s'agiter. Quelques-uns s'avancent vers l'homme au falot, qui, déposant subitement sa lanterne, se met à frapper à coups de poings et de pieds ceux qui se sont approchés de lui.

« — Tas de lâches, s'écrie-t-il, vous êtes soixante contre moi. Tas de ci, tas de là... », et il se met à vomir les épithètes les plus ordurières.

« — Mais qui es-tu, toi ? dit une voix stridente,

partie du fond de la salle : que signifient ces provo-
cations ? Que veux-tu enfin ?

« — Je suis un forçat comme toi, répond l'homme
au falot. Je suis venu pour vous imposer silence, et
je souquerai [1] le premier qui bougera. »

« A peine a-t-il prononcé ces dernières paroles
qu'un condamné, venant du côté d'où l'interpellation
est partie, se précipite sur l'insulteur et le renverse
d'un coup de tête formidable. Celui-ci se relève d'un
bond et tombe sur son agresseur, qui lui rend coup
pour coup avec une vigueur qui déconcerte un instant
notre insulteur. Celui-ci reprend aussitôt l'offensive
en se ruant sur son adversaire, qui pousse un cri de
douleur.

« — Ah ! le brigand ! il me mord... Lâche-moi !
canaille ! ou je te tue !... » Mais l'autre ne lâche
pas.

« — Au secours, continue le premier... Mes amis,
secourez-moi, il boit mon sang !... »

« En se débattant, les deux champions renversent
la lanterne qui s'éteint. On n'entend plus qu'une sorte
de râlement entremêlé de chocs, de heurts, de jurements, puis ces paroles :

« — Lâche ! assassin !... »

« Le râlement cesse.

« Silence complet.

« — Il a son compte, dit tout à coup un des deux
champions en se relevant, à un autre maintenant.

« La lanterne est rallumée et éclaire la scène. Au
milieu de la salle, l'homme au chapeau de paille,

---

[1] *Souquer*, tuer.

couvert de sang ; à ses pieds son adversaire, qui paraît inerte. Les témoins de la lutte, pâles de frayeur, forment le cercle autour de ces deux hommes, qui se sont égorgés sans savoir pourquoi.

« A cet instant, une voix appelle du dehors :

« — Martin ! Martin !

« — Voilà ! dit l'homme au chapeau de paille, et il s'élance au dehors.

« On s'informe alors de l'homme qui gît à terre.

« — Qui est-ce ?

« On le secoue, il ne répond pas, il ne fait aucun mouvement.

« Des appels faits au dehors restent sans résultat.

« On laisse là le malheureux sans secours. Il pouvait respirer encore. Nous passons la nuit en compagnie de ce cadavre.

« Le lendemain matin, des surveillants se pressent à la porte et nous invitent à sortir.

« On fait l'appel.

« Un nommé D... ne répond pas.

« — Où est-il ? dit le surveillant.

« — Mort, répondent plusieurs voix, et on raconte ce qui s'est passé. En relevant D... on remarque qu'il a la tête presque détachée du tronc et que plusieurs coups lui ont été portés à la poitrine avec un instrument pointu.

« Enquête.

« Résultat : « Les condamnés, dit le rapport, se sont mutinés cette nuit et ont tué un de leurs camarades. »

« L'assassinat commis par l'homme au chapeau de paille a été considéré comme un mensonge !... Ne pouvant trouver le coupable, on a puni tout le monde, et dix des plus mal notés d'entre nous ont été condamnés à la double chaîne, trois mois de cellule, au pain et à l'eau un jour sur trois.

« Ce qui a suivi ce sinistre début, sur la terre d'exil, a été fort triste. Je me borne à constater que des scènes de ce genre ont lieu plusieurs fois par semaine. Jugez par là de ce qu'est cet infernal séjour !

« Les forçats sont divisés en cinq catégories.

« La 5ᵉ catégorie, ou peloton de punition, est composée des hommes qui ont eu des punitions dans les dépôts, en France, ou pendant la traversée. Ils peuvent y rester peu de temps ou n'en sortir jamais, cela dépend de leur plus ou moins bonne conduite, et aussi du Directeur des établissements pénitentiaires de la colonie. Ils sont employés aux travaux les plus répugnants, comme le curage des égouts, des latrines ; la décharge des bateaux, la pose et la dépose de la guillotine. Le temps de leur travail n'est pas limité : ils peuvent travailler huit heures par jour comme vingt heures. Les gardes-chiourmes ont, sur cette catégorie de forçats, un pouvoir discrétionnaire presque absolu. Ils sont généralement cinq ou six cents.

« Leur nourriture est des plus sommaires. Ils ne reçoivent ni café, ni ration d'eau-de-vie, ni tafia, ni tabac. Ils touchent, par jour, 750 grammes de pain. Pour le repas du matin, ils ont : le dimanche, le mardi, le jeudi, 250 grammes de viande fraîche et 200 grammes de conserve de bœuf ; le lundi, le mercredi et le vendredi, des légumes secs : 100 grammes de haricots secs ou des fèves cassées, ou 60 grammes de riz ; le samedi, 180 grammes de lard salé. Pour le repas du soir, ils touchent une portion de haricots ou de fèves cassées ou de riz, plus 6 grammes d'huile, 2 centilitres de vinaigre, 9 grammes de sel. Jamais de légumes frais. Il est bien vrai qu'il y a, à l'île Nou, — particulièrement réservée aux forçats de cette catégorie, — un jardin qu'on appelle le jardin de la transportation, mais ce jardin sert à alimenter la cuisine du corps des surveillants militaires.

« En arrivant, le forçat est versé dans la 4ᵉ catégorie. Il peut en sortir au bout de six mois ; s'il en sort plus tôt, c'est qu'il est protégé. Quand il entre dans la 3ᵉ catégorie, il touche, à titre de récompense exceptionnelle, *trois sous*. Six autres mois se passent, il est de 2ᵉ classe : il reçoit 20 ou 25 centimes par jour. De 1ʳᵉ classe, après une demi-année encore de bonne conduite, il peut arriver à gagner 40 centimes.

« Avec ces gains on compose son *pécule*, se divisant par moitié en « disponible » et « *réservé* », c'est-à-dire que, gagnant 40 centimes, il a le droit d'en envoyer 20 à sa famille. Il touchera le reste à sa libération ; s'il est condamné à perpétuité, il ne le touchera jamais.

« ..... Permettez-moi de revenir sur ma situation en Nouvelle-Calédonie.

« Je songe au lendemain, c'est-à-dire au jour où je serai libéré. Ce jour-là, se dresseront devant moi des difficultés inouïes, parmi lesquelles figure, en première ligne, le séjour obligatoire de six ans à la Nouvelle-Calédonie, à partir du jour de ma libération.

« Ce séjour après libération est bien plus pénible que

les travaux forcés pour celui qui a le désir de rompre
avec son passé ! La colonie n'offre, en effet, aucun
débouché sérieux. On n'a rien fait et on ne fait rien
pour assurer au libéré le moyen de travailler. L'administration a plus de 3,000 libérés astreints à la
résidence à vie ou à temps. Ces libérés, manquant de
travail parce que la colonie est stérile et que l'administration n'a rien fait pour y suppléer, sont parqués
dans des fermes administratives, où on fait semblant
de les occuper moyennant 50 centimes par jour, plus
les vivres du condamné.

« Ces malheureux, livrés à l'oisiveté et découragés.
s'enivrent, se prostituent les uns aux autres, se battent
et s'égorgent. Voilà le sort réservé *aux libérés des
travaux forcés*. C'est une aggravation de peine et non
une libération.

« Il vous paraîtra étrange de me voir qualifier
ainsi cette transition de l'esclavage à la liberté, qui
devrait, au contraire, m'apparaître comme une sorte
de résurrection.

« Car enfin, penserez-vous, la libération des travaux forcés, c'est la fin d'une peine terrible, c'est le
retour à la liberté, à la vie sociale ! Oui certes il en
devrait être ainsi ! En ce qui me concerne, par
exemple, j'ai été condamné à six ans de travaux forcés sans surveillance ultérieure. Il est évident qu'à
l'expiration de ma peine je devrais reprendre possession
sion de moi-même. Eh bien ! non, cela ne sera pas !

« Le jour de la libération le condamné qui, comme
moi, n'a pas à subir une condamnation à la prison,
après celle des travaux forcés, qui n'est pas soumis à
la surveillance de la haute police et qui, aux yeux de

la loi, est absolument libre, ce jour-là, cet homme est emmené par un surveillant militaire à la presqu'île Ducos, d'où il lui est interdit de sortir sans permission. Là, on lui dit : « Tu auras à manger si tu travailles, tu seras payé à raison de trois sous par jour ; tu te logeras et tu t'habilleras comme tu pourras, avec tes propres ressources si tu en as. Si tu n'as pas de ressources, tant pis pour toi. Tu répondras à l'appel deux fois par jour et tu seras mené militairement. »

« Or, quelle différence y a-t-il entre la situation du condamné et celle du libéré ?

« Oh ! il y en a une bien grande !

« Le condamné a la nourriture, le logement et l'habillement assurés, et il est payé à raison de 40 centimes par jour, s'il est à la première classe, sans être astreint à un grand travail ; tandis que le libéré n'a aucune liberté, il est moins payé et ni son logement ni sa nourriture ne sont assurés, pas plus que l'habillement.

« Le libéré est confiné dans un camp, au milieu d'une population sordide, infâme, féroce, qui menace d'assassiner quiconque ne hurle pas avec elle. Et ces menaces peuvent être mises à exécution quand il plaît à ces chourineurs de jouer du couteau ; car on est là sans protection, sans défense. De sorte que la situation du condamné est relativement heureuse comparée à celle du libéré, et, pour beaucoup de condamnés, la libération, loin d'être la fin d'une peine, comme cela devrait être, en est au contraire une aggravation.

« Si encore on laissait le libéré chercher à se caser,

si on lui facilitait le moyen de trouver un emploi déjà
très difficile à obtenir au milieu de cette population
mal disposée pour les libérés, on pourrait encore
trouver une occupation honorable.

« Mais non. On défend aux libérés de quitter le camp,
sous peine de poursuites en rupture de ban. On les
maltraite, on les insulte, on les fait passer en jugement, pour menaces injurieuses, s'ils répondent. Le
nombre des libérés augmente de jour en jour et il
n'y a pas assez d'emplois disponibles pour les occuper tous. Ne vaudrait-il pas mieux autoriser le départ
de ceux qui demandent à s'en aller dans une autre
colonie, faute de débouchés suffisants en Nouvelle-
Calédonie ? Sans doute ! Mais l'administration locale
n'est pas de cet avis ; elle suscite au contraire toutes
sortes de difficultés aux libérés qui demandent à
quitter la colonie, comme si elle prenait plaisir à
voir s'installer cette multitude d'oisifs qui sont un
danger pour elle en même temps qu'une lourde
charge pour le Trésor.

« Le 31 mars, jour où j'aurai fini mes six ans de
travaux forcés, je serai donc dirigé sur la presqu'île
Ducos, où je serai immatriculé sous un nouveau numéro. Je serai soumis à deux appels par jour, avec
défense de sortir de la presqu'île sans une permission
qui est toujours fort difficile à obtenir. En compen-
sation de cette détention arbitraire on ne me donnera
que 750 grammes de pain par jour et de l'eau. Pas
de logement, pas le moindre abri, rien qu'une ration
de mauvais pain, avec la faculté de griller au soleil
pendant le jour et d'errer comme un chien abandonné
pendant la nuit. Pas la moindre sécurité. L'adminis-

tration entretient à grands frais, sur cet établissement — on appelle cela un établissement ! — plusieurs escouades de surveillants, de soldats et de gendarmes pour maintenir l'ordre, dit-on. Mais, pour tous ces gens-là, l'ordre n'est pas troublé tant qu'on ne leur vole pas leur soupe, qu'on ne dévalise pas leur poulailler, qu'on ne les inquiète pas dans leur sybaritisme. Mais si à côté d'eux on tente d'assassiner un libéré, ainsi que cela arrive *très fréquemment*, en plein jour même, pour lui voler sa chemise ou ses souliers, qui seront vendus une heure après et bus à la cantine, ils ne se dérangent nullement. Ils s'en soucient comme d'une guigne, cela ne les regarde pas.

« Combien de temps durera cette effroyable expectative ? Jusqu'à ce que j'aie trouvé un emploi.

« Or, pour trouver un emploi, il faudrait d'abord avoir la faculté d'aller et de venir en dehors de la presqu'île. Or, il est défendu d'en sortir sans encourir une condamnation pour rupture de ban et on n'accorde qu'une permission par semaine de quelques heures de durée seulement ! Et il y a plus de 300 libérés qui attendent leur tour pour jouir de cette permission qui n'est accordée, remarquez-le bien, qu'*à un seul* individu *par semaine !* En second lieu, les libérés n'offrent guère de garanties à ceux qui les emploient et généralement personne n'en veut plus dans la colonie.

« Cela revient à dire que tout est parfaitement arrangé pour enlever au libéré qui voudrait bien faire la possibilité de vivre honnêtement en se procurant un emploi.

« Il lui reste, il est vrai, une porte ouverte; c'est de

s'en aller en Australie. Mais l'administration, dans sa sagesse, a trouvé bon de placer à cette porte un cerbère qui est bien autrement redoutable que celui qui gardait l'enfer païen. La lyre du divin Orphée et les gâteaux de miel du héros de l'*Eneide* — talismans qui me font défaut, d'ailleurs, pour le moment — ne sauraient détourner l'attention vigilante de ce portier qui ne connaît d'autre laisser-passer que la pièce de cent sous.

« Parmi les formalités innombrables et hérissées de difficultés qu'il faut remplir pour obtenir l'autorisation d'aller à Sydney ou ailleurs, se trouvent celle de justifier d'une somme de 800 fr., sur lesquels l'administration en prélève 200, pour *parer aux frais judiciaires que pourrait susciter* à l'étranger l'inconduite du demandeur.

« Huit cents francs ! somme irréalisable pour la plupart des libérés. Aussi, lorsque de loin en loin il s'en trouve un qui est à même de les produire, le fait est considéré comme quelque chose d'extraordinaire, comme un tour de force des plus singuliers.

« Conclusion : le libéré, à sa sortie du *bagne du travail forcé*, est précipité, sciemment et volontairement, dans le *bagne de l'oisiveté forcée*, bagne cent fois pire que l'autre et dans lequel ce malheureux n'a d'autre perspective que de mourir de faim, en admettant qu'il échappe au suicide, vers lequel le pousse fatalement le désespoir, quand il n'est pas assassiné au préalable.

« Soupçonne-t-on seulement cet état de choses au ministère de la justice et à celui des colonies ?

« Vous étonnerez-vous maintenant, cher monsieur,

que je sois épouvanté de la situation horrible qui m'attend ? Et ce qui se passe actuellement sous mes yeux n'est pas fait pour diminuer mes appréhensions. Ainsi, un de mes camarades, jeune notaire qui finit cinq ans de travaux forcés le 21 mars prochain, a demandé, pour ne pas aller à la ferme, à sa libération, et afin d'échapper aux misères effroyables qui y règnent, il a demandé à rester au pénitencier, aux conditions actuelles, c'est-à-dire sans salaire, sans liberté : il aime mieux rester au bagne que d'accepter la liberté à laquelle il a droit, et l'administration a accepté !

« Les Cours d'assises sont bien bonnes d'employer de longues et ennuyeuses séances pour déterminer si les malfaiteurs seront condamnés à cinq, six ou vingt ans ou à vie. La condamnation à cinq ans est aussi sévère, que dis-je ? beaucoup plus sévère que la condamnation à vie, car il est probable que le crime puni de cinq ans de bagne est beaucoup moins abominable que le crime puni des travaux forcés à perpétuité. Or, dans la pratique, le condamné à cinq ans est, en réalité, condamné à vie avec aggravation de peine par rapport au criminel qui subit une condamnation à vie, puisque, grâce à l'obligation de résidence en Nouvelle-Calédonie, il est fatalement voué, comme libéré, à une existence pire que celle du condamné qui subit sa peine.

« Permettez-moi donc, Monsieur, de vous prier de vouloir bien vous intéresser à ma déplorable situation à venir — celle dans laquelle je suis actuellement est relativement bonne quoique profondément misérable, comparée à celle qui m'attend après ma déli-

vrance, quelle délivrance grand Dieu ! — et de vous
demander de vouloir bien combiner avec mon frère,
qui doit vous voir à ce sujet, la démarche qu'il con-
viendrait de faire en ma faveur pour me faire obtenir
la remise de la résidence ; c'est pour moi une question de vie ou de mort.

. . . .

«.... Me voici libéré. Cette libération ne s'est pas
effectuée sans tracasseries. Ma peine expirant le
30 mars, j'aurais dû être rapatrié ce jour-là même au
chef-lieu, à Nouméa. C'était trop équitable pour que
cela ait lieu. On m'a laissé à l'île des Pins jusqu'au
7 mai, perdant un temps précieux et dépensant pour
vivre mes modiques économies qui m'étaient si indispensables pour m'habiller en homme après m'être
débarrassé de ma livrée de transporté !

« Cela est d'autant plus regrettable que j'avais fait
parvenir à M. le directeur de l'administration pénitentiaire une protestation énergique et que ce fonctionnaire, pressé par l'évidence, avait donné l'ordre
de donner immédiatement suite à la demande que
j'avais faite d'être rapproché de Nouméa, afin de
pouvoir chercher un emploi pour le jour de ma libération. Mais cette solution favorable ayant déplu au
personnel subalterne, l'ordre de M. le directeur n'a
pas été communiqué à M. le commandant de l'île des
Pins, où je suis resté jusqu'au 7 mai, sans avoir pu,
faute de communications avec le chef-lieu, faire la
moindre démarche pour être casé en temps utile. Je
n'ai connu cette coquinerie qu'en arrivant à Nouméa.
Dès mon arrivée, les ennemis que j'ai à la direction

pénitentiaire n'ont pas manqué de me faire diriger sur la presqu'île Ducos, ce que je redoutais par-dessus tout.

« Mais je me suis tant démené que je suis parvenu à quitter ce coupe-gorge vingt-quatre heures après.

« Armé du certificat du commandant de l'île des Pins, je me suis présenté chez plusieurs négociants, qui, faute de place vacante, m'ont ajourné à plus tard, tout en m'affirmant qu'ils me prendraient volontiers à la première vacance, en raison de mon excellent certificat. Ne trouvant pas à me placer comme em-ployé de commerce et n'apercevant rien de mieux, je me décidai à affronter le travail manuel et je me présentai d'abord chez un maître-maçon, qui m'a ri au nez après avoir regardé mes mains qu'il trouva trop blanches.

« A quelques pas de chez lui se balançait un énorme écriteau de peintre en bâtiments.

« — Voyez M. Bourmigal, me dit le maçon en me montrant l'écriteau, peut-être pourra-t-il vous occuper plus utilement que moi, son travail étant moins pé-nible que le mien, lequel n'est réellement pas dans vos aptitudes.

« M. Bourmigal était ivre.

« Je dus subir d'abord une longue et diffuse disser-tation sur la mort de Gambetta et ses conséquences probables pour la République française. J'opinais du bonnet, modestement, comme il convient à un sollici-teur, à mesure que M. Bourmigal développait ses inepties. Cela donna sans doute à cet honnête indus-triel une haute idée de mes capacités politiques, car il me tendit la main, donna ordre à un ouvrier qui

barbouillait des volets à côté de nous de m'emmener
avec lui, à une heure, au chantier des ponts et chaussées, pour me faire travailler.

« Je me présentai à l'heure dite, et on me donna
pour tâche de peindre les caniveaux d'une maison
neuve, occupée par l'administration des ponts et chaussées. Il me fallut grimper sur une longue échelle qui
vacillait affreusement ; à mesure que je gravissais un
échelon, j'avais une peur terrible de dégringoler, em-
pêtré que j'étais dans des cordes, avec mon pot à pein-
ture, mon pinceau, etc. Je faisais une assez triste figure
sur cette échelle et le piqueur des ponts et chaussées
chargé de la surveillance des travaux me considérait
d'un air narquois, ce qui augmentait mon malaise, à ce
point qu'il me fît descendre, tout en apostrophant
sévèrement l'ouvrier, qui, pour me jouer un mauvais
tour sans doute, m'avait donné, à moi inexpérimenté,
un travail qui ne se confie habituellement qu'à des anciens, habitués à ces ascensions dangereuses. Puis,
il me questionna avec bienveillance sur mon pays,
mes antécédents, mes malheurs, etc...

« — Moi, je suis de V..., me dit-il, et j'ai connu
jadis votre père qui passait souvent par mon village
pour aller à C... Nous sommes donc pays, presque
voisins. »

« Je lui montrai mes certificats.

« — Venez avec moi, me dit-il. »

« Après les avoir lus, il me conduisit au cabinet du
chef des ponts et chaussées, à qui il présenta les deux
certificats en lui disant :

« — Voici un homme plein de bonne volonté et
très recommandé, qui a été embauché ce matin

comme peintre et qui pourrait faire beaucoup mieux
que cela. »

« M. Berthier me toisa avec un regard froid, lut les
certificats lentement, me toisa de nouveau avec un
visage moins sombre cette fois et donna ordre au
chef du secrétariat de me faire subir un examen qui
dura une demi-heure à peine, après lequel on m'an-
nonça que je pourrais venir le lendemain pour travailler dans les bureaux. Je n'y manquai pas, et je
fus placé au bureau du secrétariat comme commis-
rédacteur à raison de 250 fr. par mois.

« J'étais sauvé !

« Quant à l'avenir, c'est autre chose ; il y a toujours
là un point noir formidable. En effet, je ne puis
compter sur un long séjour à l'administration des
ponts et chaussées, qui attend du personnel de France
pour compléter son effectif et qui me remerciera aussitôt que ce personnel sera arrivé. A ce moment
il faudra chercher un autre emploi, lequel sera d'autant plus difficile à trouver que l'inconduite de certains libérés, employés en ville, inspire aux habitants
et aux administrations une défiance qui va toujours
croissant et qui aura pour conséquence de fermer peu
à peu toutes les portes de Nouméa à ces malheureux
déclassés.

« Si je n'étais lié par cette maudite résidence obligatoire, j'envisagerais la situation avec beaucoup
moins d'appréhension, car j'irais chercher en Australie ou en Amérique ce que je ne pourrai jamais
trouver en Nouvelle-Calédonie, où il n'y a rien à
espérer pour les libérés, quelles que soient leur bonne
volonté et leur abnégation. Mais, hélas ! je suis rivé à

cette terre inhospitalière pour longtemps encore. Or,
s'il faut que je reste six ans encore dans ce pays, à
quoi serai-je bon lorsqu'arrivera le moment où je
serai libre de m'en aller ?

« ..... Aujourd'hui 16 juin, un employé de la
direction de l'intérieur est venu me communiquer
une dépêche ministérielle informant le gouverneur
de la Nouvelle-Calédonie que, par décision du 2 avril
dernier, M. le Président de la République m'avait
accordé cette remise de résidence après laquelle j'espérais tant.

« Je n'en croyais pas mes yeux en lisant la dépêche
que je retournais en tous sens pour m'assurer qu'elle
n'était pas apocryphe, ce qui a bien fait rire l'employé.
Je me demande encore si je n'ai pas rêvé, s'il est bien
vrai que je sois enfin débarrassé de toute attache
avec l'administration pénitentiaire. Je suis forcé
de me rendre à l'évidence ; car on vient de m'apporter le *Moniteur officiel* de la colonie, où je trouve
imprimée la confirmation de cette précieuse nouvelle.

« Votre lettre du 10 juin, dans laquelle j'ai trouvé
un mandat-poste de 50 fr., m'est parvenue le 30 septembre. Comment vous remercier de cette nouvelle
marque de bienveillance ? Je ne sais que vous dire
encore et toujours, merci ! merci !

« Par suite de ma remise de résidence, j'aurais pu
rentrer en France, comme citoyen libre, dès le mois
de juin, si j'avais eu la somme nécessaire pour payer
mon passage. Mais, outre que je n'avais pas le sou, je
n'étais alors et je ne suis nullement disposé encore à
revenir dans la mère-patrie, quelque grand que soit
mon désir de la revoir.

« Je suis donc resté à Nouméa, où j'avais eu la chance de trouver un emploi. Il est vrai que je n'ai pu le conserver, par suite de l'arrivée à Nouméa des employés qu'on attendait de la métropole. Ils ont débarqué le 6 septembre et ils m'ont dépossédé. Je me suis retiré, avec un certificat des plus élogieux.

« Je me hâte d'ajouter que cet événement, loin de me jeter dans l'embarras, m'a procuré au contraire immédiatement une situation meilleure encore au point de vue pécuniaire. Je suis passé en effet du secrétariat des ponts et chaussées à l'étude de l'avocat le plus en vogue de Nouméa avec 300 fr. par mois et la promesse d'en avoir 400, aussitôt que je serai au courant du travail.

« Il est fort ingrat et bien nouveau pour moi, ce travail de basoche, et j'avais une peur bleue de ne pouvoir jamais arriver à le faire convenablement. Mais mon patron, jeune homme de trente-deux ans, a mis à ma disposition tous les bouquins propres à m'initier au métier de chicanier patenté et, grâce à un travail opiniâtre et aux indications pleines de bienveillance du patron, je suis parvenu à me familiariser avec le catéchisme bizarre de la procédure. J'ai trois collègues dont le premier, ancien notaire dévoyé, est payé à raison de 8.000 fr. par an.

« Vous ne vous doutiez guère qu'il pût y avoir à Nouméa un avocat, qui remplit aussi les fonctions d'avoué, pouvant gagner assez pour dépenser 18.000 fr. par an pour ses clercs ? Et encore moins, que dans ce petit trou il y ait trois autres avocats dont l'étude est presque aussi importante que celle de mon jeune patron ?

« Me voilà donc en train de rédiger des requêtes au président du tribunal civil, des significations, des jugements, des saisies-arrêts, des référés, des appels, des contrats de toute sorte.

« Cette besogne, qui me répugnait beaucoup au début, commence à m'intéresser et si mon patron me donne 400 fr., à partir du 1er novembre, ainsi qu'il vient de me le promettre, j'aurai une situation des plus sortables et, il faut bien l'avouer, absolument inespérée pour un déclassé tel que moi, appartenant à une catégorie que le préjugé repousse de partout, aussi bien au pays des sauvages et des banqueroutiers qu'à Paris. Tout serait donc pour le mieux sans ce farouche préjugé, dont j'ai souvent à souffrir, malgré la politesse extrême, trop extrême, avec laquelle je suis partout accueilli dans le monde officiel et dans mes relations professionnelles, les seules que je puisse avoir avec cette population qui, toute gangrenée qu'elle est du haut en bas, est encore plus imbue que toute autre de cet exécrable préjugé.

« Ma situation morale est donc aussi mauvaise que ma situation matérielle est bonne.

« Or, en dehors d'un trafic quelconque, je ne vois pas ce qu'il me serait possible de faire dans un pays étranger. Et encore ce débouché est-il subordonné à la possession de ressources indispensables pour faire le voyage d'abord et pour débuter ensuite.

« Grosse question, celle-là, car les ressources dont je dispose en ce moment sont représentées par zéro ou à peu près. Les dépenses qu'il m'a fallu faire en vêtements, linge, etc., ne m'ont pas permis de consacrer un centime à l'épargne.

« Voici mes projets :

« Me rendre à Panama, où je trouverai facilement un emploi dans la Compagnie du percement de l'isthme en attendant que je puisse me livrer à un commerce quelconque avec les économies que je ferai sur place. Il résulte des renseignements que je viens de recueillir auprès d'un mulâtre de Bourbon, revenu de Panama, que par suite de la difficulté à se procurer du personnel, en raison de l'insalubrité du pays, la Compagnie paye largement les employés aux écritures.

« S'il en est ainsi, je pourrai réaliser promptement la somme suffisante pour tenir une cantine et je tâcherai de créer ensuite un fonds de commerce pour fournir des vêtements, des chaussures et surtout des liquides aux ouvriers du canal. Tout cela faisant défaut là-bas, je suis certain de réaliser une petite fortune, si je peux m'en aller d'ici sans retard. Mais hélas! il va s'écouler au moins un an avant que j'aie pu réaliser les 1,000 ou 1,500 fr. nécessaires pour payer la traversée, et alors il sera peut-être trop tard pour réaliser mes espérances.

« Enfin, à la grâce de Dieu.

« Recevez, Monsieur, etc. »

Je n'ai aucune raison de soupçonner la bonne foi dé l'auteur de ces lettres. Je crois que ce qu'il raconte est malheureusement vrai, qu'il est vrai que le *libéré*, l'homme obligé de vivre à la presqu'île Ducos ; — bientôt le *relégué* à l'île des Pins, — en homme libre, mais enchaîné par une surveillance de chaque instant, sont mille fois plus malheureux que le forçat, que cette demi-liberté est un supplice plus cruel que les travaux forcés.

Mais alors, que devient la légende des douceurs et des enchantements de la *Nouvelle?* Le Gouvernement se doute-t-il de ce qui se passe là-bas? ou est-ce pour jeter les relégués dans des périls quotidiens qu'il les expatrie? A la place de la guillotine sanglante, dresserait-il une guillotine sèche? Les enverrait-il à la mort, en leur laissant croire qu'il leur rend la vie?

Que les voleurs de profession meurent en route, ou le plus tôt possible là-bas, je n'y vois pas pour ma part une chose si malheureuse. Plus vite ces gredins disparaîtront, plus la sécurité publique sera assurée; la loi sur la récidivité est avant tout une loi de protection pour la société. Mais est-il honnête de faire miroiter aux yeux de ces misérables des promesses qu'on sait irréalisables? est-il humain de les faire souffrir des mois entiers avant de les tuer? est-il équitable de gaspiller l'argent des contribuables uniquement pour envoyer à la mort des coquins qu'on pourrait faire disparaître sur le continent, plus vite et à meilleur compte?

La loi du 27 mai 1885 ne vivra pas. Elle sera la source de tant de plaintes, de tant de récriminations, de dépenses si exagérées, que les pouvoirs publics seront obligés de la remplacer par quelque chose de plus expéditif, de plus efficace, de moins coûteux; ce quelque chose, c'est une *loi sur la réclusion.*

Je causais un jour de cette question avec l'abbé Crozes.

« — Si j'étais législateur, me répondit-il, j'enverrais à la Nouvelle-Calédonie tous les détenus des prisons centrales, et j'internerais les forçats dans ces prisons. Vous verriez, d'une part, le nombre des forçats diminuer, et d'autre part, ceux qui seraient menacés de partir pour la Nouvelle-Calédonie, pour des fautes relativement légères, réfléchir avant de les commettre. »

Les *voleurs de profession* ne redoutent qu'un supplice : la cellule ; pour eux, c'est le plus effroyable, c'est le dernier.

« — En cellule ! s'écrie le Squelette, un des héros d'Eugène Suë. Ne parle pas de ça... En cellule !.., tout seul !... Tiens, tais-toi ; j'aimerais mieux qu'on me coupe les bras et les jambes... Tout seul !... entre quatre murs !... Tout seul... sans avoir les vieux de la pègre avec qui rire !... Ça ne se peut pas ! Je préfère cent fois le bagne à la centrale, parce qu'au bagne, au lieu d'être renfermé, on est dehors, on voit du monde, on va, on vient, on gaudriole avec la chiourme... Eh bien ! j'aimerais cent fois mieux être raccourci que d'être mis en cellule pendant seulement un an... à l'heure qu'il est, je suis sûr d'être fauché. Eh bien ! on me dirait : Aimes-tu mieux un an de cellule ?... je tendrais le cou... Un an tout seul !... Mais est-ce que c'est possible ?... A quoi veulent-ils donc que l'on pense quand on est tout seul ?...

« — Si l'on t'y mettait de force, en cellule ?

« — Je n'y resterais pas... je ferais tant des pieds et des mains que je m'évaderais.

« — Mais si tu ne pouvais pas... si tu étais sûr de ne pas te sauver ?

« — Alors je tuerais le premier venu pour être guillotiné.

« — Mais, si au lieu de condamner les *escarpes* à mort... on les condamnait à être en cellule pendant toute leur vie ?...

« — Alors, je ne sais pas ce que je ferais... je me briserais la tête contre les murs... Je me laisserais crever de faim plutôt que d'être en cellule... Comment ! tout seul... toute ma vie seul... avec moi ? sans l'espoir de me sauver ? Je vous dis que ce n'est pas possible... Tenez, il n'y en a pas de plus crâne que moi, je saignerais un homme pour six blancs, et même pour rien... pour l'honneur, je ne crains ni feu ni diable... eh bien !... eh bien !... si j'étais en cellule et sûr de ne pouvoir jamais me sauver... tonnerre !... je crois que j'aurais peur...

« — De qui ?

« — D'être tout seul...

« — Ainsi, si tu avais à recommencer tes tours de pègre et d'escarpe, et si, au lieu de centrales, de bagnes et de guillotine... il n'y avait que des cellules, *tu bouderais devant le mal* ?

« — Ma foi... oui... peut-être... »

On ne s'imagine pas, en effet, l'indicible terreur qu'inspire aux voleurs de profession la seule pensée de l'isolement absolu.

La relégation appartient à ce que j'appellerai la politique du débarras. Il nous est agréable de penser que nous n'aurons plus à nous occuper, ni à souffrir de ces gredins, du moment où nous les aurons rejetés à plusieurs mille lieues de la métropole ; comme si le bon sens pratique n'indiquait pas que c'est sur le continent que la discipline doit trouver ses meilleures garanties de surveillance et d'application, et que plus on augmente au-delà des mers les distances des établissements qui lui sont consacrés, plus on entrave les conditions et les possibilités de l'exécution.

En outre, s'imagine-t-on de bonne foi qu'on colonisera avec de pareils éléments? Est-ce avec l'élément impur des vieilles sociétés qu'on peut créer des sociétés nouvelles? Est-ce en ensemençant de la mauvaise graine qu'une bonne récolte se prépare?

Partons de ce principe : qu'on ne doit rien attendre de bon des voleurs de profession ; qu'une résurrection morale est chez eux l'exception. Or, est-ce pour l'exception, pour une quantité négligeable qu'on fait des lois?

La plus sûre manière de tuer nos colonies, la Guyane, la Nouvelle-Calédonie, c'est de les peupler de relégués.

« — Que diriez-vous, disait Franklin à l'Angleterre qui transportait ses malfaiteurs dans les colonies américaines, si nous vous envoyions des serpents à sonnettes? »

Des serpents à sonnettes ! c'est-à-dire le poison le plus subtil au service d'une ruse, d'une souplesse, d'une force peu communes.

La question sociale sera en partie résolue le jour où sera votée cette loi : « Tout voleur de profession sera enfermé en cellule, soumis à un régime sévère, et n'en sortira que le jour où il ne sera plus un danger pour la société ! »

Parmi les jeunes détenus, dont l'abbé Crozes avait

la direction à la Petite-Roquette, il en trouva un qui venait de la colonie agricole de Petit-Bourg, fermée pour cause de révolte. Cet enfant voulut faire une confession générale.

« — A quoi bon ? lui dit l'abbé Crozes. Dernièrement, n'avez-vous pas eu une retraite prêchée par le R. P. Millériot ?

« — Ah ! monsieur, lui répondit l'enfant, le P. Millériot est un grand prédicateur, mais la cellule prêche encore mieux que lui. »

L'enfant connaissait-il ce mot de Labruyère : « Tout notre mal vient de ne pouvoir être seuls ; de là le jeu, le luxe, la dissipation, les femmes, l'ignorance, la médisance, l'envie, l'oubli de soi-même et de Dieu ? » j'en doute, mais sa petite expérience lui avait révélé les dangers d'une société corrompue et le profit qu'une âme meurtrie retire de la solitude.

Les voleurs de profession, susceptibles d'un retour au bien, ne s'amenderont qu'en cellule.

Les autres, ou deviendront fous, ou mourront. Faudra-t-il les pleurer ?

La mort sanglante n'est plus dans nos mœurs.

La transportation laisse insensibles les voleurs de profession, et nous coûte fort cher.

Ni l'une ni l'autre de ces deux peines ne doit subsister.

Qu'on les remplace par la *réclusion cellulaire*, et je réponds que les *voleurs de profession*, ou changeront de profession, ou s'expatrieront d'eux-mêmes.

DEUXIÈME PARTIE

LES VOLEURS PAR ACCIDENT

QUI RÉCIDIVENT

CHAPITRE V

L'oisiveté du pauvre. — Marchandon. — Le faux vicomte. — Un faux marquis et Mgr R..,— La « Grande-Maison ». — Fontaine. — Le n° 90 de Mazas. — Mon auxiliaire : ses bons désirs, sa rechute. — J. L. — Première lettre d'audience. — Son passé. — Ses souffrances. — Il est au cachot. — A l'infirmerie. — Sa lettre d'adieu. — Dix jours après. — Il part pour Poissy. — Bons sentiments. — Le régime de Poissy. — Souhaits de bonne année. — Gavroche à la recherche du meilleur système pénitentiaire. — Nouveaux souhaits. — Désirs et demandes. — L'asile Sainte-Anne.

Les *voleurs par accident*, *qui récidivent*, mais qui essaient de se relever, sont moins corrompus que les voleurs de profession. Ils ont des velléités de retour au bien, des désespoirs, des hontes, des chagrins, des remords. A certaines heures, ils prennent en dégoût ce monde infâme et s'efforcent d'en sortir. On peut essayer d'en sauver quelques-uns.

Ils appartiennent en général à des familles qui les ont bien élevés. Quelquefois ils sont restés honnêtes jusqu'à l'âge mûr. Puis un jour, la femme pour le plus grand nombre ; pour d'autres, le jeu ou la boisson ; pour celui-ci, le besoin de l'élégance ; pour cet autre, la paresse, une vanité exagérée, les conduisent sur le bord de l'abîme.

C'est en tremblant qu'ils commettent leur premier vol. Ils *barbotent* dans la caisse du patron, font un faux, soustraient quelques billets à la recette, imaginent je ne sais quelle attaque nocturne. Ah ! si ces mensonges avaient pu ne pas leur réussir ! Malheureusement le succès a couronné et comme sanctionné leurs premières tentatives. Ils connaissent désormais le moyen de s'amuser sans travailler. Or « l'oisiveté du pauvre, c'est le crime », a écrit Victor Hugo.

Marchandon, l'assassin de Mme Cornet, appartenait à cette classe d'oisifs. C'était un élégant paresseux, qui trois ou quatre fois l'an faisait un coup, où il dépensait l'énergie qu'il faut à un honnête homme pour travailler chaque jour pendant douze mois. Il récoltait à ce métier une dizaine de mille francs par an. Cela ne valait-il pas mieux que d'en gagner péniblement deux mille à user des manches de lustrine sur un bureau ?

Quelques jours avant le carême, un de mes clients de la Grande-Roquette, m'écrivit pour me demander une audience. Sa lettre était signée : Vicomte... Il se disait victime des passions politiques, et se donnait comme un ardent défenseur du trône et de l'autel. J'ai vu à la Grande-Roquette pas mal de ces défenseurs. C'étaient certainement les plus méprisables et les plus indisciplinés.

En réalité ce « vicomte » était, et est encore, un

vulgaire escroc, dont le père est domestique. Il venait
me demander la permission de ne pas jeûner et de
faire gras les jours d'abstinence ! Quelques semaines
auparavant, il m'avait prié de lui prêter une bible
hébraïque pour continuer ses études ! Il tenait l'orgue
à la chapelle et se rendait intolérable aux autres détenus par sa morgue et son insolence. Je lui fis dire
de se retirer. Il m'adressa la lettre suivante, qui ne
manque pas d'esprit :

« Monsieur l'abbé,

« Selon le désir que vous avez exprimé et que vous
avez bien voulu me faire transmettre, et pour ne pas
troubler l'harmonie, là où elle doit régner en maîtresse absolue, j'ai l'honneur de vous mander que je
remets en vos mains les fonctions d'organiste.

« Veuillez agréer, monsieur l'abbé, l'expression de
mes sentiments respectueux. »

Je ne serai pas surpris d'apprendre que ce noble
aventurier a fini comme Marchandon. Paris est
peuplé de ces brillants rastaquouères, qui trompent
les yeux les plus vigilants. On ne les connaît que
quand il est trop tard.

Voici ce que m'écrivait un de mes confrères.

« Paris, le 9 novembre 1884.

« Monsieur et bien honoré confrère,

« Je connais effectivement le pauvre détenu dont
vous avez eu la charité de me donner des nouvelles.

Je lui ai même rendu des services. Je le croyais fort honnête. Aussi n'ai-je pas été médiocrement surpris, quand j'ai appris son arrestation. Son odyssée est assez curieuse et si je puis aller vous rendre visite bientôt, je vous la raconterai de vive voix. Il a compté sur une chance perpétuelle, comme tous ceux qui l'ont imité. Il avait la manie des grandeurs et prenait le titre de baron, de vicomte, de marquis. J'ai appris naguère qu'il allait voir Mgr R... et que ce prélat lui faisait les honneurs du grand salon. Tout cela est curieux. Ce jeune homme a pu cacher son nom à la justice. Mais tout a une fin. Il est en ce moment très recherché par la police pour d'autres méfaits, sous son vrai nom. Il lui sera difficile de rester à Paris, sans être découvert. Par compassion pour lui, je tiens à ce qu'il le sache. Mieux que personne il saura quelles accusations pèsent sur lui et de quel danger il est menacé. Cette fois, son cas serait grave.

> « Recevez...
>
> « P. P... »

Ce n'est que quand ils se réveillent entre les quatre murs d'un cachot qu'ils comprennent leurs fautes, je n'ose dire leurs torts.

Assez habituellement, en effet, quand ces malheureux tombent en prison, leur premier cri est un cri de révolte contre la société qui les musèle. Loin de leur inspirer des remords, leur détention les irrite.

J'en ai vu d'autres pleurer, jurer que jamais ils ne retomberaient, me demander des vêtements, des lettres de recommandation, prendre mille précautions, s'aguerrir contre les excitations possibles du dehors, et retomber quelques jours après entre les mains de la justice.

L'autre jour, je rencontrais un de mes anciens clients de la Grande-Roquette, qui croyait avoir dit un éternel adieu à cette prison et qui vient d'y rentrer. Je lui demandais ce qu'étaient devenus tel et tel de ses co-détenus que je lui désignais.

« — Oh ! me dit-il, inutile de détailler, ils sont tous rentrés à la « Grande-Maison » ! Pas de chance ! et voilà tout ! »

Il y a quelques années, un journal racontait qu'un voleur, nommé Fontaine, venait d'être arrêté. Un des gendarmes crut devoir lui adresser cette admonestation :

« — Comment se fait-il, malheureux, qu'à l'âge où vous êtes, à soixante et onze ans, vous vous mettiez dans le cas de passer le reste de vos jours en prison ?

« — Pas si malheureux que vous croyez, mon brigadier, répondit en ricanant le vieux Fontaine. C'est la première fois que je suis pris, et il y a plus de soixante ans que je vole ! »

Celui-là avait eu plus de chance.

L'abbé Majonc, aumônier de Mazas, étant tombé malade, je le remplaçai pendant quelques mois.

« — Le nº 90, de la 2ᵉ division, désire vous parler, me dit un jour un gardien.

Je fis venir le nº 90.

« — Quel âge avez-vous ?

« — Vingt-cinq ans.

« — Combien de condamnations ?

« — Je ne les compte plus. J'ai cinq ans de surveillance, je pars vendredi; j'ai besoin de souliers. Je
vais en résidence au Havre.

« — Que ferez-vous au Havre?

« — J'irai travailler sur le port.

« — Voulez-vous un mot de recommandation?

« — Je ne dis pas non.

« — Voulez-vous redevenir honnête !

« — Dame, si je trouve du travail, je ne dis pas
non ; mais, si je n'en trouve pas, j'irai vous retrouver
à la Roquette. »

Le 4 novembre, un malheureux me supplie de lui
donner quelques vêtements. Il part le 9, et m'assure
qu'il va en résidence à Tours. Il se dit victime de la
Commune. Je me laisse attendrir. Je lui donne de
l'argent et des vêtements. Il sort de prison, boit le
tout dans le cabaret le plus voisin, se fait reprendre,
et revient deux mois après, avec une nouvelle condamnation de six mois.

Une place dont les détenus de la Grande-Roquette
sont très friands, c'est la place d'auxiliaire.

L'auxiliaire est une manière de domestique attaché
à la personne du directeur, de l'aumônier, du greffier, du brigadier; préposé à certains services : à
l'infirmerie, à la bibliothèque, au vestiaire, à la comptabilité, à la surveillance des travaux, à la garde du
Palais-Royal. Les auxiliaires jouissent de quelques
privilèges et ont un petit traitement. On les choisit
parmi les mieux notés, et l'on est en droit d'espérer
que, quand ils sortiront de prison, ils seront moins
gangrenés que les autres.

J'avais eu pendant huit mois, comme sacristain, un détenu dont j'étais très satisfait. Propre, exact, réservé, il avait toutes les apparences d'un honnête garçon, non qu'il en fût à son coûp d'essai, il avait déjà goûté de la prison centrale. Il paraissait néanmoins repentant, corrigé. Le temps de sa libération approchant, il me pria d'écrire à sa famille qu'elle lui envoyât de l'argent. Sa famille est des plus pauvres. Il songeait à partir pour le Canada. J'écrivis à un aumônier dont il avait fait la connaissance dans une prison de province, afin que cet aumônier intercédât pour lui.

Quelques jours après, je recevais de l'ancien aumônier de la prison de P... la lettre suivante :

« P..., 14 avril 188.,

« Monsieur l'aumônier,

« Pendant dix-sept ans, j'ai exercé l'assommant métier de frère quêteur en faveur de mes chers détenus, ç'a même été un des motifs allégués dans le décret de ma révocation. N'ayant plus de titre désormais pour continuer cette agréable profession, je me repose entièrement sur le zèle de mon successeur ou des vénérables confrères les aumôniers des prisons, sous la juridiction desquels se trouvent quelques-uns de mes anciens paroissiens.

« Je serais heureux de rendre service à J..., mais il devrait savoir, malgré sa facilité et son déplorable sans-gêne à gaspiller l'argent qu'il gagnait et surtout celui qu'il a arraché à ses pauvres parents qui vivent avec tant de peine. que 200 francs ne se trouvent pas aussi facilement qu'il semble le penser.

« J'ai montré sa lettre et votre petit mot, monsieur l'abbé, à sa pauvre sœur, qui a déjà tant fait pour lui, lui promettant de l'aider. Elle consentirait encore à sacrifier les gages qu'elle touchera à la Saint-Jean ; mais avant de s'engager, et moi aussi, elle voudrait avoir la certitude que son frère partira réellement pour le Canada, où il paraît sûr de trouver de l'occupation.

« Connaissant à fond ces pauvres détenus si adroits à tirer des carottes, je sais que, tant qu'ils sont en prison, ils sont pleins des meilleures intentions ; mais à peine ont-ils entendu tirer le dernier verrou qui leur rend la liberté, que toutes ces belles promesses vont sombrer dans le premier caboulot qu'ils rencontrent.

« Donc, si on peut réussir à se procurer la somme demandée, ce ne sera pas à J..., mais à vous, monsieur l'aumônier, qu'on l'adressera, vous priant de traiter vous-même avec l'agence dont vous parlez, et de ne vous dessaisir de la somme que lorsque vous aurez la certitude du départ pour l'étranger. Que le pauvre garçon, hélas ! qui a été si léger, si inconstant, si coupable, sache bien que c'est le dernier sacrifice que fera sa pauvre sœur.

« Quelle est la date exacte de sa libération ?

« Si, pendant trois ans, il n'a pu économiser que quinze francs, il aurait mieux fait de rester à F..., où il aurait gagné plus que cela, s'il avait voulu travailler courageusement et recourir moins souvent à la cantine.

« Agréez... »

Après réflexion, J... décida qu'il ne partirait pas pour le Canada. J'en prévins aussitôt mon confrère de P...

Le temps de la libération de J... était proche. Ses dispositions paraissaient toujours excellentes, j'écrivis de nouveau à l'abbé... de vouloir bien intercéder en sa faveur auprès de sa sœur. Quelques jours après, sa sœur m'écrivait la lettre suivante :

> « P..., le 21 mai 188..

> « Monsieur l'abbé,

> « Connaissant votre bonté pour mon frère, je prends la respectueuse liberté de m'adresser à vous, espérant que vous voudrez bien vous charger de faire parvenir à mon frère la somme de 150 fr. que j'ai versée à la poste aujourd'hui. Merci mille fois de toutes vos bontés pour mon frère, monsieur l'abbé.

> « Je suis votre très humble servante,

> « F... J... »

Je remis à mon auxiliaire cette somme et des vêtements la veille du jour où il quittait la prison, et je lui fis promettre de m'écrire dès qu'il aurait trouvé une place.

Il y avait juste dix jours qu'il avait quitté la Grande-Roquette, lorsqu'un homme de mauvaise mine se présente chez moi.

« — Monsieur l'aumônier? demande-t-il au concierge.

« — Il est sorti.

« — Comment sorti ? C'est l'heure de son déjeuner, il va rentrer ?

« — Je l'ignore.

« — Remettez-lui cette lettre ; je reviendrai chercher la réponse tantôt. »

« Paris, le 17 juin 188..

« Monsieur l'aumônier,

« Connaissant votre bonté, je viens faire appel à votre clémence, et vous faire connaître l'état de ma situation, qui est en ce moment bien critique.

« Je suis toujours sans travail, je me suis présenté partout : compagnies des voitures, marchands de chevaux, hôtels, cafés. Dans tous ces endroits, mes démarches ont été vaines ; je ne me serais jamais figuré qu'il existât une si grande misère.

« Hélas ! que vais-je devenir ?

« Me voilà aujourd'hui même à bout de ressources, monsieur l'aumônier, je viens humblement vous supplier de vouloir bien me faire une avance de 20 francs que je vous ferai rembourser par mes parents d'ici huit jours ; vous seriez réellement charitable de me rendre ce service aujourd'hui. Vous n'avez qu'à les déposer chez votre concierge, je passerai les prendre dans la journée.

« Il m'est impossible de vous donner mon adresse : je suis congédié ce matin de mon logement.

« Pardonnez-moi mon audace et mon importunité, mais soyez assuré, monsieur l'abbé, que je vous rem_ bourserai la somme dont je viens de me faire débiteur, et ne croyez pas que j'aie fait un mauvais usage de mon argent ; non, bien le contraire. Je me suis acheté des effets ; il est bon de vous dire que je n'avais même pas un mouchoir.

« Enfin, je vous avoue bien franchement, monsieur l'abbé, que je ne voudrais pas retomber.

« Je suis toujours très énergique et très courageux.

« Je n'ai pas trouvé M. le marquis de S... ; il est en Espagne.

« Soyez assez bon également de me donner un petit mot de recommandation pour n'importe quel emploi. Ah ! je vous en supplie, monsieur l'abbé, prenez pitié de mon infortune, car je suis bien malheureux.

« Dans l'espoir que vous ferez bon accueil à ma demande,

« Je suis avec le plus profond respect, monsieur l'abbé, votre très respectueux et reconnaissant serviteur,

« A... J... »

« Je ne sais pas où aller coucher ce soir. Je compte sur votre bon cœur pour me tirer d'embarras. »

Ainsi, voilà un drôle qui en dix jours avait croqué les 150 fr. que sa malheureuse sœur avait mis un an à gagner. Il était sorti de prison, habillé des pieds à la tête, et n'avait aucune dépense à faire.

« Un jour que j'étais sur les bords de la mer Rouge avec des Arabes Ababdechs, a raconté M. Maxime du Camp, je vis venir vers moi un homme qui marchait à reculons. Cet homme, déjà vieux, était atteint d'un des plus curieux cas d'ataxie locomotrice que j'aie vus, et il était nerveusement obligé de tourner le dos aux objets vers lesquels il voulait se diriger. Les Arabes racontaient qu'un soir, dans le désert, près de la route qui va vers Bérénice, il avait rencontré Schitan le lapidé, le diable ; que celui-ci lui avait soufflé au visage, et que, depuis cette époque, il ne pouvait plus aller qu'à l'envers. »

Cette histoire n'est-elle pas celle de la plupart des malheureux qui franchissent le seuil d'une prison? A les voir, ne pouvant plus « aller qu'à l'envers », ne dirait-on pas qu'un mauvais génie leur a soufflé au visage?

Dans les premiers jours de janvier 188., un détenu m'envoyait le billet suivant :

« 4 janvier 188..

« Monsieur,

« J'ai hésité longtemps avant de vous écrire, craignant que l'on ne rattachât à cette démarche un mobile d'intérêt, mais aujourd'hui je n'y tiens plus. Souffrant très cruellement de l'isolement où me plonge ma détention, j'ai besoin d'entendre une voix amie. Me trompé-je en m'adressant à vous? Non, n'est-ce pas ?

« Ce sera donc avec plaisir que j'entendrai votre appel, chaque fois qu'il vous sera possible de me consacrer quelques minutes.

« Merci mille fois par avance et veuillez croire au profond respect

« De votre très humble,

« J. L... »

Je fis appeler J. L...

C'était un homme jeune encore, bien découplé, à la figure expressive, ouverte, intelligente, se présentant convenablement. Rien qu'à sa manière de saluer je vis que je n'avais pas affaire à un détenu vulgaire. Il appartenait, en effet, à une très honnête famille de la Vendée, qui l'avait fait élever dans un collège ecclésiastique, où il avait brillamment terminé ses études. Il était resté pendant quelques années auprès de ses parents, avec lesquels il vivait à l'aise, en gentilhomme campagnard. Jeune encore il fit un mariage d'amour. Ce mariage fut pour lui une déception. Il quitta la Vendée et se mit à courir le monde. Paris l'attirait, il voulut y faire figure. Il était sans ressources. Il se fit escroc. Quand je le vis, il purgeait sa troisième condamnation. En me quittant, il me pria de le faire appeler de temps en temps. Il sentait que cela lui ferait du bien.

Le 26 février, il m'écrivait :

« Paris, 26 février.

« Monsieur l'aumônier,

« ... Vous seriez fort aimable de me faire appeler. Je suis légèrement indisposé et serai peut-être sorti de l'infirmerie lors de votre prochaine visite. Je vous remercie d'avance de votre amabilité et vous prie de recevoir mes excuses pour le dérangement que je vous occasionne et l'assurance de mon profond respect.

« J. L... »

L... me conta combien il souffrait à **la Grande-Roquette**, m'édifia sur certains détails intérieurs **de** la prison et acheva de m'attacher à lui par la confiance qu'il me témoignait. Je lui offris de lui prêter quelques livres, entre autres Chateaubriand, et l'engageai à écrire ses impressions.

Quelques jours après, il m'adressait le billet suivant :

« Monsieur l'aumônier,

« Vous avez été si bon pour moi, en me proposant de me prêter ces quelques livres, qui mieux que tout autre chose adouciront les rigueurs de ma détention, que je me risque à vous demander un nouveau service dont j'ai complètement oublié de vous parler. Je vous prierais de me procurer une demi-main ou une main de papier écolier. On ne nous vend à la cantine que du papier ministre à raison de 0,02 la feuille et mes pauvres finances sont épouvantées de cette formidable dépense.

« J'ose espérer que vous voudrez bien me rendre ce service et suis vraiment confus de mon importunité.

« Votre très humble... »

Je fus pendant quelques jours sans revoir J. L... Il s'était fait mettre au cachot.

Le sous-brigadier l'avait pris en haine... J. L. avait plus d'esprit qu'il ne convient d'en avoir à la Roquette. Comme il était assez mauvais ouvrier, il était facile de le prendre en faute. Il alla donc passer quatre jours au pain et à l'eau dans les *in-pace* de la Roquette, d'où il monta à l'infirmerie à moitié mort.

« Monsieur l'aumônier,

« Je serais content de pouvoir vous parler quelques minutes, si toutefois vos occupations vous le permettent. Je suis fort indisposé et très inquiet. Est-ce que je ne m'amuse pas à cracher le sang à plein vase? Le docteur *des chevaux de bois* m'a bien dit que ce n'était rien, mais vous connaissez ma confiance en lui. »

A la fin de mai, il me donnait avis de sa libération:

« Monsieur l'aumônier,

« Encore 28 jours! Je serais heureux que .vous puissiez me consacrer quelques minutes. J'aurais beaucoup à vous entretenir au sujet de ma sortie. Excusez-moi d'abuser ainsi de votre bonté, et recevez mes très humbles respects.

« J. L... »

Depuis six mois que J. L... m'avait écrit pour la première fois, je l'avais revu souvent. Il ne se passait pas de semaine que je ne le fisse appeler. Je m'étais même départi pour lui d'une règle que je m'étais imposée, je lui donnais du tabac, quelques sous pour s'offrir une gobette, je lui prêtais les livres qui pouvaient l'intéresser. Je ne le traitais pas en prévenu, mais en ami. Il me semblait que ç'était un de mes anciens élèves, tombé comme le prodigue, et qui avait droit à toute ma tendresse. De son côté, sans hypocrisie, sans phrase, sans ostentation, J. L... m'avait laissé entrevoir les bonnes dispositions qui l'animaient.

Il avait besoin de vêtements, je l'habillai des pieds à la tête; d'un peu d'argent, je lui en donnai. Je ne négligeai rien pour le sauver. Quelques jours avant son départ, il m'envoya cet adieu :

« Monsieur l'aumônier,

« Ma peine est terminée. Au moment d'être rendu à la liberté, j'éprouve le besoin de vous remercier des bontés que vous avez eues pour moi. Si pour vous prouver ma reconnaissance, il ne faut que du courage et de l'énergie, j'en ai... et pourtant je suis triste. J'ai presque peur de la vie isolée à laquelle je suis momentanément condamné; seul le matin, seul dans la journée, seul le soir. Pas une bouche jalouse pour me demander d'où je viens. Elle est parfois bien dure, la liberté...! Enfin !

« Priez pour moi. De tous les malheureux de la Roquette, je suis de ceux qui, peut-être, en ont le plus besoin. Priez pour moi! Priez pour mon enfant bien aimé et puis... priez aussi pour sa mère. Si malheureux que je sois, elle est peut-être plus à plaindre que moi. Priez pour nous tous. Nos fautes ont causé nos souffrances. Dieu finira peut-être par nous apercevoir et jeter un rayon de bonheur dans notre vie. Espérons toujours !

« A dimanche le plaisir de vous présenter mes respects.

« Votre très reconnaissant,

« J. L.. »

Il y avait juste dix jours que J. L. avait quitté la Grande-Roquette, lorsque mon auxiliaire m'abordant, me dit avec un méchant sourire :

« — Vous savez, monsieur l'aumônier, J. L... est ici.

« — J. L... est ici !!

« — Oui, il a été repincé, jugé et coffré ; il en a pour 15 mois !

J. L... à la Grande-Roquette ! Je ne voulais pas en croire mes oreilles. En dépouillant mon courrier, j'y trouvai la lettre suivante :

« Grande-Roquette, 19 juillet.

« Monsieur l'aumônier,

« Osé-je bien vous écrire ? Pardon.

« Si vous devez me faire des reproches, ne m'appelez pas. Je souffre assez.

« Si vous devez m'aider à pleurer et me soutenir dans les résolutions nouvelles que je m'efforcerai de prendre ; oh ! je serai heureux de pouvoir vous parler.

« Plaignez-moi, ne me méprisez pas.

« Que vous dire ? quinze mois de prison et deux ans de surveillance.

« A ma sortie, je me retirerai au Havre et je travaillerai comme manœuvre sur le port. Je veux être réhabilité d'ici quatre ou cinq ans. L'amour paternel me donnera, je l'espère, la force que je n'ai pas. N'est-ce pas une nouvelle illusion ? Est-ce possible ? Voulez-vous me permettre de vous écrire tous les mois de la maison centrale où je subirai ma peine ? Me promet-

13.

tez-vous votre appui au cas où j'arriverais au but que je me propose ? Oui, n'est-ce pas ?

« Pardon, priez pour moi et plaignez-moi. J'aurais trop de honte de paraître devant vous.

« Ayez pitié d'un pauvre fou et ne l'abandonnez pas. »

Je n'eus pas le courage de faire appeler J. L... Il partit pour Poissy. Il y était à peine arrivé, qu'il m'écrivait la lettre suivante :

« Maison centrale de Poissy.

« Monsieur l'abbé,

« Quels que soient les reproches mérités que vous ayez à m'adresser, je n'hésite pourtant pas à vous écrire, sachant que la mission du prêtre est une mission de pardon et que vous êtes assez bon pour faire la part de mon triste caractère et de ma difficile situation.

« Que s'est-il passé du 9 au 16 juillet? Ai-je besoin de vous le dire ? Déceptions sur déceptions ! Révolte de l'homme contre la société, excitations de part et d'autre, mauvaises rencontres, etc., etc.

« Le 16 je m'introduisais muni de fausses clefs dans une maison et j'y ai été arrêté. Je n'ai pas d'excuses. Je dois, au contraire, m'estimer très heureux de l'indulgence de mes juges. En outre, si j'avais, par hasard, réussi, qu'aurai-je tenté de faire le lendemain? J'aurais peut-être mérité *une autre peine que celle de l'emprisonnement!*

« Pendant mon séjour à la Grande-Roquette, je ne vous ai jamais fait la moindre promesse, persuadé que les souffrances physiques que j'avais endurées suffiraient pour me retenir. J'ai eu tort. Les souffrances physiques ont été oubliées en un clin d'œil, et quant au moral, il était complètement atrophié. J'étais fou !

« A peine arrêté, un jour immense s'est fait en moi. J'ai vu le passé. Mon père, ma mère, ma sœur, tous morts saintement après une vie passée dans la pratique de toutes les vertus. J'ai vu l'avenir. J'ai entrevu la route où je me ruais et j'ai entendu la voix de mon pauvre enfant qui me disait :

« — Pourquoi me délaisses-tu, petit père ? Tu ne m'aimes donc pas ? »

« Et je me suis mis à pleurer abondamment, de rage d'abord, de repentir ensuite et je me suis juré de remonter à la surface et je vous écris pour que, malgré le passé, vous ayez foi en la promesse que je veux vous faire, pour que vous m'aidiez de vos conseils, pour que vous soyez mon ami.

« Vous ne pouvez me refuser ce que je vous demande. Vous êtes le représentant du Dieu de miséricorde. Pardonnez-moi, mon père !

« Vous nous prêchiez l'énergie et la volonté, à la Roquette. Je vous jure sur la tête de mon enfant, que je serai réhabilité. Je suis Vendéen, vous le savez, aussi vous pouvez me croire. Ayez confiance en moi. Cela me fera du bien.

« Je vous prie de vouloir bien me consacrer quelques minutes pour m'écrire deux ou trois mots et m'accorder l'autorisation de vous écrire tous les deux ou trois mois. Cela ne vous ennuiera pas trop, n'est-ce pas ?

« Que vous dirai-je de Poissy? C'est un paradis en comparaison de la Roquette. Pas de « Transparent [1] » ni consorts ; la justice, mais une justice sage, ferme et cependant bonne. Ou je me trompe, ou si j'avais subi ma première condamnation à Poissy, je n'y serais pas revenu. Poissy moralise.

« Au physique et au moral Poissy et la Roquette ne peuvent être comparés. Voici huit jours que je m'y trouve et les heures se sont succédé avec une rapidité étonnante. J'apprends l'état de cordonnier.

« Bizarres destinées que celles dans lesquelles nous nous trouvons jetés! Un des volumes de Victor Hugo que j'ai toujours préféré à tous ses autres romans, c'est son histoire des *Misérables*. Qui m'eût jamais dit que Jean Valjean devait me montrer la route que l'on doit suivre pour devenir monsieur Madeleine?

« Bizarre coïncidence! J'ai collaboré au journal *** sous le pseudonyme de Fantin. J'ai sous ce pseudonyme été rédacteur en chef au journal ***. Or, rappelez-vous Fantine, que l'amour maternel fait sortir de l'ornière bourbeuse où elle croupissait en proie à tous les vices. Fantin, Fantine, qui sait? *qui en sabe?*

« Le repentir est-il véritablement égal à l'innocence? Oui ou non, pensez-vous que je réussisse si je le veux? Vous devez me dire sans détours ce que vous en pensez. Faites-le, je vous en remercie d'avance. Encore

---

[1] *Transparent* est le surnom que les détenus donnent au sous-brigadier de la Grande-Roquette.

une fois, priez pour moi et pour mon enfant et après m'avoir pardonné, ne m'abandonnez pas. »

« Maison centrale de Poissy,
5 octobre 1858..

« Monsieur l'aumônier,

« Merci de votre bonne lettre! qu'elle ne soit pas la dernière et que de temps à autre un rayon de soleil vienne éclairer ma tristesse. Car je suis triste! Oh! d'une tristesse inouïe! J'ai relu mille fois votre bonne invitation à vous écrire de nouveau et je suis bien heureux de songer que mes lettres seront bienvenues au moins quelque part.

« Le temps qui s'est écoulé depuis mon arrivée m'a semblé relativement court, tant il est vrai que le travail désennuie. Je fais, je vous l'assure, un bien piètre cordonnier. Le contre-maître civil me regarde d'un air méprisant.

« — Ça se croit intelligent et ça ne sait pas faire un soulier. Est-ce possible? »

« Voilà ce que je lis dans ses regards chaque fois que je rends de l'ouvrage. Enfin! Il n'en est pas moins vrai que je gagne 1 fr. 50 par jour et que j'arriverai à gagner 2 fr. d'ici peu, dont le quart pour ma sortie. Je puis donc être assuré dès maintenant de sortir avec 100 fr. de masse et un habillement neuf. C'est un point très important pour moi.

« Ainsi que je vous l'ai dit, je me retirerai au Havre et là, je gagnerai ma vie. Je le veux. J'y arriverai. Dans les trois ans qui suivront ma sortie, je mériterai d'être réhabilité.

« Je me demande parfois si je ne me fais pas illusion, si je pourrai surmonter les obstacles et si, pouvant les surmonter, j'aurai la force de le faire et alors, songeant à mon enfant, je réponds de moi. Mon fils me soutiendra.

« Je n'ai jamais vu comme maintenant l'abîme où je me trouve. Quand je pense à ce que je devrais être, au bonheur dont je devrais jouir et à ma position actuelle, il y a de quoi stupéfier. Je n'ai jamais réfléchi, je vous le jure. Jamais, il ne m'est venu à l'esprit la plus simple des réflexions que je me fais actuellement.

« Une chose qui m'accable, c'est cette espèce de camaraderie qui règne entre moi et ceux que j'ai connus à la Roquette. Dieu sait s'ils sont nombreux! Il résulte de l'endroit où nous nous sommes connus des interrogations et des narrations multiples qui me font mal.

« — Un tel est arrêté... il a trois ans. Il n'est pas plus malin que les autres », etc..., etc... et lorsque je parle par hasard de ma ferme intention de revenir au bien, on me répond par un sourire narquois.

« Parfois on ajoute :

« — Ah! tu dis cela maintenant, mais quand tu seras dehors, tu n'y songeras plus. Travailler! Allons donc! C'est bon pour les imbéciles. »

« Les malheureux ne savent pas que j'ai un enfant. Oh! monsieur l'aumônier, encouragez-moi bien. J'ai besoin de conseils pour me soutenir et ne pas me laisser entraîner par le découragement. Si mal que l'on soit à la Roquette, je regrette souvent de ne pas y être. Les quelques instants que je passais au-

près de vous me donnaient du courage pour supporter mon malheur.

« Mais assez causé de moi. Parlons de Poissy.

« Réveil à cinq heures et demie. Travail. Déjeuner
à neuf heures. Promenade. Travail. — Dîner. Promenade. Travail. Coucher.

« Vous allez peut-être sourire en lisant : déjeûner
et dîner. C'est pourtant le mot propre. La cantine
nous permet d'ajouter à l'ordinaire de la maison :
ragoûts, lait, salade, pomme, et le tout constitue un
repas que plus d'un ouvrier envierait dans Paris.

« Le dimanche, messe en musique. Conférence.
Musique sur le préau. Bains. Il ne nous manque que
le café et le tabac.

« Je vous serais reconnaissant de me donner dans
votre bonne réponse — bien longue, n'est-ce pas? — les
renseignements suivants :

« 1° Le Havre est-il ville de résidence pour les
gens en surveillance? .

« 2° Au cas où il ne le serait pas, comment faire
pour obtenir l'autorisation d'y résider?

« 3° J'ai presque envie pour le mois de juillet de .
faire un recours en grâce pour obtenir la radiation
de ma surveillance.

« 4° Aurai-je quelque chance de réussite? Inutile
que j'encombre de ma prose les bureaux du ministère.

« Comment avoir des nouvelles de mon fils sans
que ma femme le sache? »

> « Maison centrale de Poissy,
> le 7 décembre 188..

« Monsieur l'aumônier,

« Imaginez-vous que vous venez de m'envoyer chercher ; installez-vous dans votre grand fauteuil de cuir. Attendez, on frappe, j'entre.

« — Bonjour, monsieur l'aumônier.

« — Ah ! vous voilà, sauvage (*ter*).

« Bien, une tape ou deux sur l'épaule. Une bonne poignée de main. Asseyons-nous, causons.

« Je profite de l'occasion pour vous faire part de mes souhaits de nouvelle année.

« Que peut-on souhaiter à un aumônier de la Roquette ? Pas d'exécution et le moins possible de visages de connaissances ! C'est fait. J'espère que votre santé est bonne et je ne vous demande même pas de ses nouvelles.

« Je vivote comme je peux à Poissy, près d'un vieux maître d'école de campagne qui adore naïvement la poésie et me dit d'un ton convaincu :

« — Si j'avais su faire des vers, je crois que j'aurais fait un bon poète ». Et de rire !

« Je mange comme quatre, je dors comme six, je travaille comme huit et j'ai fait une charmante petite bleuette sous ce titre : *Amours d'une rose et d'un détenu.*

« La voulez-vous ?

« Ah ! si vous pouviez m'envoyer Musset ! »

« Maison centrale de Poissy,
21 décembre 188..

« Monsieur l'aumônier,

« Vous remercier de votre bonne lettre? Je ne puis trouver d'expressions assez vives pour vous exprimer mon plaisir. Mais que me demandez-vous? Des nouvelles de Poissy? Trouver dix sujets pouvant-servir à développer ma thèse? Hélas! mille anecdotes, mais à peine deux ou trois sujets capables d'intéresser le lecteur.

« La Roquette est beaucoup plus riche sous ce rapport. Mais il y a une manière d'arranger les choses. Je la choisis, sauf votre avis. Un titre vous peindra bien la chose. Que dites-vous de « *Gavroche à la recherche du meilleur système pénitentiaire?* » Voyez-vous mon héros? Une réunion d'antithèses. Un prix Montyon sur le point de partir à la Nouvelle-Calédonie. Gavroche, quoi!

« Après avoir fait les plus étonnantes cascades, un matin, mon bonhomme se réveille fort ennuyé. Il songe au passé, entrevoit l'avenir; mais s'écrie-t-il, je ne suis qu'un gredin... J'ai rompu en visière avec la société... etc... etc... Je ne veux pas que cela se continue. Cela ne continuera pas. Je redeviens honnête homme. Enthousiasme bientôt calmé par un regard sur le présent. Gavroche est en prison! Dix mois à faire! Bah! l'autorité supérieure m'aidera...

« Démarches pressantes. Le ministre permet à Gavroche de choisir la prison où il pense recevoir les plus salutaires impressions et d'y terminer sa peine.

Gavroche se promène de maison d'arrêt en maison d'arrêt, visite les prisons de la Seine, examine, critique, cherchant à poursuivre son but. Partout l'autorité inférieure contrecarrant l'autorité supérieure entrave le bon-vouloir de celle-ci. Nulle part, le moindre appui. Gavroche sort de prison. Sa lutte dans la société, ses déboires. La tentation arrive, il succombe. Deux ans cette fois! La centrale! Pauvre Gavroche! A peine la chute, déjà le repentir. Gavroche provincial dompte Gavroche parisien. Nouvel essai de relèvement. Nouvelles démarches. De même que les maisons d'arrêt, les maisons centrales s'ouvrent devant le malheureux désespéré. Partout, la même inertie détruisant le bon vouloir de l'autorité. Les codétenus de Gavroche se mêlent de la partie. Nouveau désespoir! Que faire?

« Gavroche expose un système basé sur cette thèse: Les prisons sont des hôpitaux où l'on traite les affections morales. Eviter les maladies par l'instruction au dehors, au dedans par le dévouement. Le jour où le détenu aura conscience de sa chute, il voudra se relever. C'est la loi naturelle. L'instinct de conservation. »

« Maison centrale de Poissy,
4 janvier 188..

« Mon bon père,

« Comment vous dire autrement? N'avez-vous pas, comme mon père l'aurait fait, excusé toutes mes erreurs, pardonné toutes mes fautes? Mon bon père, c'est avec un sentiment de tristesse inexprimable que j'apprends votre départ de la Roquette. Que devien-

dront les pauvres diables qui, comme moi, ont besoin
d'un cœur intelligent, affectueux, dévoué?

« Le premier jour de l'an s'est écoulé triste, plein
de larmes, de regrets, plein de doux souvenirs. Hélas!
il y a quatre ans, je recevais un télégramme ainsi
conçu :

« Ta fille décédée, aujourd'hui, onze heures. Pauvre
ange! »

« ..... ».

« Maison centrale de Poissy.

« Mon bon Monsieur,

« . . . . .

« Hier, je causais de vous avec M. l'aumônier de
Poissy.

« — Vous savez que M. l'abbé Moreau a quitté la
Roquette?

« — Oui, il me l'a écrit.

« — Il est actuellement à Langres... vicaire général.

« — Langres?... vicaire général?... »

« Alors, vous avez de l'avancement? Tant mieux!
Je suis heureux, si vous l'êtes. De toutes les voix qui
se font entendre dans ce concert de félicitations dont
vous êtes sans doute obsédé, il n'en n'est pas qui soit
aussi sincèrement affectueuse, que celle du vieux
poète.

« Vous voilà grand vicaire! Et, après?...

« Quoi qu'il arrive, je vous vois toujours dans la
petite sacristie de la Roquette... m'apportant un peu
de tabac. — Dam! la muse fumait alors! mais aujour-
d'hui! — C'est ainsi que je vous verrai toujours.

« Veuillez, je vous prie, me recommander à M. l'aumônier de Poissy. Priez-le de m'appeler de temps à autre pour causer. C'est terrible que cette torture : le silence ! Vous rappelez-vous qu'un jour vous me disiez : « Faites-vous trappiste ? » Ah ! bien oui, trappiste ! Je suis le plus grand bavard de la maison. Tel est, du moins, le jugement de notre inspecteur, un grand gaillard, nez en trompette, surnommé *Pain d'épice*, pas mauvais garçon. Un détenu s'est jeté sur lui ces jours derniers et lui a encore détérioré le nez. Pauvre *Pain d'épice!*

« ..... *Memento mei in precibus tuis.* Oh ! que je serais heureux de croire, d'aimer, de prier ! La prière expire sur mes lèvres. »

« Maison centrale de Poissy, 17 mai 188..

« Mon bon Monsieur,

« *Coràm custodibus!* Toujours ! toujours ! Quelques questions d'abord auxquelles je vous serai reconnaissant de répondre d'un mot oui ou non :

1° Si par hasard j'arrivais à Langres, me trouveriez-vous place au feu, à la chandelle et au mortier chez un entrepreneur de la ville ? En tous lieux, je serai digne de vous. J'ai dit mortier et non bureau. Nous verrons plus tard ;

« 2° Si je m'expatriais au Vénézuéla, pourriez-vous me recommander à M. ***, le *factotum* en France de Guzman Blanco, président de la république ?

« 3° Si je restais en France, pourriez-vous me servir d'intermédiaire près de l'éditeur Rouff ? En d'autres termes, je vous enverrais de la copie et vous me procureriez d'ici cinq à six mois, après ma sortie, un billet de 500 fr. qui paierait ma traversée au Vénézuéla.

« D'après la diversité de ces questions, vous voyez que je n'ai rien d'arrêté. J'attends votre réponse pour me décider complètement. Je penche pour l'émigration au Vénézuéla ; je suis homme à y prendre une place marquante. Je me sens d'une énergie extraordinaire. Une seule chose me manque : le calme. Cela viendra, cela vient. Je me dompte chaque jour. Je suis d'une santé de fer. J'ai repris mon vieux tempérament des bons jours. Je suis quelqu'un. Je veux.

« J'ai une autre nouvelle à vous apprendre. Je fais des portraits. Je ne sais comment cela est venu. Un matin, j'avais la fièvre, je prends un crayon et en deux ou trois coups j'esquisse le portrait d'un de mes voisins. J'ai besoin de travail, voilà tout ; mais j'ai un coup de crayon. Je l'ai en plein, sans forfanterie.

« Voulez-vous m'aider ? Vous êtes la seule personne à qui je demande la main. Si vous refusez, je ferai seul, mais vous ne me refuserez pas. M'expatrier, il n'y a que cela. Je connais le Vénézuéla. C'est un pays à l'état d'embryon. Guzman le mène comme il veut, à force d'énergie et de volonté. Il y a beaucoup à faire là-bas, des choses plus grandes qu'on ne pense. Je ne suis pas fini, m'avez-vous dit. Non, je ne suis pas fini ; il s'en faut. Je me répète chaque jour cette strophe d'Horace :

    « Rebus angustiis animosus atque fortis
    « Appare : Sapienter idem
    « Contrahe vento nimium secundo
    « Turgida vela. »

» Maison centrale de Poissy, 28 juin...

« Mon bon Monsieur,

« ..... Nunc retrorsùm
« Vela dare, atque iterare cursus
« Cogor relictos... »

« En d'autres termes, veuillez excuser les bourdes de mes dernières lettres et permettez à ma fougueuse imagination de remonter dans le passé et d'en revenir à ses premières résolutions.

« Je ne m'expatrierai pas. A ma sortie de Poissy, je me rendrai au Havre et je travaillerai comme manœuvre sur les quais. J'ai déjà votre approbation. Inutile donc d'y revenir. Je suis bien décidé. Voilà ce que c'est que de réfléchir. Il est vrai que dans le tourbillon d'un atelier, il n'y a rien de bien étonnant à voir ses idées chevaucher à tire-d'aile dans le domaine immense de l'illusion. Ces écarts sont même si violents que l'administration a été forcée d'intervenir et de ramener le calme dans mes esprits échauffés par une douche de *trente jours de cellule*.

« A part un ordre de mise en liberté, rien ne pouvait m'être plus agréable que cette mesure. Rien non plus ne pouvait m'être plus utile en prévision de l'avenir. Je suis seul, mais je travaille; j'ai des livres, j'ai mes vivres, je me promène au préau, isolé, etc... Absolument comme à Mazas, avec cette différence, toute à mon avantage, que la nourriture est un peu — bien peu — meilleure et un peu plus abondante et que le nombre des détenus isolés étant très restreint —

une dizaine environ — le service y est bien mieux fait.

« Je vous disais autrefois, que je sortirais de Poissy avec un habillement neuf et une somme de 100 fr. Grâce aux punitions que ma mauvaise tête ma suscitées, l'habillement est flambé, et les 100 fr. se borneront, après que j'aurai acheté des bottines et payé mon voyage, à la modique somme de 40 à 50 fr.

« Vous me disiez, dans une de vos dernières lettres, que mes idées en général étaient bonnes. Je serais bien heureux que vous fussiez du même avis pour l'idée suivante : Mes ressources ne me permettant pas d'acheter les effets dont j'ai besoin, seriez-vous assez bon pour me procurer des vêtements ?

« Je vous serais reconnaissant de mettre au chemin de fer un petit paquet ainsi composé : une blouse et un pantalon de travail. De peur que ces vêtements ne fassent les récalcitrants, faites-les moi empoigner par deux robustes chemises, et, au besoin, garrottez-les avec deux solides mouchoirs. Cet envoi, qui sera votre réponse, m'apportera votre approbation et des encouragements pour l'avenir. Je compte sur votre bonté. J'ai tant besoin d'être soutenu. La vie est si triste quand on la passe seul, délaissé, loin d'êtres chéris, qu'on n'a pas même l'espoir de voir revenir un jour. Et puis la misère, la noire boiteuse ! Enfin *sic voluêre fata !*

« Quoique cet envoi soit prématuré, je vous prierai néanmoins de le faire dès qu'il vous sera possible, parce que je tiens à savoir ce qu'il me faudra acheter lors de la vente qui aura lieu dans deux mois. Le mois qui précède la sortie, on va au magasin d'habillements et on y achète des effets. Ces vêtements

m'étant indispensables, je les veux avant de sortir de
Poissy; que rien ne m'arrête! Que je n'aie plus qu'à
marcher. Une fois parti et lancé, cela ira bien. Mais
c'est la mise à l'eau, c'est le lancement du navire!
Voilà la difficulté. Je me sais si faible et si fantasque!
Il faut que je me brusque, que je m'arrache, *Referent
in mare te novi fluctus... fortiter occupa portum. Fortiter*, ou je suis perdu.

« Quant à ma femme, je vais essayer, pour la ramener, un moyen que je n'ai pas encore employé. Ce
moyen, c'est la persuasion, la douceur, la patience,
en un mot la séduction. Je suis un imbécile de ne pas
y avoir pensé. Je connais son caràctère. Je sais
comment la prendre, je crois pouvoir être sûr de
réussir. Il le faut pour mon enfant. Je vous baise af-
fectueusement les mains et vous prie d'excuser cette
audacieuse demande d'un envoi que je réclame au
plus tôt. Pour empêcher les vêtements de s'ennuyer
en route, vous pourriez leur donner pour compagnon
quelque volume dépareillé de Musset. »

J'étais depuis quelques mois sans nouvelles de J. L.
J'ignorais ce qu'il était devenu, s'il avait quitté
Poissy, s'il était rentré dans le bon chemin, ou si la
Roquette ne l'avait pas déjà recueilli. Un de ses co-
détenus, que j'avais rencontré, m'avait dit en me par-
lant de lui :

« — J. L...? Vous verrez qu'il mourra sur l'échafaud. C'est un homme à la mer. Il ira jusqu'au bout »,
lorsqu'il y a quelques mois, je recevais la lettre suivante :

« Mon cher Monsieur,

« Je ne sais pas par où commencer. Allons droit
au but. Je suis à l'Asile d'aliénés de Sainte-Anne de -
puis le..... dernier !

« Que s'est-il passé ?

« A l'isolement depuis le mois de mai, le cerveau
s'est encombré faute d'épanchement, et le 12 ou 13
septembre, on était déjà obligé de me soigner à l'infirmerie de Poissy. Le 19..... je sortais non guéri.

« Désorienté et voulant travailler, ne trouvant pas
de travail et n'osant voir mes anciennes connaissances, ne recevant de nouvelles ni de ma femme, ni
de mon enfant, j'ai perdu la tête.

« Je ne vous raconterai pas toutes les baroques
idées dont j'étais assailli. Je vous dirai simplement
qu'après avoir erré dans Paris du ... au ....., après
avoir distribué aux pauvres l'argent de la honte gagné à Poissy, j'ai cru qu'il m'était impossible de conserver les vêtements avec lesquels, etc..... et sur la
place du Parvis-Notre-Dame, voulant faire amende
honorable, je me suis déshabillé et ai déchiré ces vêtements.

« Vous vous figurez la chose. La police accourt, on
me mène au poste, puis à l'infirmerie du Dépôt, puis
à l'asile Sainte-Anne, où je suis encore, quoique ré-
tabli.

« Je n'ai pas un maravédis et mon habillement se
compose d'une chemise et d'une paire de chaussettes.

« Il me faut de l'argent si je ne veux pas être
encore désorienté à ma sortie de Sainte-Anne. Je ré-

14

ponds de l'avenir. Je ne pécherai plus, dussé-je mourir de faim.

« J'attends avec impatience votre bonne réponse. Je l'attends avec d'autant plus d'anxiété, que je suis complètement seul, complètement abandonné.

« Dans trois ans, j'irai reprendre mon fils à sa mère. Si sa mère veut le suivre, je lui pardonne d'avance. Dieu m'aidera.

« Je reviendrai plus tard sur ma folie. Nous en parlerons à tête reposée. A part mes idées baroques, il y en a d'autres qui veulent être mises à exécution. Seulement il me faut vos avis.

« J'ai eu des visions. Que sais-je? Je ne puis vous en parler maintenant. Le rêve est trop beau. Je crains de retomber malade.

« J'ose espérer une réponse immédiate. Vous me la devez, parce que vous êtes bon ; parce que, prêtre, vous devez avoir pitié de ceux qui souffrent ; parce que vous m'avez dit, dans une de vos lettres : « Vos lettres, pauvre prodigue, seront toujours les bienvenues » ; parce que vous m'avez dit que j'étais « faible à l'excès, impressionnable, nerveux » ; parce que je souffre, parce que j'ai confiance en vous et que je vous aime de tout mon cœur.

« Excusez ma respectueuse familiarité et croyez à mon affectueux dévoûment.

« J. L...
« Asile Sainte-Anne. »

CHAPITRE VI

Mes lecteurs ont compris pourquoi, entre tous les dossiers que j'ai formés à la Grande-Roquette, j'ai choisi ceux d'un de mes auxiliaires et de J. L... J'ai tenu à leur présenter des sujets intéressants, de ces *voleurs par accident qui récidivent sans se consoler de leur dégradation*, et qui chaque fois qu'ils retombent font des efforts pour se relever.

C'est à dessein que j'ai laissé s'ouvrir devant eux l'âme de J. L..., d'où s'échappent de sincères accents de repentir. Cet homme est père. Il compte que le souvenir de son enfant le soutiendra. Il ne veut pas avoir à rougir devant son fils. Il l'aime, il désire en être estimé. On a vu que ce sentiment si fort, si pur, avait été impuissant à le protéger contre lui-même. La semaine même qui suivait sa sortie de la Grande-Roquette, il « barbotait » comme un voleur de profession, s'estimant heureux d'être arrêté dès le début, car, s'il avait été dérangé dans son travail, il avoue qu'il ne répondait plus de lui, qu'il aurait assassiné ! Et cela après six mois de conseils, d'intimité avec un confident pour lequel il a gardé une affection d'enfant, et dont il réclame encore les avis.

A qui la faute? A l'homme, mais surtout à la prison.

« ..... Ah ! qu'une prison est quelque chose d'infâme ! a écrit Victor Hugo. Il y a un venin qui salit tout ! Tout s'y flétrit, même la chanson d'une jeune fille de quinze ans ! Vous y trouvez un oiseau ; il a de la boue sur son aile : vous y cueillez une jolie fleur, vous la respirez, elle pue. »

Nos prisons sont le tombeau moral des détenus.

Ils y entrent malades, blessés, anémiques, affolés, mais respirant encore. Au contact de leurs compagnons de geôle et des gardiens, dans ces murs qui suintent le vice, à travers lesquels ne circulent ni l'air, ni la lumière, ni l'honnêteté, ils achèvent de s'étioler, ils s'empoisonnent pour la vie.

La prison a sa « pourriture » comme l'hôpital. C'est à détruire cette « pourriture » que les pouvoirs publics doivent s'appliquer.

Il existait dans la ville d'Aversa, à sept milles de Naples, un établissement fondé en 1813 et qui avait acquis une grande célébrité dans toute l'Europe : c'était la maison des fous. Cette maison, citée longtemps comme modèle, ne méritait guère sa réputation.

La force et la rigueur étaient les seuls moyens curatifs appliqués avec suite. Le fou qui désobéissait était puni de la prison ; celui qui se fâchait était battu ; le battu qui entrait en fureur et se révoltait était revêtu de la camisole de force, ou bien on le plaçait horizontalement dans une caisse en forme de cercueil qui laissait seulement sortir la tête, ou bien encore on l'assujettissait verticalement à l'aide d'un corset de fer scellé au mur, de gants de cuir dur qui empêchaient la flexion des doigts, et de planches qui serraient les pieds. Lorsque le malade était resté plusieurs heures dans cette cruelle position, si l'accès continuait, on le garrottait et on le jetait à un troisième étage sous les plombs. Là, ces malheureux étaient confiés à la garde d'un aliéné, et vivaient comme des porcs sur leur fumier, rongés par la vermine, en proie à toutes les tortures de la soif et de la faim.

Le charlatanisme avait fait la réputation de cette maison, le mensonge la soutenait. Si, par hasard, un étranger ou un inspecteur survenait, la comédie commençait.

Le portier allait chercher le *démonstrateur* qui se faisait longtemps attendre, ce qui permettait de mettre quelque semblant d'ordre dans le désordre ; ce démonstrateur s'arrêtait longuement dans le vestibule, décrivant chaque statue, chaque buste, chaque inscription, comme le *custode* d'un musée. Quand, impatienté, vous désiriez passer plus avant, chacun était à son poste. Les gardiens parlaient à l'envi philanthropie et charité chrétienne ; les seuls remèdes qu'ils employaient étaient, à de rares exceptions près, des remèdes moraux tels que la danse, la

musique, l'occupation, les distractions et rarement la
répression. Puis des aliénés des deux sexes, portant
un uniforme bleu galonné d'argent, défilaient devant
vous ; des fous mélomanes vous donnaient un concert et des amateurs de danse un ballet. D'autres se
baignaient, d'autres jouaient au billard ou à la paume.
Vous passiez dans la bibliothèque, il y avait des fous
lecteurs ; la chapelle était remplie de fous en prière;
l'enfer s'était transformé en paradis ; mais on assure
que beaucoup de ces fous n'étaient là que pour la
montre et n'avaient jamais perdu leur bon sens.

Un spirituel auteur résolut d'édifier le public sur
la honteuse comédie qui se jouait à la maison hospitalière d'Aversa. Il le fit dans une pièce satirique qui a
pour titre : *le Fou par force.*

..... Le *signore Pulcinella*, directeur d'une maison de
fous, arrive en colère ; ses pensionnaires ont trop bon
appétit.

« — C'est bon, s'écrie-t-il, dorénavant nous donnerons à ces messieurs des pommes de terre et des
œufs durs à leurs repas ; ces maudits fous mangent
comme des ogres ; aujourd'hui, ils n'étaient que huit
à table et ils ont dévoré douze *rotolos* (vingt livres)
de macaroni sans compter les morceaux délicats ;
mais à l'avenir... »

Le monologue de Pulcinella est interrompu par
l'arrivée d'un noble personnage, vêtu de noir, qui le
salue jusqu'à terre.

« — Que demandez-vous ? lui dit le directeur.

« — L'illustre docteur Pulcinella, cet homme
unique pour le traitement des fous...

« — C'est moi, monsieur. et vous êtes dans ma maison... Comme vous voyez, elle est vaste, bien aérée, peu de princes en ont de semblables; ici, chaque pensionnaire a sa chambre, si toutefois il est riche et noble. Mais à qui ai-je l'honneur de parler? Sans doute à quelque comte ou marquis?

« — Vous avez deviné, au marquis Scaramouche.

« — Beau nom, en vérité. Je ne reçois ici, monsieur le marquis, que des pensionnaires nobles, et je leur administre moi-même des remèdes composés d'ingrédients orientaux. Après un somptueux dîner, mes pensionnaires descendent au jardin. pour respirer les parfums balsamiques des fleurs ; ils se rassemblent ensuite au salon, y dansent, y font de la musique, y causent littérature, politique ; le soir, on leur sert un souper magnifique, et bientôt leur état s'améliore à tel point, que non seulement, ils retrouvent la raison qu'ils avaient perdue, mais qu'ils se trouvent avoir acquis. l'esprit et la sagesse qu'ils n'avaient jamais eus. Il y a de nos fous, monsieur, qui sont devenus poètes, philosophes, académiciens ; il y en a qui sont devenus ministres, et qui gouvernent les Etats..... et cela sans qu'il y paraisse.

« — Je vous en fais mon compliment sincère, mais quel est le prix de vos soins?

« — Une misère, 50 ducats par mois ; mais la famille s'engage à me faire un cadeau de 500 ducats après la guérison ; plus les petits présents des professeurs, les bonnes mains des gardiens... vous comprenez ?...

« — Parfaitement.

« — Ainsi donc, quand vous voudrez être des nôtres, seigneur Scaramouche, nous disposerons vos logements, et je puis vous assurer que vous serez satisfait.

« — Je vous rends grâce, docteur, mais je ne me propose nullement d'être votre pensionnaire. Je n'en ai, je crois, nul besoin.

« — J'avais cru... Vous savez, les plus fous ont leurs moments lucides, et il vaut mieux arranger soi-même ses affaires.

« — Vous êtes trop bon, mais j'ai toute ma raison.

« — J'aurais dû m'en apercevoir.

« — C'est d'un parent qu'il s'agit, d'un riche industriel qui a fait des pertes considérables et qui est devenu fou de chagrin. Voici 50 ducats pour le premier mois ; tout à l'heure je vous l'amènerai ; mais, à une condition, c'est que vous ne le maltraiterez pas.

« — Ici, monsieur le marquis, nous ne maltraitons personne.

« — Convenons de nos faits, car le malade ne voudrait pas me quitter si je n'usais de quelque ruse. J'arrive donc par cette porte avec le malade, et je vous demande : « Tout est-il prêt, monsieur le notaire ? » Vous me répondez : « Oui, tout est prêt, passez dans ce cabinet, pour voir si l'acte est en règle ». Sous ce prétexte, je sors par cette porte, qui donne, je crois, sur la rue, je gagne ma voiture et je décampe, vous laissant notre pensionnaire, mais je vous le répète, traitez-le bien, et surtout de la douceur.

« — Ne craignez rien.

« — Au revoir, docteur Pulcinella.»

Le docteur Pulcinella, resté seul, se félicite de l'acquisition d'un nouveau pensionnaire. «— Ce seigneur Scaramouche est vraiment généreux, je lui ai demandé 50 ducats et il n'a pas marchandé ; mon prix ordinaire est de 30, je suis fâché de ne pas lui en avoir demandé 100. »

Bientôt Scaramouche revient avec sa dupe ; c'est un joaillier de la rue de Tolède, qui lui a vendu pour 5,000 ducats de bijouterie. La caisse qui contient les bijoux est dans une voiture laissée à la porte, et le joaillier en vient toucher le prix chez le soi-disant notaire de Scaramouche.

« — Je ne connais pas ce notaire, dit le joaillier en entrant.

« — Il est nouvellement établi.

« — Il a une superbe maison pour un débutant.

« — C'est qu'il a épousé une riche héritière, et puis, vous savez qu'à Naples, les gens de loi remplissent vite leurs poches.

« — A qui le dites-vous?

« — Ah ! dans ce pays-ci, les gens honnêtes sont rares. Il y a des coquins d'une adresse et d'une audace...

« — Ils vous déroberaient les semelles de vos souliers tandis que vous marchez, et cela sans que vous vous en doutiez. Tenez, monsieur Flavio, vous débutez dans le commerce, eh bien, soyez sur vos gardes, car celui que vous croyez le plus honnête homme du monde peut vous tromper. »

Sur ces entrefaites, le prétendu notaire arrive ; les choses se passent comme le docteur et Scaramouche en sont convenus. Le marchand, resté seul dans le salon, s'impatiente et trouve le temps long. Arrive un fou qui lui raconte que la veille on lui a fait manger pour son souper un courrier bouilli avec ses bottes fortes ; ce fou l'appelle âne, le prend à la gorge et fait mine de vouloir l'étrangler. Flavio appelle et se défend comme un lion. Le docteur Pulcinella accourt, les voit aux prises et les bâtonne l'un et l'autre. Flavio s'indigne.

« — Qu'est-ce à dire, monsieur le notaire ? Vous me rendrez raison de cette insulte.

« — Je ne suis pas notaire.

« — Qui êtes-vous donc ?

« — Le médecin des fous.

« — Allez au diable ! vous me rendriez fou avec vos folies.

« — Vous l'êtes déjà.

« — L'insolent ! Mais où est M. Scaramouche ? Mon argent est-il prêt ? L'acte est-il dressé ?... Vous riez... pourquoi riez-vous ? Prends garde à toi, misérable... je ne respecte que ceux qui me respectent.

« — Mon ami, de la patience, ici il faut savoir se supporter mutuellement.

« — Je ne veux rien supporter... Je veux mon argent pour m'en aller.

« — Vous ne partirez pas de sitôt.

« — C'est ce que nous allons voir. »

Flavio sort, et rentre aussitôt en fureur :

« — Comment, les portes sont fermées, et Scaramouche n'est plus ici. Voudriez-vous m'escroquer, par hasard ? Ah ! misérable ! Ah ! fripon !

« — Mon ami, calmez-vous, je vous en conjure,

ou bien... — Il lui montre un bâton. — Mais, avec vous, je ne voudrais employer que la douceur.

« — De la douceur ! Ah ! brigand !

« — Si la douceur ne réussit pas, nous aurons recours aux bains froids et aux coups de bâton ; si cela est insuffisant et que vous fassiez le méchant, nous avons de bonnes prisons et des chaînes de fer.

« — Mais, encore une fois, je ne suis pas fou ; laissez-moi sortir sur-le-champ... Ah ! je le vois ! je suis volé, je suis égorgé... Au voleur !.. à l'assassin !

« — Pas tant de bruit, tenez-vous en repos, ou bien...

« — De quel droit me retenez-vous ? Vous êtes donc d'accord avec le voleur ? Laissez-moi partir, ou, par la Madona ! je te ferai payer cher le vol que tu me fais, misérable ; allons, marchons. — Il lui prend le bras et l'entraîne vers la porte.

« — Ah ! coquin, baisse la tête et respecte-moi. »

Et Pulcinella lui assène quelques coups de son gros bâton sur la tête.

« — Tu oses me frapper, attends ! — Flavio saisit un fauteuil et poursuit Pulcinella ; celui-ci, tout en jouant vigoureusement du bâton, appelle les gardiens qui accourent et se jettent sur Flavio.

Pulcinella, aux gardiens :

« — D'abord un bain froid, des douches glacées sur la tête, et puis, s'il continue à se débattre, la prison.

« — Mais, par saint Janvier, je ne suis pas fou ! Je suis le joaillier Flavio.

« — Tu es joaillier, c'est à merveille ; alors, tu

nous diras si nos petites chaînes sont solides, ainsi que nos petits colliers. »

Dans les scènes suivantes, plusieurs fous, un médecin, un avocat, un militaire, un maître de chapelle et un philosophe sont aux prises et tiennent les discours les plus saugrenus.

Pulcinella bâtonne, tour à tour, le philosophe, le militaire, l'avocat, le médecin, le musicien ; et, quand ceux-ci sont à peu près éreintés, il se félicite du succès de sa méthode curative. Flavio, que le bain et les douches ont calmé, le voyant de bonne humeur, l'aborde d'un air grave et essaie encore une fois de le persuader.

« — Envoyez quelqu'un de confiance à mon magasin de la rue de Tolède et vous serez convaincu que je vous dis la vérité.

« — Chaque fou en dit autant ; ne me rompez pas la tête de ces fadaises, ou gare l'eau froide !

« — Vous ne voulez donc envoyer personne ?

« — Non.

« — Vous ne me croyez donc pas ?

« — Non.

« — Mais, au moins, écoutez mes raisons.

« — Je n'écoute rien.

« — Ah ! misérable !...

« — Encore ! »

Et Pulcinella applique à Flavio, qui le menaçait du poing, une terrible volée de coups de bâton et le laisse tout étourdi sur la place. Le pauvre diable, qui se voit battu, volé, et qui court le risque d'être ruiné, car ce jour-là est un jour d'échéances, et l'on va croire, en ne le trouvant pas chez lui, qu'il se sera enfui, ne sait plus à quel saint se vouer ; il a voulu faire un coup de tête, il a essayé la persuasion, tout a été inutile. Il s'abandonne un moment au désespoir, mais bientôt il reprend courage.

Flavio a remarqué que Pulcinella avait des pistolets ; il se glisse dans sa chambre, s'en empare, et, profitant d'un moment où les gardiens font la sieste, il les enferme chacun dans sa cellule ; puis il appelle ses nouveaux compagnons, caresse la folie de chacun d'eux et les endoctrine de son mieux.

« — Vous n'avez tous, leur dit-il, qu'un ennemi qui vous persécute, c'est l'infâme Pulcinella ; mais, si vous voulez suivre mes conseils, nous mettrons le vieux coquin à la raison. »

Dans ce moment, le docteur, qui les voit rassemblés, s'approche en tapinois avec son gros bâton. Flavio le somme de lui rendre la liberté ? Pulcinella fronce le sourcil et le menace du bâton.

« — Ton bâton, je n'en ai plus peur. »

Et Flavio lui montre ses pistolets. A cette vue, Pulcinella change de couleur et appelle ses aides.

« — Tes aides sont mes prisonniers, et Flavio lui montre les clefs de leurs chambres.

« — Voici le plus méchant fou que j'aie jamais vu », s'écrie Pulcinella furieux, mais obligé de se contenir, car les pistolets sont toujours tournés de son côté ; il sent la nécessité de parlementer, fait le bon enfant, prend un ton câlin et supplie son ami Flavio de lui rendre ses pistolets.

« — Ah ! misérable, tu me prends donc encore pour un fou ?

« — Oh ! non pas.

« — Alors, tu me prends pour un enfant ?

« — Pas davantage. Mais, mon bon Flavio, vous ne voulez donc pas être mon ami ?

« — Non.

« — Vous ne voulez donc pas m'écouter ?

« — Non.

« — Vous ne craignez donc pas de pousser à bout ma patience ?

« — Ah ! tu raisonnes, tu oses menacer... A moi, compagnons. » Tous les fous accourent. « Saisissez-moi ce vieux scélérat. »

Pulcinella veut se défendre ; mais, à la vue des pistolets que Flavio lui met sous le nez, il s'apaise et demande grâce.

« — Point de grâce ; de l'eau froide et des coups de bâton. » On le met sous la pompe et on le bâtonne.

« — Grâce, grâce ! seigneur Flavio... Mes amis, épargnez-moi ! »

Mais les fous sont sourds à ses prières, et s'écrient en chœur :

« — De l'eau froide et des coups de bâton. »

Les douches et la bastonnade vont leur train, et Pulcinella est sur le point de succomber au traitement que lui administrent ses malades, quand arrivent des soldats, qui viennent de saisir Scaramouche, aux trousses duquel la police était depuis longtemps. Pulcinella, après avoir été battu, bafoué, est obligé de payer des dommages au marchand, dont les billets ont été protestés.

C'est triste à avouer, mais nos prisons — en France, nous en avons 382, et le budget de ce département ne coûte pas moins de 24,969,976 francs, c'est le chiffre officiel pour l'année 1885 — ne sont guère mieux administrées que la maison « hospitalière » d'Aversa.

La routine, une routine invraisemblable, que l'initiative de M. Herbette ne parvient pas à déraciner ; un arbitraire sans limite que rien ne justifie ; une insuffisance dont on n'a pas idée : tel est le bilan moral et intellectuel de la chiourme française en 1887. Et cette routine, cet arbitraire, cette insuffisance, le public ne s'en doute pas. Un silence de mort plane sur les prisons. Quand, d'aventure, les gardiens soulèvent un coin du voile qui cache toutes ces misères, ils le font d'une si parfaite mauvaise humeur, et avec tant de recommandations de ne pas dire ceci, de taire cela, d'être prudent, discret, que le malheureux écrivain ne sait que dire.

Il raconte alors que le grand-duc Constantin a visité Mazas, la Roquette, et qu'il a été ravi ; que M. le ministre de l'intérieur est tombé à l'improviste à la Santé, à Saint-Lazare, et que, comme le grand-duc, il est sorti enthousiasmé. Il joue le rôle du « démonstrateur » d'Aversa, et les abus se perpétuent. Même des émeutes comme celles trop souvent répétées de la Grande-Roquette, de Porquerolles, de Beaulieu, de Thouars, n'amènent aucun changement. Un inspecteur général fait une enquête ; l'affaire est classée, c'est-à-dire enterrée.

Voulez-vous que les détenus se plaignent ? L'affaire alors tourne au tragique.

J'ai connu un directeur de prison — il l'est encore — que troublait la vue d'un ruban rouge à la boutonnière des autres, et qui, pour en orner la sienne, frappait à toutes les portes. Quelqu'un lui ayant dit que je pouvais lui être utile, il me fit un doigt de cour, et m'initia à ses prouesses directoriales :

« — Je suis un directeur à poigne, monsieur l'aumônier, je connais les détenus et je sais comment on les mate. Il n'y a que les naïfs, comme Nivelle et Bosc, pour les écouter et les plaindre. Le cachot et une bonne volée au besoin, voilà le meilleur sermon, et qu'ils retiennent toujours. Pour ceux qui ne sont pas contents, et qui se plaignent, on double la dose, et ça fait le compte.

« Un jour, je fus appelé à la préfecture de police, pour fournir des explications sur un détenu qui se plaignait de moi. Ce détenu était dans son droit. Je l'avais injustement puni. M. Naudin, qui ne mâche pas ses paroles, m'invita sévèrement à ne pas recommencer. Vous comprenez si j'étais furieux !

« En rentrant, je fais appeler le détenu. On le fouille, je lui fais laisser ses sabots à la porte, et je l'enferme seul avec moi dans mon cabinet.

« — C'est vous, mon garçon, qui avez écrit au préfet pour vous plaindre ?

« — Oui, monsieur le directeur... »

« Il n'avait pas achevé, qu'il recevait une volée de coups de pieds et de gifles, que je lui appliquai si à l'improviste, qu'il n'eut pas le temps de se mettre en garde.

« — Tiens ! écris ça ! au préfet, ça encore ! si le cœur t'en dit, et, pour te remettre, tu vas aller huit jours au cachot. » Voilà, monsieur l'aumônier, comment on mène ces canailles-là ! »

Eh bien ! non, tous les détenus ne sont pas des canailles. J'ai des lettres, des aveux, par centaines, à travers lesquelles on lit le regret, le désir de revenir au bien. Ce qui manque à ces malheureux, c'est la main qui relève. Est-ce une canaille, le détenu qui m'a écrit ces deux lettres ?

« La Roquette, 1er février 1884.

« Monsieur l'aumônier,

« Excusez la liberté que je prends de vous écrire, c'est d'après ce que j'ai le plaisir d'entendre, les dimanches, en vous écoutant nous donner des conseils, comme un père à ses enfants. Je sens mon âme renaître à la vie honnête que je goûtais avant d'être enfermé dans cette prison.

« Je veux rentrer dans le droit chemin d'où j'ai eu le malheur de m'égarer un instant. J'en aurai le courage, soyez-en sûr. Si j'ai volé, chose bien triste à dire, c'est la misère. Je n'avais plus de parents et personne pour me secourir. J'ai un regret mortel de ma faute ; vos bonnes paroles ne sont pas perdues pour moi. Ma seule idée est de reprendre du service et d'aller réparer ma faute au chemin de l'honneur et de la gloire.

« Je compte beaucoup, mon cher aumônier, sur votre bonne indulgence, et dans l'espoir que vous m'accorderez un petit entretien.

« Je suis votre fidèle et respectueux serviteur. »

L'été dernier, je recevais de cet homme la lettre suivante :

« Kélung, 7 mai 1885.

« Monsieur l'abbé,

« Il est probable que vous ne vous souvenez plus du signataire de cette lettre. Au mois de février 1884, j'eus à la fois l'avantage et le malheur de faire votre connaissance à la prison de la Roquette. Vous me rendîtes service, ma peine expirée, et vous me fîtes promettre de ne plus revenir vous voir en pareil endroit ; je vous le jurai.

« J'ai tenu parole, vous le voyez. Ne pouvant me procurer du travail, grâce aux lacunes existant dans les dates de mes certificats — lacunes qu'il m'aurait été difficile de combler par des mensonges, — je résolus de quitter Paris en reprenant du service.

« Je vous dois beaucoup d'excuses de ne pas vous avoir envoyé un petit mot ; mais je suis arrivé en Algérie, à la Légion étrangère, dans un moment où l'on ne restait guère en place ; jugez-en : en neuf mois j'ai vu huit garnisons et en décembre je quittai l'Algérie pour Formose.

« Je ne vous parle pas des faits d'armes accomplis ici, les journaux vous ont renseigné. Je ne vous parle pas non plus des quelques souffrances éprouvées dans une saison de pluies interminables ; je vous donne ma parole que si j'ai souffert physiquement plus qu'en prison, mon moral a été excellent et bien meilleur qu'à la Roquette. Lorsque ma section

— 50 hommes — a pris un fort retranché, le fort de la Table, à la baïonnette, ceux qui nous soutenaient criaient : « Bravo ! la 4ᵉ ! » Mon cœur battait de plaisir ; les balles à ce moment, au lieu de me faire incliner la tête me la faisaient redresser et tous nous criions : « Vive la France ! »

« Je m'arrête, monsieur l'abbé, je désirais seulement me rappeler à votre bon souvenir. Vous allez cependant trouver ma lettre intéressée ; car j'ai une demande à vous adresser :

« Vous lisez le journal ; quand vous l'avez lu, il est probable que vous ne le conservez pas. Eh bien ! je vous serais infiniment reconnaissant de vouloir bien vous en défaire en ma faveur ; cela ne vous coûtera que la peine de le mettre sous bande (inutile d'affranchir), et vous me ferez un véritable plaisir ; nous sommes ici privés de toute lecture.

« Veuillez croire à mon profond respect et à ma reconnaissance.

« L. E. »

Sont-ce des canailles les détenus qui m'ont écrit ces lettres ?

« Paris, 17 juin 187..

« Monsieur l'aumônier,

« Permettez-moi de vous remercier des démarches que vous avez bien voulu faire en ma faveur. Sur votre recommandation, j'ai obtenu un sursis de départ d'un mois, et M. H... m'a dit d'aller le voir avant l'expiration de mon sursis.

« J'ai donc été mis en liberté le 12 juin vers midi, et le lendemain je me suis dirigé vers la prison pour vous remercier de vive voix et vous exprimer mes sentiments de profonde gratitude.

« Aussitôt ma sortie, je suis retourné à mon ancien domicile, où j'ai été assez heureux pour trouver une chambre modeste, il est vrai, mais en rapport avec mes modiques ressources.

« Je suis sorti avec 22 fr. 30 de masse. Aussitôt après, j'ai cherché à me caser et je suis allé voir M. R... Là une triste déception m'attendait, M. R. avait son personnel au complet et il m'a dit assez franchement qu'après avoir subi une condamnation, il lui était difficile de me reprendre.

« Ainsi à peine sorti, déjà l'on me jette cette chose aussi brutalement au visage ; autant me dire :

« — Vous avez commis une faute, il est impossible de la réparer », et cela vient de la part d'un homme que je respectais et en qui j'espérais beaucoup.

« Je sortis de chez lui humilié, mais non abattu. Je me remis en quête et fis bien des patrons, bien des maisons; partout j'échouai ; enfin le lendemain, je trouvai du travail, 11, rue S..., un quartier où je suis inconnu, et le vendredi matin je me mis au travail.

« Je gagne peu, mais cela me suffit, je gagne 2 fr. 25 en moyenne et je touche tous les jours 1 fr. 50 comme avance, le reste m'est payé deux fois par mois, le 3 et le 18. Je ne travaille, il est vrai, que jusqu'à midi; ce travail est bien humble, monsieur l'aumônier, car c'est dans une succursale de la Générale, société de nettoyage, que je suis employé ; mais en attendant mieux j'ai accepté, car il faut manger et, comme je vous l'ai promis et comme je vous le jure encore devant Dieu qui m'entend, je suivrai la ligne droite et si j'arrive à être quelque chose plus tard je ne veux le devoir qu'à mon courage et à ma persévérance, et ce sera un beau jour que celui où je pourrai vous dire : « Voilà ce que j'étais, perdu pour la société ; voilà ce que je suis aujourd'hui ».

« Comme j'ai toute mon après-midi à moi, je vais m'occuper activement pour tâcher de trouver un travail quelconque. Je connais assez bien la tenue des livres en partie simple ou en partie double, pour obtenir une petite place.

« Certes, je ne suis pas exigeant et il faut un commencement à tout et vous nous l'avez assez répété et je m'en aperçois moi-même, les commencements sont durs.

« Le plus long pour moi, monsieur l'aumônier, sera de me procurer des effets pour me présenter dans une maison de commerce ; car, n'ayant que ce que j'ai sur moi, surtout par suite du travail salissant que je fais le matin, il m'est impossible de me présenter dans une tenue convenable. Je n'ose vous demander de me rendre encore ce service, vous qui avez déjà tant fait pour moi ; mais je sais que vous êtes bon et que vous vous intéressez aux malheureux ; si dans cette occasion, vous voulez bien me tendre encore une main charitable, monsieur l'aumônier, vous aurez fait un heureux de plus.

« Pardonnez-moi de vous écrire si longuement, mais je suis seul dans ma pauvre chambre, me levant à cinq heures, me couchant à sept, ne pouvant du reste faire autrement et bien heureux encore de trouver le soir un lit pour me reposer; mais j'ai senti le besoin de m'épancher un moment, car depuis six jours que je suis sorti, ce ne sont ni les humiliations, ni les affronts qui m'ont manqué.

« Permettez-moi donc de vous remercier, monsieur l'aumônier, de tout ce que vous avez fait pour moi; j'espère vous prouver par la suite que vous n'avez pas obligé un ingrat.

« Votre bien humble et bien dévoué serviteur,

« H. T... »

« Dépôt des condamnés, 4 novembre 188..

« Monsieur l'aumônier,

« Permettez-moi de vous remercier des bonnes paroles que vous nous avez fait entendre jeudi dernier, jour de la Toussaint. Si ces paroles raniment le courage et donnent l'espoir d'un avenir meilleur aux malheureux coupables, elles ont aussi la vertu de consoler un malheureux condamné. Vos paroles resteront gravées dans mon cœur, elles adouciront mes peines. Puissé-je, dans ma longue captivité et dans le lieu où je serai bientôt transféré, entendre d'aussi bonnes paroles consolatrices. Je prie Dieu qu'il m'accorde ce bonheur, cela m'aidera à supporter l'absence de tous ceux que je laisse dans la tristesse et la misère.

« Daignez recevoir, monsieur l'aumônier, l'assurance de mes sentiments les plus respectueux.

« M. E... »

« Paris, 5 novembre 188..

« Monsieur l'aumônier de la Roquette,

« Un malheureux réclusionnaire a l'honneur de solliciter de votre bienveillance la faveur d'un instant d'entretien.

« Il vous remercie sincèrement, monsieur l'aumônier, des bonnes et consolantes paroles que vous avez prononcées dans vos deux sermons et qui lui ont fait verser des larmes bien douces le soir quand, seul dans sa cellule, il a fait un retour sur le passé.

« En attendant le plaisir de vous voir,

« Recevez, monsieur l'aumônier, l'assurance de mon profond respect.

« G. H... »

« Atelier des boutons. »

« Paris, mai 187..

« Monsieur l'aumônier,

« Depuis longtemps j'ai un désir ardent de vous écrire pour vous demander une audience ; j'ai toujours retardé jusqu'à ce jour ; car j'ai honte de mes méfaits ; de plus, je crains de me troubler et de ne plus savoir vous expliquer ma situation qui est cependant bien triste. C'est pourquoi, monsieur l'aumônier, je prends la liberté de vous écrire aussi longuement, vous priant de me pardonner.

« Je suis d'une famille très honorable et très esti-

mée. Mes parents m'ont fait donner une bonne instruction primaire ; à l'âge de douze ans, ils me
mirent en apprentissage ; à l'âge de vingt ans, le sort
me fit soldat pour cinq ans ; je quittai le régiment en
18... J'emportais l'estime et la satisfaction de mes
chefs, ce qui me fit admettre dans la garde républicaine en 18... J'y passai quatre ans, très heureux,
trop heureux peut-être, car je ne pensais pas aux
malheurs qui devaient me frapper par ma faute.

« J'ai voulu vivre à ma guise, être mon maître ;
c'est pourquoi je donnai ma démission de garde au
mois de septembre 18...; j'avais l'intention de faire
une demande pour entrer dans les gardiens de la
paix, où je croyais être mieux et plus libre, mais ce
fut au contraire le commencement de mon malheur.
Ayant quelques pièces de cinq francs dans ma poche,
je ne pensais pas en voir la fin.

« Je ne fis pas ma demande de suite à la préfecture, je vécus dans l'oisiveté avec des amis qui me
quittèrent quand je n'eus plus le sou. Sur ces entrefaites, je fus atteint d'une maladie honteuse qui m'em-
pêcha de faire ma demande à la préfecture de police,
car pour être admis parmi les gardiens de la paix, il
faut passer à la visite du médecin. Je me soignai
moi-même d'après les prescriptions d'un pharmacien ;
puis j'eus recours à mes parents, qui voulurent bien
me prêter 250 fr., en leur cachant cette maladie. Cet
argent ne suffit pas à ma guérison ; j'entrai à l'hôpital, j'en sortis guéri ; mais sans asile, sans argent.

« Avoir recours encore à mes parents, cela me
coûtait beaucoup ; mais je le fis cependant en leur
envoyant une lettre et un télégramme ; mais ils res-

tèrent muets. Je me trouvais donc sans le sou, sans domicile, sans ouvrage, sans pain et en plein mois de novembre, marchant nuit et jour et très souvent l'estomac vide ; car j'avais honte d'aller toujours implorer les amis qui me restaient.

« Je fis à pied le voyage de Paris à Château-Thierry, Épernay et Reims, pensant trouver de l'ouvrage ; mais rien.

« Je revins à Paris avec une faim dévorante et un sommeil accablant.

« J'avais toujours envie de bien faire et j'étais toujours plein de courage ; mais je ne trouvais pas d'ouvrage ; j'arrivai à Paris mourant de faim et de froid le 17 décembre 187..

« Je me rendis chez un ami avec l'intention de lui dire tous mes malheurs pour qu'il vînt à mon secours; arrivé à sa porte, je n'avais pas le courage d'entrer à cause de mon costume délabré et de mes chaussures en mauvais état ; j'avais vendu tous mes effets jusqu'à ma dernière chemise pour ne pas succomber à la faim. Cependant j'entrai chez lui, il me reçut assez froidement quand il me vit dans cet état. Je lui fis un mensonge et je profitai de son absence pour lui dérober un manteau, un parapluie et une valise vide. Je m'enfuis comme un fou à neuf heures du soir pour les vendre, mais personne ne voulut me les acheter. Je ne savais plus quel parti prendre en pensant à ce que je venais de faire : avoir volé ! avoir déshonoré ma famille !

« Cette idée me jeta dans le désespoir et j'avais faim; j'eus la pensée de me jeter à la Seine, mais non, me suis-je dit : « Tu as commis une bassesse, il

faut avoir le courage d'en supporter les consé-
quences. » A trois heures du matin, ne sachant où
j'allais, je marchais comme un fou, j'arrivai à Saint-
Denis ; plus rien à faire que de me rendre à la police.
Cependant je n'en fis rien.

« Au jour, je vendis le manteau dix francs, je dé-
jeunai et je partis pour mon village. Je marchai pendant deux jours et deux nuits sans désemparer avec
l'intention de me présenter à la gendarmerie de mon
département. Lorsque j'arrivai, la faim me prit, j'entrai chez un traiteur, je me fis servir un dîner, n'ayant
pas un denier. Je m'enfuis ; le lendemain j'en fis autant.

« Le jour de Noël, j'allai voir une personne de
connaissance qui me remit une montre en nickel pour
la faire réparer : je la vendis cinq francs. De là j'allai
dans mon pays ; je n'eus pas le courage d'aller voir
mes parents ; je me rendis à l'église et là, caché dans
un coin derrière un pilier, je priai et pleurai pendant
la messe de minuit.

« Le lendemain, à onze heures du soir, je me suis
rendu à la gendarmerie de C..., je rendis compte
à l'autorité de mes méfaits. Le tribunal de L... me
condamna à quarante jours de prison le 4 janvier 18..
et le tribunal correctionnel de Paris me condamna à
quatre mois pour le vol du manteau.

« Je dois sortir le 21 juin, plus malheureux encore
au sortir de prison qu'en y entrant.

« Où irai-je ? Le déshonneur me suivra partout et
toujours.

« Cependant, j'ai envie de bien faire. C'est pourquoi,
monsieur l'aumônier, je me permets de vous écrire,

en vous priant de vouloir bien m'accorder une audience.

« Je vous demanderai encore de me rendre le service d'écrire à mes pauvres parents et de leur faire connaître mon repentir et la douleur que j'éprouve de mon malheur qui cause le leur.

« Je suis, monsieur l'aumônier, votre très humble serviteur,

« M....

« Atelier des boutons. »

« *P. S.* — Je ne veux pas terminer cette lettre sans vous remercier, monsieur l'aumônier, du plaisir que vous me procurez le dimanche par vos sermons et vos sages conseils que je veux suivre.

« M.... »

« 4 août 188..

« Monsieur l'aumônier de la Grande-Roquette,

« Je regrette de ne pas avoir pu vous voir avant de sortir de cette malheureuse maison, pour vous remercier des bons conseils que vous nous donnez dans vos instructions. Quand je suis entré dans cette maison, j'avais perdu tout espoir, j'étais abattu ; mais vos bonnes exhortations m'ont rendu le courage et la force de supporter ma malheureuse captivité. Je sens bien que c'est avec la confiance en Dieu que je pourrai rester ferme. Une bonne parole est une consolation pour celui qui souffre ; elle lui fait supporter avec résignation les injustices et les peines de cette vie. Je saurai toujours être reconnaissant de vos bonnes paroles ; elles m'ont fortifié pour l'avenir.

« Aujourd'hui je suis près des miens : c'était pour moi une consolation de pouvoir entendre la messe paroissiale, dimanche dernier, entouré de ma famille.

« Je suis avec respect, monsieur l'aumônier,

« Alexandre F.... »

« Paris, le 14 août 188. .

« Monsieur l'aumônier,

« Excusez-moi si je ne vous ai pas donné plutôt de mes nouvelles, mais étant, 75, rue de..., dans un magasin de ch..., j'espérais vous voir passer et vous donner connaissance de ma nouvelle situation et en même temps vous annoncer que, depuis le 29 juin, j'ai eu un autre petit garçon, qui se porte très bien ainsi que sa maman qui serait très désireuse de vous voir.

« J'ose espérer, monsieur l'aumônier, que vous voudrez bien venir me voir, sitôt qu'il vous sera possible.

« Veuillez agréer, monsieur l'aumônier, l'assurance de mon profond respect.

« Votre tout dévoué et très reconnaissant serviteur,

« Auguste T... »

Si la plupart des détenus deviennent trop souvent

des « canailles », c'est en grande partie la faute de notre régime pénitentiaire.

Assurément, ce régime n'est pas comparable à ce qu'il était avant 1789. Nous avons fait des progrès depuis cent ans.

On est épouvanté, en effet, quand on lit les auteurs du temps, de la barbarie avec laquelle les magistrats traitaient les prisonniers : la *question* pour les uns; la *détention* pour les autres, et une détention, dont nous avons peine à supporter même la description, semblaient toutes naturelles.

Sous l'ancien régime, l'emprisonnement ne constituait pas une pénalité; il n'avait d'autre but que de s'assurer de la personne de l'inculpé.

Voici la copie de quelques feuillets du registre de la Bastille :

« La nommée Besnoît, dite d'Arnouville, femme méchante, qui a tenu des propos. » — « Jean-Blondeau Hermitte, tenu pour suspect. » — « Un Anglais, le chevalier de Witteronge, avait prêté de l'argent au marquis de Rosen : ce marquis le remboursa par une bonne lettre de cachet qui l'enferma pour crime contre l'Etat. » — « Jean Laby et le nommé Detin : mauvais propos. » — « Rulland. Il voulait se donner au diable. » — « François Davaud, accusé d'être piétiste. » — « Laurent d'Houry, imprimeur. Pour avoir manqué de respect, dans son almanach, au roi, Georges, en ne le nommant pas comme roi d'Angleterre. » — « Le sieur Duprat, sa femme, sa fille et ses domestiques, de la religion prétendue réformée. Pour avoir voulu sortir du royaume. » — « Poupaillard. Mauvais catholique. » — « Jean Pardiac, prêtre du diocèse de Condom. Pour libelles contre les jésuites. » — « Poupé, portier de Mme l'abbesse de Port-Royal. Pour satisfaire au comte de Charolais et savoir de lui ce qu'on désirait savoir. » — « Maurice-Jeanne Lelièvre. Sujette à l'épilepsie. »

Cette dernière raison « Sujette à l'épilepsie », révèle tout un monde.

L'histoire raconte que Charles IX, appréciant l'utilité des galériens appliqués au service naval, avisa un moyen de ralentir le mouvement trop rapide des libérations, et un édit enjoignit aux juges de ne point condamner les criminels à moins de dix ans de peine. Les officiers des galères secondèrent si ardemment les intentions du roi, qu'il était rare qu'un coupable, à l'expiration de son châtiment, pût obtenir sa mise en liberté.

Le capitaine des galères était le maître-souverain. S'il était nuisible à ses intérêts de briser la chaîne du malheureux, nul n'eût été assez osé pour le faire.

L'abus alla si loin, que Henri III fit défense aux capitaines de retenir les forçats au-delà du temps fixé pour leur peine.

La *Correspondance administrative* montre la facilité avec laquelle on mettait aux galères des gens *non condamnés;* un d'eux y alla malgré l'opposition expresse du parlement de Toulouse. Tout cela est resté inconnu sous Louis XIV. Ce n'est qu'à sa mort qu'on osa publier en Europe quelques détails.

On retenait sur les galères des condamnés qui avaient doublé, triplé même le temps porté par leur condamnation ; on les retenait parce qu'ils étaient de vigoureux rameurs, et on ne les libérait qu'à la

condition d'acheter et de mettre à leur place un ra-
meur aussi vigoureux qu'ils pouvaient l'être eux-
mêmes !

Jamais on ne sortait des galères de Louis le Grand.
Les condamnés à temps y restaient toute leur vie.
En 1853, l'amiral Baudin a retrouvé quelques-uns des
registres des galères. L'article de chacun, une destinée d'homme ! n'y prend que quatre lignes. On y
voit des enfants de quinze ans, un même de douze,
condamné par Basville à être forçat pour toujours,
parce qu'il avait suivi son père au prêche.

Sous Louis XIV, les galériens étant venus à manquer, les officiers du roi eurent recours aux moyens
les plus atroces pour s'en procurer. On saisit :

Les mendiants valides qui déguisaient leurs noms,
feignaient une infirmité, portaient un simple bâton
ferré ;

Les bannis qui ne gardaient pas leur ban ;

Les cabaretiers qui logeaient plus d'une nuit, sans
les déclarer à l'autorité, des gens inconnus ;

Le matelot qui abandonnait le navire en cours de
voyage, ou fumait en temps et lieux prohibés par les
règlements, etc., etc.

Brodart, intendant de l'arsenal de Marseille, écrit
à Seignelay : — « J'aurai, Monseigneur, l'honneur
de vous rendre compte, lorsque le nommé François
Artigues, matelot condamné à servir pendant trois ans
sur les galères, par sentence du prévôt de la marine
à Toulon, pour avoir fumé au préjudice des ordon-
nances, aura fini son temps. — De Marseille le
4 mars 1679. »

Quant aux vagabonds, partout où on les rencontrait, on s'en emparait pour les envoyer aux galères.

Un criminel, au moment de sa condamnation, était-il vigoureux, bien portant; avait-il l'usage de tous ses membres. Il était envoyé aux galères et évitait le gibet auquel n'échappait point le criminel impotent ou invalide coupable du même crime. Plus tard, et par contre, un condamné conservait-il sa santé, sa vigueur, malgré ses fatigues et ses souffrances ? Il restait enchaîné sur le banc des rameurs pendant de longues années au delà du temps de sa condamnation, pendant toute sa vie peut-être ; tandis que les condamnés qui devenaient invalides et impotents obtenaient leur libération en payant une somme de 350 à 400 livres, prix moyen d'un Turc.

Cette somme ne suffisait point toujours, ainsi que cela résulte du paragraphe suivant d'une lettre de Brodart :

« ..... Vous trouverez ci-joint, Monseigneur, un reçu de la somme de 3,000 livres que le nommé Friannit a payée pour avoir la liberté que vous avez eu de bonté de lui offrir. Mais j'attendrai vos ordres pour le faire élargir. — Marseille, 28 janvier 1679. »

On peut lire un rapport adressé à la Convention nationale par le représentant Paganel, où, dans le style emphatique de cette époque, il fait un tableau saisissant des prisons sous l'ancien régime, et spécialement à la fin du dernier siècle.

Ce fut l'Assemblée législative, la première, qui, en 1791, considéra la privation de la liberté comme une punition, dont la durée devait être graduée selon l'importance du crime ou du délit.

Jusqu'en 1791, la loi criminelle en France est le

code de la cruauté légale. Commenter ce code, article par article, c'est faire apparaître un supplice après un autre. On sent, en lisant l'histoire de la criminalité française avant 1789, que ce que les législateurs demandaient à l'accusé ou au coupable, ce n'était pas une larme de repentir, mais un cri de douleur.

Le respect de l'humanité, la notion des limites posées par Dieu même au droit des princes, voilà ce qui faisait défaut aux sociétés passées, et c'est ce défaut qui donne aux législations de l'antiquité, comme à celles du moyen âge, un caractère d'odieuse barbarie.

La loi pénale, abandonnée au caprice du prince, varie au gré de ses passions, et s'il arrive quelquefois qu'elle est dictée par l'amour du bien public, jamais elle n'inspire ce respect du prochain, qui est l'apanage de la justice et de la force.

Celui qui, dans ces temps, se serait levé, du milieu de la foule entourant l'échafaud, pour protester contre les rigueurs de la loi et invoquer les droits de l'humanité n'aurait pas été entendu. Sa voix serait restée sans écho.

C'est l'honneur de notre siècle de réagir contre un retour possible vers la barbarie. Si la peine de mort doit être maintenue, elle ne doit plus être entourée de cet appareil hideux de bourreaux et d'instruments de supplice : la justice doit chercher à s'instruire sans bouleverser le prévenu par des tortures physiques ou morales, qui, loin d'éclairer la vérité, l'obscurcissent souvent en la dénaturant ; les exécuteurs de la loi doivent veiller sur les prisonniers de façon à les corriger, à les moraliser.

La première République, bien qu'animée des meilleures dispositions, fit peu pour cette moralisation des prisonniers. La seule loi utile qu'elle édicta fut celle des 25 septembre et 6 octobre 1791, qui sépara les prisonniers par catégories.

Sous l'Empire, aucune amélioration ne fut apportée à l'ancien état de choses. Le régime intérieur des prisons; les infirmeries, où, dans certains cas, un seul lit recevait trois ou quatre malades; l'exploitation des détenus par les gardiens; la nourriture insuffisante et malsaine; la paille servant de litière dans d'abjects dortoirs; toutes les hontes léguées par la vieille France subsistaient encore.

Ce fut la Restauration qui, la première, mue par un louable esprit d'humanité, institua, le 9 avril 1819, une *Société des prisons*, dans le but d'améliorer le régime intérieur des établissements pénitentiaires.

La *Société des prisons* ne porta pas son attention du côté moralisateur : le côté humanitaire l'absorba exclusivement. Elle supprima les punitions inhumaines, donna de l'air, du jour où il en manquait, exigea des soins de propreté, mais ne soupçonna pas qu'on pût moraliser les détenus.

C'est sous Louis-Philippe que fut fait le troisième pas en avant.

MM. Gabriel Delessert et l'abbé Crozes, d'un côté; MM. de Tocqueville, de Beaumont et Demetz, d'un autre; MM. Bérenger, Charles Lucas, Moreau-Christophe, du leur — pour ne citer que les plus éminents — parlèrent les premiers de correction, d'amendement, de moralisation. Deux systèmes nouveaux : le système cellulaire et les colonies agricoles furent expérimentés. Ces systèmes ont donné quelques bons résultats. La société les trouve aujourd'hui insuffisants. A l'heure actuelle, elle presse le gouvernement de trouver autre chose pour la délivrer des voleurs et des assassins. Le gouvernement a promulgué une loi sur les récidivistes, dont il attend merveille. Des projets de règlements intérieurs, dus à l'initiative de M. Herbette, sont à l'étude.

Arrivera-t-on à diminuer le nombre des criminels? à refaire à ceux qui ne sont pas incurables un tempérament honnête ? à leur retrouver une place dans la société?

Oui, mais à la condition de prendre les bons moyens.

Le gouvernement a en mains tous les éléments de succès. Ce qui lui manque, c'est de savoir les utiliser. La réforme pénitentiaire est encore dans la période des essais et des tâtonnements, dont il faut dire : *sunt bona, sunt mala, sunt pessima*, parce que nous manquons d'hommes, à tous les degrés, qui sachent l'appliquer avec zèle et intelligence.

Les six congrès pénitentiaires internationaux de Francfort, 1845; de Bruxelles, 1846; de Francfort, 1857; de Londres, 1872; de Stockholm, 1878; de Rome 1885, nous permettent de poser le doigt sur la plaie.

En France, les prisonniers, qu'ils soient en cellule, en commun, dans les champs, sont mal surveillés, mal conseillés; on les fait plus ou moins souffrir, on ne les prépare pas à rentrer dans la société. C'est pour cela qu'ils sortent de prison pires qu'ils n'y sont entrés. A part les prisons de Melun et de Poissy, toutes nos prisons sont des écoles patentées de polissonnerie, de vol et d'assassinat.

Ce n'est pas le flot montant de la dépravation, comme se plaisent à le publier de chagrins politiciens, qui porte aux quatre coins du pays la récidive, c'est surtout la prison.

Du jour où les fonctionnaires, entre les mains desquels tombent les prisonniers, s'occuperont de leur mission avec zèle et intelligence, de ce jour-là la récidive diminuera.

Système cellulaire, système auburnien, pénitenciers agricoles, sociétés de patronage sont tous à peu près excellents en théorie ; dans la pratique, ils ne donnent pas de résultats appréciables, parce qu'ils sont exploités par des hommes qui font non une œuvre, mais un métier.

Il y a quelques semaines, venait en discussion, au conseil général de la Seine, l'affaire de l'école pénitentiaire de Porquerolles.

Deux honnêtes gens, M. et Mme de Roussen, pris du besoin de se dévouer, avaient offert à M. Ch. Quentin, alors directeur de l'Assistance publique, de leur confier une centaine de petits vauriens, dont ils espéraient, à force de soins et de bons exemples, faire d'honnêtes garçons. Un beau jour, ces vauriens se révoltèrent sous prétexte qu'on les nourrissait mal, qu'on les exploitait, qu'ils en avaient assez de cet esclavage.

A la tête du complot, qui trouve-t-on ? Un instituteur du nom de Chapoulard, que M. et Mme de Roussen avaient renvoyé et qui, pour se venger, s'était fait leur accusateur.

Voici les fragments d'une lettre que Mme de Roussen écrivit aux membres du conseil général de la Seine :

« ..... En terminant, je répète que je me suis dévouée à cette œuvre que j'estimais être une œuvre patriotique et sociale; qu'elle nous a coûté 80 et quelques mille francs. M. de Roussen tient les pièces comptables à la disposition de ceux qui voudront les voir.

« Moi, elle m'a demandé trois ans de soins, de dévouement et de fatigues.

« Quand je quittai Paris, où mon existence est heureuse et agréable, pour aller auprès de ces enfants vivre seule, me mêlant constamment à eux, les soignant le jour, les veillant la nuit, leur enseignant de toutes façons ce que sont le devoir, l'honneur, la patrie, était-ce seulement pour exploiter un travail que font aujourd'hui quatre ouvriers, et les 75 centimes par jour que donnait l'Assistance?

« Y en a-t-il un de vous qui croie franchement que je l'eusse fait, si une pensée plus haute et plus noble ne m'eût guidée et soutenue?

« A la place des rôdeurs de barrière, des assassins précoces, des voleurs incorrigibles, dont Paris pullule aujourd'hui, nous voulions, mon mari et moi, rendre à la société des citoyens honnêtes, des ouvriers utiles, de bons pères de famille. C'était une œuvre bonne, nous l'eussions accomplie, malgré les difficultés des débuts, si des passions mauvaises, et que je ne veux même pas rechercher, ne fussent venues l'empêcher.

« L'école de réforme demandait encore beaucoup d'améliorations, nous les eussions accomplies peu à peu, les sacrifices ne nous coûtaient pas, nous l'avons prouvé. On a fait de cela un rêve, avec un réveil cruel pour nous.

« Nous avons la conscience, malgré toutes les calomnies dont nous sommes abreuvés, d'avoir rempli notre devoir.

« N. DE ROUSSEN. »

C'est un mauvais fonctionnaire qui a tout fait échouer. Dans toutes les prisons vous trouverez de ces mauvais fonctionnaires, qui tiennent en échec leurs supérieurs, paralysent leurs efforts; et soit bêtise, soit méchanceté, arrêtent le mouvement moralisateur que M. Herbette, M. Gragnon, et leurs collaborateurs essaient d'imprimer au service pénitentiaire.

Ce sont les réformes opportunes qui préviennent les révolutions. Qu'on jette à bas ces misérables obstacles, en se rappelant que plus tard, il est souvent trop tard.

CHAPITRE VII

Trois choses surtout entretiennent la « pourriture »
de la prison : la promiscuité des détenus; l'insuffisance de la nourriture et de l'hygiène, la médiocrité
des gardiens.

Une loi a été votée le 5 juin 1875, qui enjoint aux
départements de transformer leurs prisons suivant le
régime cellulaire. Sous prétexte que cette transforma-
tion leur coûterait trop cher, les conseils généraux ont
jusqu'ici opposé au gouvernement une force d'inertie
que celui-ci tolère. Nous avons en France, onze ans
après le vote de la loi, une dizaine à peine de prisons

cellulaires; trois ou quatre sont, paraît-il, en voie de construction. C'est dérisoire.

Et cependant, je ne connais pas de loi plus sage, et dont la société doive retirer plus d'avantages que cette loi sur l'emprisonnement cellulaire.

« Qu'un coupable souffre, a écrit Target, ce n'est pas là le dernier but de la loi ; mais que les crimes soient *prévenus*, voilà ce qui est d'une haute importance... »

« A côté de la justice de répression, dit M. Faustin Hélie, notre législation a trop souvent oublié de placer la *justice de prévoyance...*[1] »

C'est cette « justice de prévovance » qu'assure la loi du 5 juin 1875.

Pendant son séjour à Poissy, Lacenaire recueillit des notes pour une série d'articles sur le régime pénitentiaire.

« Le nombre effrayant des récidives, écrit-il, ne provient que des vices du système pénitentiaire français. Les bagnes et les maisons de réclusion, qui revomissent périodiquement dans la société l'écume des malfaiteurs, sont les gouffres de démoralisation où se prépare et se distille le poison qui corrompt jusqu'au cœur du détenu et le rejette au sortir d'une condamnation correctionnelle, sur les bancs de la cour d'assises. »

Les déclamations fort à la mode en ce temps-là ne manquent pas dans cet article. Lacenaire y montre ces messieurs de la justice jouant avec le malheureux condamné comme le chat avec la souris, à laquelle il ne donne d'abord qu'un léger coup de patte, puis

[1] *Revue de législation*, t. V, p. 102.

qu'il laisse trotter devant lui, bien certain de la rattraper et de la dévorer après.

« ...... Un jeune homme se livre à ses passions, étouffant la voix de l'honneur, foulant aux pieds les principes de probité qu'il a puisés dans son enfance, au sein de sa famille, mais qui n'ont pas encore eu le temps de jeter des racines bien profondes, il commet un délit. Aussitôt la police s'en empare et le plonge vivant dans ce cloaque, nommé Dépôt de la préfecture.

« Qui rencontrera-t-il à son entrée ?

« Des forçats évadés qui viennent se faire ressaisir à Paris, des forçats qui ont rompu leur ban et quitté le lieu de leur surveillance, des forçats libérés, arrêtés en flagrant délit à commettre de nouveaux crimes ; enfin d'autres voleurs, escrocs, filous, par goût, par état, presque de naissance, race gangrenée, frelons de la société, mauvais sujets incorrigibles et qui, pour n'être pas allés au bagne, n'en valent pas mieux et sont depuis longtemps incapables d'aucune pensée honnête, d'aucune action généreuse.

« Que va devenir notre jeune imprudent au milieu de cette étrange société ?

« C'est là que, pour la première fois, il va entendre résonner le langage barbare des Cartouche, des Poulailler, l'infâme argot. C'est là que, du consentement même des gardiens chargés de la surveillance du Dépôt, il va voir les faveurs, la préséance accordées aux vétérans du crime, aux célèbres du genre.

« Aussi notre jeune homme qui les redoute va prendre exemple sur de bons modèles, sur ce qu'il y a de mieux dans le genre. Il va se former sur leur ton,

leurs manières ; il va les imiter. Leur langue, dans
deux jours, il la parlera aussi bien qu'eux ; alors ce ne
sera plus un pauvre simple ; alors les amis pourront
lui toucher la main sans se compromettre. Notez bien
que jusqu'ici, c'est une gloriole de jeune homme qui
rougit de passer pour un apprenti dans la partie. Le
changement porte moins sur le fond que sur la forme.
Deux ou trois jours au plus passés dans cet égout
n'ont pu le pervertir tout à fait ; il n'est pas pour
s'arrêter en si beau chemin, et son éducation, qui
vient de s'ébaucher sous les voûtes de la préfecture
de police, va se perfectionner à la Force, se terminer
à Poissy ou à Melun... »

Si Lacenaire parle ainsi, c'est qu'il a été le témoin
de ces douloureuses métamorphoses, c'est qu'il a vu
de ces malheureux entrer au Dépôt, craintifs, honteux,
humiliés ; en sortir la tête haute, le regard assuré.
Ils venaient de prendre leur première leçon de
crime.

Que de fois nous sommes les témoins de cette scène !

Un homme a commis un délit : il est souvent plus
malheureux que coupable. Les gendarmes l'ont
arrêté : ils l'amènent au Dépôt. Ses larmes, qu'il a
quelquefois retenues pendant le trajet, coulent en
abondance dès qu'il entre au greffe, surtout quand
on lui demande son nom. Il hésite à répondre, il le
fait à voix basse.

On sent cette honte filiale qui le fait hésiter à prononcer le nom de son père, ce nom jusque-là honoré
et qui va être inscrit sur le registre d'infamie.

Il jette autour de lui des regards attristés ; les

murs de cette prison l'épouvantent ; ce greffe lui apparaît comme le vestibule de l'enfer.

On le conduit dans une salle commune. Qu'y voit-il ?

Des individus, généralement habillés comme ceux qu'il voit dans la rue. Il y a des blouses, des jaquettes, des limousines, des redingotes, des vestons à carreaux, des tricots, des vareuses, des chapeaux melons, des chapeaux à haute forme, des casquettes à ponts, sans ponts, des bérets, des toques de loutre, des sabots, des bottines, des souliers lacés, ferrés, des bottes, des escarpins, des grands diables, des gros vieux, des petits malingres, des maigres pâlis, des blémissants à cravate rouge, des éteints à cravate verte, des Parisiens, des Limousins, des Lyonnais, des Marseillais, des Flamands, des Normands, des serruriers, des comptables, des bacheliers, des chiffonniers, des va-nu-pieds, des S. P. (sans profession), des incorrigibles, des repentants, des gueulards, des pleurards, des arrogants, des rampants.

Tout ce monde fume, cause de ses petites affaires, on se croirait dans une grande halle ouverte à tous venants.

En entrant dans ce chauffoir, ce malheureux cherche un coin, son premier besoin est de s'isoler. Un homme l'a aperçu, s'est levé, est allé à lui. Il lui parle, il calme ses frayeurs, l'assure que son délit n'est qu'une bagatelle, il le console, lui donne des conseils. On peut être sûr que c'est toujours un récidiviste qui connaît les habitudes de la maison et qui flaire une recrue.

Il se fait raconter les circonstances du délit, et

tout en riant des naïvetés de ce novice, il lui explique
comment il devra répondre au juge d'instruction. Le
germe de la récidivité est dans cette première
leçon.

Le lendemain ce malheureux, qui la veille fondait
en larmes en franchissant le seuil de la prison tant
redoutée; qui tremblait de donner le nom de son
père, se sent moins timide, et quand il paraît devant
le juge, les leçons de son camarade lui reviennent en
mémoire.

Mettez au contraire cet homme en cellule : la vue
des barreaux de sa fenêtre, de la porte massive qui
ferme son cachot, ce silence qui l'environne, c'est
bien là l'image qu'il s'était faite de la prison. Il s'assied sur son escabeau, et la tête entre les deux mains
il verse des larmes abondantes; souvent il tombe à
genoux et prie.

Au chauffoir vous avez développé le germe de la
récidive, dans la cellule vous l'auriez étouffé.

L'horreur de la prison est un sentiment dont il
faut se servir. C'est le commencement de la vertu.
Or, ce n'est qu'en cellule, loin des mauvais conseils,
seul avec ses regrets, en face de sa conscience qu'un
homme qui tombe pour la première fois dans une
prison, peut avoir cette horreur. En l'isolant, vous
inspiriez à ce malheureux une épouvante salutaire,
vous l'empêchiez de faire connaissance avec les pro
fesseurs de crime.

Il y a plus : cette vie commune à laquelle vous le
condamnez aggrave sa peine. Que de confidences j'ai
eues à ce sujet! combien de malheureux venaient
me trouver pour me dire ce qu'ils souffraient au mi-

lieu de ces misérables, qui dans la prison tiennent le haut du pavé, qu'il faut fréquenter, avec lesquels il faut causer, partager ses vivres, son tabac, sous peine d'être victime de vexations sans fin.

Je ne parle pas du dégoût que ces détenus relativement honnêtes éprouvent dans la société de pareils gredins, je parle du contact répugnant de l'homme bien élevé avec le voyou cynique.

« Qu'est-ce que la vie a donc de si regrettable pour moi ? fait dire Victor Hugo [1] à son condamné. En vérité, le jour sombre et le pain noir du cachot, la portion de bouillon maigre puisée au baquet des galériens ; être rudoyé, moi qui suis raffiné par l'éducation ; être brutalisé des guichetiers et des gardes-chiourmes ; ne pas voir un être humain qui me croie digne d'une parole et à qui je le rende ; sans cesse tressaillir de ce que j'ai fait et de ce qu'on me fera : voilà à peu près les seuls biens que puisse m'enlever le bourreau. »

Un autre danger de cette promiscuité, c'est le chantage.

J'ai connu un malheureux journaliste qui, à la Grande-Roquette, avait quelque argent et ne sut pas garder l'incognito. Il sortit. Il était à peine rentré chez lui qu'un homme frappait à sa porte.

« — Tu ne me reconnais pas, mon vieux ?

« — Pardon, monsieur, je...

« — Allons donc farceur ! tu es un tel, je suis un tel,

---

[1] *Le Dernier Jour d'un Condamné*, p. 23.

nous nous sommes connus à la Grande-Roquette ;
aboule cent sous, sinon je fais du pétard. »

L'autre donna les cent sous. Bientôt il eut à sa
charge une escouade de drôles qui chaque jour venaient le faire « chanter ».

« — Casque, ou nous disons tout !... »

Ils le poursuivaient jusque sur le boulevard ; se
campaient devant lui, s'il s'attablait au café, et
attendaient leur pièce de cent sous.

Au bout de quelques mois ce malheureux dut fuir
. Paris. Je ne réponds. pas qu'il ait fui tout danger.

N'est-ce donc rien d'entourer le détenu qui ne veut
pas retomber de toutes les précautions imaginables ?
Qui dit que découragé de se sentir ainsi filé par les
« escarpes », signalé à l'attention de ses amis, il ne
prendra pas en dégoût la vie honnête ? Si son visage,
son nom, sa demeure étaient restés inconnus aurait-il
couru ce danger ?

Cinq catégories de criminels peuplent la Grande-
Roquette. Les *condamnés à mort*, les *forçats*, les *réclusionnaires*, les *centrales* et, par un coupable et
douloureux abus, ceux qui, ayant moins d'un an de
prison, purgent leur condamnation dans les prisons
de la Seine et qu'on appelle pour cette raison les
petites peines. Tout ce monde vit dans une promiscuité complète : même règlement, même ordinaire,
même préau, mêmes ateliers.

J'ai demandé les raisons de cet état de choses. On
m'en a donné deux.

Les *petites peines* empêchent les révoltes dans les
ateliers, soit que ces malheureux refusent d'y prendre
part, soit qu'ils préviennent à temps l'administration.

Les forçats, les réclusionnaires, les centrales, qui attendent leur transfèrement, détestent les gardiens et pour se venger d'eux, ne reculeraient pas devant un mauvais coup. Il fut un temps, et ce temps n'est pas éloigné, où la moyenne annuelle des gardiens tués à la Grande-Roquette, sans que le public le sût, était de deux, quelquefois de trois. S'ils ne mouraient pas, ils ne tardaient guère à succomber aux suites de leurs blessures. Grâce aux *petites peines*, qui n'ont qu'une peur : se trouver compromis dans une mauvaise affaire, ces crimes sont à peu près évités.

L'autre raison, c'est la nécessité de créer à la Grande-Roquette un noyau de travailleurs exercés. S'il n'y avait dans les ateliers que des hommes susceptibles d'être transférés, les entrepreneurs de travaux risqueraient de n'avoir que des apprentis. Avec les *petites peines* de six mois à un an, ils sont sûrs de conserver des ouvriers.

Il est probable que dans les autres prisons on a les mêmes raisons ou des raisons analogues pour ne pas isoler les détenus les uns des autres, mais alors à quoi bon voter une loi qui défend cette promiscuité ? Cette loi admet-elle ces exceptions ? ne doit-elle pas être la même pour tous ?

Est-ce qu'à l'hôpital on ne sépare pas les malades ? est-ce qu'on ne met pas dans des quartiers isolés ceux dont les affections sont contagieuses ? et quelle peste est plus contagieuse que la récidivité ?

La prison est un hôpital pour les maladies de la volonté. Fortifiez la volonté, vous referez au malade un tempérament moral. La loi de 1875 est le remède le plus efficace contre les écarts de la volonté.

Malheureusement ce remède n'est pas appliqué. C'est pourquoi loin de guérir, les prisonniers finissent par contracter cette affection chronique qui s'appelle la récidive.

Et qu'on ne dise pas que la cellule est meurtrière, qu'elle engendre la folie, l'anémie, le désespoir.

Elle engendre tout cela, si elle n'est pas convenablement pratiquée.

Le détenu ne doit pas être mis en cellule comme un condamné à mort, dans un *in-pace;* le directeur, l'aumônier, des gens respectables doivent chaque jour venir causer avec lui, l'instruire, le consoler, le protéger contre les inconvénients de cet isolement. Autant la porte de sa cellule doit le protéger contre l'épidémie du mal, autant elle doit être grande ouverte à ces médecins de l'âme qui sauront panser ses plaies. Elle n'est pas moins une mesure de *prévoyance* qu'une mesure de *répression*.

L'abbé Crozes, qui fut il y a quarante ans le grand promoteur du régime cellulaire avec M. Gabriel Delessert, croit encore que ce régime est le meilleur. Il avait même imaginé un système de promenoir afin de procurer aux détenus le plus d'exercice possible, sans qu'ils fussent en contact.

Que les pouvoirs publics fassent appliquer la loi du 5 juin 1875, nous ne serons pas longtemps à constater que la récidivité a sensiblement baissé. Cela nous coûtera cher, c'est certain, mais cela nous coûtera encore meilleur marché que la loi sur la relégation, et, en tout cas, cela nous donnera des résultats consolants et appréciables.

L'insuffisance de la nourriture et de l'hygiène est

la seconde cause qui entretient la « pourriture » de la prison.

La population des prisons de la Seine est nourrie par des entrepreneurs, moyennant certaines conditions contenues dans le cahier des charges. Ceux qui acceptent de nourrir les détenus pour le prix le plus minime, sont déclarés adjudicataires ; ils doivent fournir les rations indiquées par l'administration.

Ces rations consistent en : 750 grammes de pain par jour ; un demi-litre de bouillon maigre le matin ; un tiers de légumes secs le soir ; les légumes sont alternativement du riz, des haricots rouges ou blancs, des pois cassés, des pommes de terre, des lentilles. Deux fois par semaine, le jeudi et le dimanche, les détenus reçoivent un demi-litre de bouillon gras, 125 grammes de viande cuite (graisse et os compris).

Le pain fourni par l'administration est de bonne qualité ; cependant la farine dont il est fait n'étant que très imparfaitement blutée, il renferme du son en assez grande quantité ; il est, par conséquent, moins nourrissant que celui que l'on consomme ordinairement dans les villes.

Pour les autres aliments : viande et légumes, l'administration donne 0,17 centimes par jour et par homme aux entrepreneurs. Ceux-ci doivent avec cette somme subvenir aux frais d'achat, fournir le combustible, payer leurs cuisiniers, et, d'après leurs calculs, trouver un bénéfice sans lequel ils ne courraient pas les risques d'une pareille entreprise. Dans ces conditions, des aliments, dont la quantité serait à peine suffisante, s'ils étaient d'une bonne qualité, ne peuvent être que médiocres.

Les directeurs de prison s'efforcent bien d'obtenir de bonnes fournitures, mais les légumes qui leur sont proposés sont le plus souvent des restes avariés de magasins. Des échantillons, envoyés au laboratoire municipal d'analyses, ont été plusieurs fois déclarés impropres à l'alimentation.

La viande ne peut être prise que dans les plus bas morceaux : elle est d'assez bonne apparence avant la cuisson ; mais comme les portions comprennent la graisse, les aponévroses et les os, la partie vraiment nutritive des rations du jeudi et du dimanche est en réalité réduite à fort peu de chose.

En somme, si l'on ajoute à la modicité des quantités prévues par le cahier des charges la mauvaise qualité des aliments, on voit que les détenus ne sont réellement pas assez nourris.

Or l'article 613 du Code d'instruction criminelle est très explicite : « *On veillera à ce que la nourriture des prisonniers soit suffisante et saine* ».

Dans aucune des prisons de Paris, la nourriture n'est ni suffisante, ni saine.

Souvent même les clauses du cahier des charges ne sont pas remplies. Ainsi, d'après le cahier des charges, les détenus doivent recevoir alternativement du riz, des haricots, des pois, des lentilles, des pommes de terre. Le mélange des légumes secs et des légumes frais est indispensable pour l'alimentation. Or, un rapport officiel constate que du 31 avril au 22 juillet 1883, les détenus de la Grande-Roquette n'eurent pas de pommes de terre, parce que l'entrepreneur n'avait pas bien pris ses précautions. Pendant ces trois mois, les détenus furent réduits au régime exclusif des farineux secs, et à part quelques légumes, qui entrent en quantité dérisoire dans la composition des soupes, ils se trouvèrent complètement privés de végétaux frais. A la prison de la Santé où le même cas se produisit, le directeur, plus intelligent que celui de la Grande-Roquette, fît donner des choux, ce qui atténua le mauvais effet d'une alimentation malsaine.

Or, veut-on savoir quel a été le résultat immédiat de cette incurie? Du 12 mai au 15 juillet 1883, vingt-trois scorbutiques sont entrés à l'infirmerie centrale de la Santé, dix-sept venaient de la Grande-Roquette. C'était la troisième fois en six ans que le scorbut apparaissait dans les prisons de la Seine : il y a paru en 1877, en 1880 et en 1883.

Les détenus, ajoute-t-on, ont la cantine, et leurs parents peuvent leur apporter des vivres, on supplée ainsi à l'insuffisance de nourriture que donne l'administration, et d'ailleurs les détenus nous coûtent déjà assez cher, sans qu'on grève encore le Trésor pour leur donner une nourriture plus abondante.

La cantine est un des plus monstrueux abus des prisons de la Seine. Le détenu trouve, en effet, à la cantine, ce que réclame sa gourmandise. S'il a quelques sous, il peut se payer du pain blanc, du vin, de la charcuterie variée, du dessert, du tabac ; il peut faire de petites bombances, et se moquer de l'ordinaire de la prison.

Un œuf coûte deux sous; une sardine, deux sous; un ragoût de mouton, comprenant 150 grammes de viande désossée, 200 grammes de pommes de terre et 10 grammes d'oignons, coûte 40 centimes ; un ha-

reng coûte trois sous ; un cervelas, douze centimes ;
une salade, treize ; un artichaut, vingt centimes. On
a vingt-cinq grammes de gruyère pour un sou, la
même quantité de brie pour sept centimes ; un petit
bondon pour vingt centimes ; le beurre, suivant la
saison et la qualité, varie de deux francs quatre-vingts
à quatre francs la livre.

Où le détenu se procure-t-il de l'argent pour ces
extra ?

De deux façons.

Chaque semaine, il a droit de prélever une certaine
somme sur son pécule ; — le pécule est l'argent que
le détenu gagne avec son travail hebdomadaire.

Il y a quelques années, les détenus disposaient de
ce pécule comme ils l'entendaient. Actuellement, dans
les prisons de province, depuis quatre ans, dans celles
de Paris, depuis le 1er août 1886, on ne donne plus
cet argent au détenu ; le greffier remet à chacun une
feuille sur laquelle est marquée la somme dont le
détenu peut disposer pour acheter des consommations
à la cantine ; le détenu n'a plus en main que cette
monnaie fiduciaire. C'est avec ce pécule disponible
qu'il achète des suppléments de vivres.

Je ne trouve pas à redire à ce que le détenu bénéficie
de son travail pour se nourrir ; mais je trouverais plus digne de l'administration qu'elle prît
elle-même ce gain, et augmentât l'ordinaire des travailleurs, et que ce supplément de vivres ne fût plus
laissé au caprice des détenus, mais réglementé. De la
sorte, le Trésor et l'article 613 du Code d'instruction
criminelle seraient mis d'accord. On donnerait au détenu une nourriture suffisante et saine ; on soutien-

drait les forces des travailleurs tout en les encoura-
geant.

Mais, pour cela, il faudrait aimer les détenus, s'en
occuper, leur vouloir du bien, voir en eux autre
chose que des « canailles », se rappeler que la prison
est moins une cage de bêtes fauves qu'un hôpital, et
qu'en prévenant la débilitation des forces physiques,
on prépare le relèvement moral de ces infortunés.

Je n'oublierai jamais le gros rire bête d'un directeur
de prison me racontant qu'un matin il reçut la visite
d'un député. C'était en automne, il faisait un brouil-
lard épais, dense, humide, pénétrant. Les détenus
étaient sur le préau, attendant leur « eau chaude » du
matin.

« — Comment, dit le député au directeur, ces
hommes-là n'ont encore rien pris?

« — Rien, monsieur le député.

« — Avec cette humidité et ce froid? Mais on tue
ces hommes en les laissant à jeun. »

De la cuisine arrivaient les deux bassines d' « eau
chaude ».

« — C'est tout, jusqu'à trois heures?

« — Tout, monsieur le député.

« — Ces gens-là doivent crever de faim. Pourquoi
ne leur donnerait-on pas quelque chose de nourrissant
à la fois et de tonique? du café au lait, par exemple;
ça n'est pas coûteux, et cela nourrit. Un litre de café
au lait est aussi nourrissant que quatre litres de bouillon. »

« — Epatant! ce député, monsieur l'aumônier,
épatant! du café au lait aux détenus! Oh! épatant!

« ... Certains officiers de police, a écrit Victor Hugo, ont une physionomie à part, et qui se complique d'un air de bassesse mêlé à un air d'autorité. Javert avait cette physionomie.

« Donnez une face humaine à ce chien, fils d'une louve, et ce sera Javert.

« La face humaine de Javert consistait en un nez camard, avec deux profondes narines, vers lesquelles montaient, sur ses deux joues, d'énormes favoris. On se sentait mal à l'aise la première fois qu'on voyait ces deux forêts et ces deux cavernes. Quand Javert riait, ce qui était rare et terrible, ses lèvres minces s'écartaient, et laissaient voir non seulement ses dents, mais ses gencives, et il se faisait autour de son nez un plissement épaté et sauvage, comme sur un mufle de bête féroce. Javert, sérieux, était un dogue; lorsqu'il riait, c'était un tigre. Du reste, peu de crâne, beaucoup de mâchoire; les cheveux cachant le front et tombant sur les sourcils; entre les deux yeux, un froncement central permanent comme une étoile de colère; le regard obscur, la bouche pincée et redoutable, l'air du commandement féroce[1]... »

En plus de leur pécule, les détenus peuvent obtenir de l'argent du dehors. Chaque semaine ils ont le droit de recevoir et de dépenser cinq francs. D'où que viennent ces cinq francs, le greffier les accepte et les leur donne. Les malins, les habitués savent dissimuler l'argent qu'ils veulent, soit qu'ils le cachent dans des endroits secrets, soit qu'ils le confient à des gardiens,

[1] *Les Misérables*, première partie, livre II, ch. v.

qui prélèvent un honnête escompte sur ce dépot. J'ai vu des détenus à la Grande-Roquette porteurs de plusieurs centaines de francs.

Cet argent de poche est presque toujours le fruit du vol ou de la débauche. Les souteneurs ont avec leur « amie » une correspondance régulière, qui passe sous les yeux de l'administration, et dont celle-ci est le vigilant facteur, aussi ils ne manquent de rien, car si l' « amie » était en retard d'une semaine, un camarade du dehors saurait la faire « passer au tabac [1] » pour la rappeler au devoir. Ces dames obtiennent d'ailleurs de la préfecture de police toutes les permissions de parloir qu'elles désirent.

Ceux qui souffrent en prison de l'insuffisance de la nourriture ne sont donc pas les *voleurs de profession*, fins, déliés, retors connaissant mille « trucs » ; ce sont les malheureux égarés, qui n'osent donner signe de vie à leur famille et qui subissent en silence les angoisses de la faim, de la fièvre, plutôt que de faire appel à la charité des leurs ; pour ceux-là, il n'y a ni cantine, ni vivres supplémentaires. Mais il y a l'anémie de prison, dont ils deviennent les victimes ; anémie, qui, lorsqu'ils sortent, les rend incapables de se remettre au travail.

Dans les maisons de force et de correction de province, l'article 613 du Code d'instruction criminelle n'est guère mieux respecté que dans les prisons de Paris. Les détenus n'ont pas non plus une nourriture suffisante et saine. J'ai sous les yeux plusieurs rapports de médecins des services pénitentiaires qui éta-

---

[1] Correction bien sentie, usitée dans ce monde.

blissent que la ration d'entretien de tout homme valide doit être composée de telle sorte, qu'il puisse s'assimiler dans la nourriture des vingt-quatre heures, 20 grammes d'azote et 310 grammes de carbone. Or, ces médecins constatent que, d'après l'analyse des aliments distribués à chaque détenu, il y a un déficit journalier moyen de 6 gr., 07 centigrammes d'azote et de 10 grammes 50 centigrammes de carbone. La nourriture de ces hommes est donc insuffisante.

Elle n'est pas saine non plus, parce que le détenu, ne vivant pas au grand air, s'assimile plus difficilement les parties nutritives des aliments qu'il absorbe; parce que ces aliments ne sont pas assez variés; parce qu'enfin il ne boit pas de vin.

« Le vin, dit M. Bouchardat, professeur d'hygiène à la Faculté de médecine, le vin est une boisson réparatrice, d'une absorption facile, très convenable pour apaiser la soif et exciter l'énergie excrétoire des reins. Autant le vin est nuisible, pris hors des repas et en trop grandes quantités, autant il est utile pris à des doses modérées et pendant les repas. Les ferments et l'alcool qu'il contient stimulent énergiquement la digestion, et les sels qu'il renferme sont indispensables à l'organisme. »

Comme le détenu de Paris, le détenu de province a la cantine. Pourquoi ne pas la supprimer et faire plusieurs tables au réfectoire, où les plus travailleurs seraient mieux nourris? On éviterait ainsi l'anémie caractéristique des populations pénitentiaires, les scrofules, la gastralgie, la dyspepsie des prisons, qui font que ces établissements rejettent dans la société des gens malingres, irrités, hypochondriaques, que tout

rebute, sauf le crime, où, pour être expert, il n'est
besoin ni d'être sain, ni bien portant.

Une autre cause de débilitation des détenus, c'est
le manque d'hygiène, l'humidité, le froid.

La Grande-Roquette, construite pour 400 détenus,
— il y a 414 lits disponibles, — en renferme presque
toujours de 500 à 550. Pour caser ces détenus, on double
les cellules, ou on empile ces malheureux dans des
dortoirs. Ni les cellules, ni les dortoirs ne sont chauffés. Les cellules ne sont séparées les unes des autres
que par des cloisons en bois; l'eau suinte souvent le
long des murs.

Tous travaillent dans des ateliers; ils sont occupés
à faire des chaussons, des sacs, des boutons, de la re-
liure; ils cannent des chaises, satinent du papier,
tressent des couronnes d'immortelles. Les ateliers
sont pavés et très humides. Celui des boutons, qui
contient 120 détenus, est particulièrement malsain.
Ils sont à peine chauffés. Tous les samedis, ils sont
lavés à grande eau; ce qui neutralise peut-être l'effet
des miasmes, mais entretient l'humidité.

Une heure le matin, une heure l'après-midi, les
détenus se promènent dans une grande cour pavée,
entourée de bancs. Une galerie couverte, large de
1 m. 50, court le long des murs et les garantit de la
pluie qui tombe, non de celle que fouette le vent. Il
n'y a pas de réfectoire, et les détenus doivent par tous
les temps manger en plein air. Quand il gèle à pierre
fendre, quand la neige tombe et demeure comme en
1879, la pitance que leur sert le cuisinier gèle en
passant de sa bassine dans leur écuelle. Au milieu de
la cour se trouve une fontaine, où les détenus lavent

leur figure, leur gamelle, leur linge ; l'eau coule sans cesse sur le pavé et entretient l'humidité.

Qu'ils soient à l'air, dans leurs ateliers, dans leurs cellules, les détenus vivent dans une humidité que rien ne neutralise : ni la nourriture, ni le vêtement. Pour avoir la permission de porter une flanelle, un tricot, un caleçon, ce sont des formalités dont rien n'approche. Le règlement des prisons, à l'endroit du vêtement, est émaillé de chinoiseries invraisembla-bles. Un détenu n'a le droit de porter un tricot qu'à la condition que ce tricot n'ait pas de manches !

Or il ne faut pas être grand clerc en médecine pour savoir que l'humidité engendre l'état maladif, surtout quand on songe quelle population vit en prison. Un certain nombre sont des récidivistes, qui n'ont vécu que du vol et de la prostitution ; beaucoup sont syphilitiques ; d'autres sont des vagabonds qui ont mené une existence hasardeuse et précaire ; presque tous ont des habitudes alcooliques ; ils auraient donc besoin de soins ; on les traite plus mal que des chiens.

Ils ont un chauffoir, où ils peuvent se réfugier pendant les récréations ; ce chauffoir peut à peine recevoir 60 hommes, et n'est pas chauffé.

Ils ont un médecin. Je ne fais pas le procès de ce fonctionnaire qui, obligé de se tenir en garde contre les « tireurs de carottes », n'écoute souvent que d'une oreille distraite les doléances de ses clients, aussi sa médication consiste-t-elle à leur prescrire quelques tisanes, à les purger à outrance, à les mettre à la diète : il ne leur donne presque jamais ce dont ils auraient besoin. Aussi, à certaines heures, la Grande-

Roquette est-elle le théâtre de drames douloureux.

Le 8 mai 18.., il y a de cela une vingtaine d'années, en rentrant dans les ateliers, après le repas du soir, les hommes trouvaient un de leurs camarades pendu à un clou attaché au mur. La mort avait été instantanée.

L'homme qui venait de se suicider n'était pas un criminel de bas étage. Il appartenait à une famille des plus honorables, qui lui avait fait donner une excellente éducation, dont malheureusement il n'avait pas su profiter. Condamné à cinq ans de prison pour vol, escroquerie et abus de confiance, il attendait à la Grande-Roquette son transfèrement en maison centrale, lorsque, vaincu par le découragement et les souffrances physiques, il se pendit.

On trouva sur lui la lettre suivante, à l'adresse de l'abbé Crozes :

Vu le présent écrit pour rester
   annexé à mon procès-verbal
   de ce jour.
Paris, le 11 mai 18..
   Le Commissaire de police, X.
     (Timbre du Commissariat.)

« Paris, le 25 avril 18 .

« Monsieur l'aumônier,

« Peut-être vous demanderez-vous, en ouvrant cette lettre, la dernière que j'écrirai, ce qu'un homme résolu à se tuer pense avoir à dire au ministre d'une religion qui défend le suicide.

« J'ai seulement voulu, monsieur l'aumônier, vous dire en quelques mots pourquoi et comment j'ai pris cette résolution.

« J'étais né pour être heureux et à coup sûr, comme le disait dernièrement mon avocat à M. A…, si jamais un enfant est venu au monde avec des chances de bonheur, ce fut moi.

« Mes parents étaient riches et le sont encore, et je n'avais que l'embarras dans le choix d'une carrière, car mon aïeul maternel était conseiller à la cour de cassation et député ; d'autres parents occupent des postes honorables, et cependant je suis arrivé à tomber dans une prison et à concevoir un tel dégoût de l'existence que je n'ai plus d'autre espoir que le suicide, après lequel j'aspire comme on aspire après la délivrance et je n'ai d'autre espérance que celle de voir bientôt cesser pour toujours mes souffrances.

« J'ai longtemps réfléchi, monsieur l'aumônier, avant de prendre cette détermination.

« J'avais, il est vrai, la certitude de voir cesser mes peines de cette vie ; mais le souvenir de mon éducation chrétienne me tourmentait. Toutefois, je dois dire que cette considération m'a peu arrêté ; je ne crois plus, monsieur l'aumônier, et c'est là mon malheur ; je le dis hautement, à ce moment où l'on dit la vérité ; j'ai le malheur de ne plus croire, aussi je me suis dit qu'après la mort il n'y a plus rien ; que si, par hasard, il y avait une autre vie, il est impossible que Dieu fût inexorable pour un malheureux qui, ne pouvant plus porter son fardeau, l'a abandonné comme au-dessus de ses forces.

« Je sais, monsieur l'aumônier, ce que l'on ne manquera pas de dire : c'est qu'ayant commis une faute, je devais avoir le courage d'en supporter le châtiment. C'est vrai, et je n'ai qu'à m'incliner, car je n'ai qu'une réponse à faire, et ce n'en est pas une, c'est que le châtiment est trop lourd pour moi, d'autant plus que j'ai perdu l'espoir même d'un meilleur avenir après l'expiration de ma peine. Mes parents ne me pardonneront jamais, et c'est horrible à dire, mais, je dois vous l'avouer, un des motifs qui me poussent au suicide, je ne dis pas le seul ni le plus important, mais enfin un des motifs, c'est que j'ai la conviction qu'en me tuant, je rachète en quelque sorte, auprès de ma famille, mes fautes passées.

« Je crois qu'après avoir éprouvé, en apprenant ma mort, un léger, très léger chagrin, mes parents se sentiront soulagés et se diront qu'après tout c'était ce que je pouvais faire de mieux, et cette conviction je l'ai, parce que je n'ai jamais eu, depuis de longues années, de preuves d'affection de la part de mes parents ; au contraire, mes parents, qui auraient tout obtenu de moi s'ils avaient su me prendre par l'affection, ne m'ont jamais montré que rigueur et sévérité, et je n'ai jamais pu compter sur leur affection qu'ils réservaient tout entière pour ma sœur.

« Veuillez me pardonner cette confession peut-être un peu longue, monsieur l'aumônier; j'ai senti le besoin avant de mourir, de dire à un cœur comme le vôtre ce que le mien comprime de tristesse et de chagrin depuis bientôt un an.

« Peut-être aurais-je encore attendu ; mais voici la goutte d'eau qui a fait déborder le vase; ce n'est qu'une goutte, mais elle a suffi à précipiter ma décision.

« Depuis huit ans, j'ai pris l'habitude de l'opium ; à Mazas, le médecin, après plusieurs essais, reconnut que je ne pouvais, sans de vives souffrances, être brusquement privé de ce médicament, aussi il m'en fit donner tous les jours ; à la Conciergerie, le médecin, prévenu par son collègue de Mazas, m'en fit donner aussi. Lorsque je fus amené à la Roquette, tout changea et je pus voir alors le cas que l'on fait de la vie d'un homme. J'écrivis au médecin pour lui expliquer ma situation, je joignis un certificat de Mazas ; mais le médecin m'envoya promener et me fit entendre que tant pis pour moi si je souffrais, mais qu'il n'était nullement disposé à faire les frais de ce médicament tous les jours. Le matin 25 avril je suis retourné à sa visite, car j'avais souffert toute la nuit et le résultat a été le même. Aussi me suis-je décidé à exécuter ma résolution dès que j'en trouverais l'occasion ; je ne sais pas encore si je le pourrai demain ou plus tard, car on a refusé de me mettre en cellule, mais je sais bien que je profiterai de la première occasion et que j'espère ne pas l'attendre trop longtemps, car les souffrances physiques sont venues se joindre aux tortures morales, et c'est trop.

« Pardonnez-moi, monsieur l'aumônier, si je me suis adressé à vous dans cette occasion suprême ; j'ai voulu m'épancher dans un cœur capable de comprendre ce que le mien éprouve. Je ne me dissimule pas qu'un homme aussi pieux que vous ne peut éprouver de sympathie pour un malheureux qui demande au suicide l'oubli de ses maux ; mais si, comme prêtre, vous me condamnez, permettez-moi du moins de mourir en pensant que vous ne jugerez pas sévèrement, comme homme, un acte de faiblesse peut-être, mais bien certainement de désespoir.

« Ma famille habite *** et voici l'adresse de mes parents, je vous serais bien obligé, monsieur l'aumônier, si vous vouliez les informer de mon décès et leur faire parvenir mon dernier adieu, que je joins à cette lettre.

« Je suis avec respect, monsieur l'aumônier,
          « Votre très humble serviteur,

                                  « *** »

A la Santé et à Mazas, où les cours sont vastes et bien aérées, les dortoirs et les cellules parquetés, la ventilation et le chauffage bien organisés, les détenus n'échappent pas davantage à l'influence du froid humide. Le chauffage est malheureusement, comme la nourriture, soumissionné par un entrepreneur. Les murailles épaisses faites de pierres meulières reliées par du ciment hydraulique, s'échauffent très difficilement. Elles restent continuellement froides, et la vapeur d'eau fournie par la combustion du gaz et par la respiration des détenus, renfermés en grand nombre dans un espace restreint, vient s'y condenser et suinte le long des murs.

Les prisons de province sont généralement de vieilles masures, mal agencées, qui, plus encore que les prisons de Paris, entretiennent le froid et l'humidité. Sauf quelques-unes, comme Melun, Poissy, où l'on est peut-être tombé dans l'excès contraire, elles devraient toutes être reconstruites. Quand on s'occupe de détenus, il faut toujours avoir présent à l'esprit que la plupart sont des individus déjà déprimés, qu'on déprime encore par une alimentation insuffisante, malsaine, par l'humidité et le froid. Il y a une coalition d'agents délétères qui les tue.

Le travail lui-même est inégal. Les uns travaillent debout, les autres assis, un certain nombre restent oisifs. Tout cela est-il bien étudié ? La routine sous le couvert de la tradition préside à tout. Je veux bien que les épidémies sont rares en prison, mais l'affaiblissement y est universel, et cet affaiblissement rend le détenu incapable, au sortir de la prison, de s'appliquer à un travail sérieux et suivi.

A bien prendre les choses, ne serait-il pas plus avantageux pour le Trésor, même pendant que le détenu est en prison, que l'État le nourrisse convenablement et le soigne mieux ?

Lorsque M. Charles Lucas proposa à M. de Rémusat, alors ministre de l'intérieur, d'opérer le transfèrement des forçats par des voitures cellulaires, qui les conduiraient en poste à leur destination, le ministre lui répondit en souriant, un peu ironiquement :

« — L'idée est singulière de faire voyager en poste des forçats comme des inspecteurs généraux. »

Il reconnut néanmoins que cette idée était simple, pratique et même économique ; il l'adopta.

L'idée de mieux nourrir et de mieux soigner les détenus paraît dictée par une sensiblerie mal placée ; ces gens-là ne valent pas qu'on fasse pour eux de nouvelles dépenses ; on en fait déjà trop. Soit ! mais ignore-t-on que le travail des prisonniers sert à payer une partie, toujours trop minime, de ce qu'ils nous coûtent ? Mieux traités, ne pourrait-on pas les faire travailler davantage, diminuer par un gain plus élevé l'excès de dépenses que nécessiteraient une nourriture et une hygiène meilleures ?

On a supprimé la chaîne, parce qu'elle était à la fois immorale et plus coûteuse que le transfèrement en poste ; l'idée avait d'abord paru étrange ; si M. Charles Lucas n'avait pas eu affaire à un homme d'esprit, la réforme n'aurait peut-être pas été adoptée. Celle que je propose : d'améliorer la nourriture et de veiller à l'hygiène des détenus, n'est-elle pas aussi simple, aussi pratique, aussi économique, que de conduire les forçats en poste à Saint-Martin-de-Ré?

Malheureusement on se heurte à des règlements, à des usages, à une routine invétérée, qu'on ne peut secouer sans troubler la douce quiétude des ronds de cuir qui président aux destinées des détenus, dont le relèvement moral est le dernier des soucis.

Les bureaucrates et les agents sont la troisième plaie du service pénitentiaire, plaie d'autant plus dangereuse que ce sont ces bureaucrates et ces gardiens qui paralysent toute initiative généreuse et retardent les réformes.

Voici des fragments d'une lettre que m'écrivait à ce sujet un des plus hauts fonctionnaires du service pénitentiaire :

« Paris, le 13 février 1886.

« Monsieur le vicaire général,

« Je vous remercie de vouloir bien m'associer, à titre d'avis, à la grande œuvre que vous poursuivez. ..... La réforme, *toute la réforme pénitentiaire*, gît, selon moi, dans la réforme du personnel... je cherche à prouver cette vérité dont la lumière semble aveugler. Tout le monde est de mon avis ; mais, tout en proclamant que tant vaut l'homme, tant vaut la chose, on s'en tient à cette platonique démonstration... Je me fais fort d'appuyer tous mes arguments de preuves qui en démontrent la justesse.

« Veuillez.... »

C'est triste à avouer, mais le personnel des services pénitentiaires est généralement au-dessous de sa tâche.

Je n'ai garde d'oublier que, pendant mon séjour à la Grande-Roquette, j'ai eu l'heureuse fortune de faire la connaissance d'hommes de cœur ; mais, à côté de ces bonnes volontés, hélas ! trop rares, que de personnages insuffisants !

J'ai dit plus haut quel bienfait, au point de vue du relèvement moral des détenus, était la loi du 5 juin 1875, qui prescrit l'emprisonnement cellulaire pour les détenus non récidivistes et condamnés à une petite peine.

Il ne se passait pas de semaine que la préfecture de police ne nous envoyât à la Grande-Roquette des hommes condamnés à quelques mois de prison, et que l'épouvante saisissait dès qu'ils devinaient dans quel enfer on les avait jetés. Ce contact avec des forçats, des réclusionnaires, des bandits, dont l'attitude et le langage révoltaient ce qui leur restait d'honnêteté, leur était odieux. Ils venaient me supplier de les faire transférer à Mazas ou à la Santé, comme c'était leur droit. Naïf, et croyant que l'autorité ne demandait qu'à être instruite de ses erreurs pour les réparer, j'allai un jour à la préfecture de police. Je fus reçu par un bon vieux chef de bureau, verbeux, poli, mais qui me parut singulièrement craintif. Il m'engagea à voir un de ses sous-chefs. J'allai chez ce sous-chef.

« — Monsieur, je suis l'aumônier de la Grande-Roquette ; je viens vous parler de tel détenu, qui a dû être envoyé par erreur dans cette prison. Il n'est condamné qu'à trois mois et il voudrait bénéficier de la loi sur l'emprisonnement cellulaire.

« — Ah ! ça, est-ce que les aumôniers vont maintenant s'en mêler ? Ce n'est pas assez des avocats ! voici maintenant les aumôniers ! Monsieur l'abbé, nous n'avons pas de place...

« — Veuillez m'excuser, monsieur, de vous avoir dérangé — ce qui n'était guère exact, le sous-chef ne m'ayant ni salué, ni prié de prendre une chaise ; mais ayant gardé sa calotte sur sa tête et continué à feuilleter ses dossiers, tout en me faisant cette avanie — je croyais bien faire en vous avertissant d'une erreur...

« — Monsieur l'abbé, il n'y a pas d'erreur, nous n'avons pas de place ! »

J'appris dans la suite, que les cellules de Mazas et de la Santé étaient réservées pour des détenus qui n'avaient aucun droit à bénéficier de la loi sur l'emprisonnement cellulaire, mais que protégeait tel ou tel personnage influent. Pour ceux-là, le sous-chef ne manque jamais de cellule.

Les demandes d'autorisation de parloir ne sont guère mieux réglées. Autant on est coulant avec des femmes qui n'y ont aucun droit, autant, quand il s'agit

des mères, des épouses, des sœurs, on multiplie les
formalités. Ces malheureuses, déjà honteuses d'avouer
leur parenté avec des détenus, s'expriment souvent
mal, balbutient, tremblent ; combien de fois en pro-
fite-t-on pour les évincer grossièrement ? Les autres,
habituées aux usages de la police, peu scrupuleuses
à l'endroit des remerciements, obtiennent tout ce
qu'elles veulent. Et combien ces visites peuvent être
utiles ! quel service elles peuvent rendre au détenu,
dont elles relèvent le moral, et qu'elles préservent
du découragement ou de l'indifférence !

On prête à l'abbé Combalot, passant un jour devant le séminaire de Saint-Sulpice, dont il critiquait
les méthodes de formation cléricale, cette boutade :
qu'« il faudrait brûler Saint-Sulpice pour éclairer
l'Eglise de France ». Pour éclairer nos prisons, pour
y faire circuler l'air, la lumière, la chaleur, il faut
résolûment mettre le feu aux quatre coins de l'administration pénitentiaire. Moins de ronds de cuir et
plus d'apôtres ; moins de belles accolades, moins de
rapports finement calligraphiés, de tours de force
administratifs, et plus d'initiative, de vigilance, de
cœur ; moins de trompe-l'œil, et plus de résultats
sérieux.

Témoin, à Marseille, de la brutalité avec laquelle
les galériens étaient mal menés, saint Vincent de Paul
put faire comprendre aux administrateurs du bagne
combien il était contraire à l'humanité d'aggraver
les souffrances déjà si lourdes de ces malheureux.

Rentré à Paris, il voulut savoir comment ces malheureux étaient traités avant d'être transférés à Mar-

seille. Il se fit ouvrir la Conciergerie et les autres prisons.

Dans des cavernes profondes, obscures, infectes, il trouva des malheureux, dont quelques-uns croupissaient là depuis longtemps, rongés par la vermine, dans la misère et le dénûment le plus profond. A cette vue, son cœur tressaillit et ses larmes coulèrent. Ces malheureux n'étaient-ils pas ses frères ? C'étaient, il est vrai, des criminels que la justice divine frappait par le bras de la justice humaine, des fléaux de la société dont il fallait effrayer les imitateurs. Comment concilier la justice et la miséricorde, l'intérêt de l'individu et celui de la société?

En sortant de la Conciergerie, il alla trouver le général des galères :

« — Monseigneur, lui dit-il tout tremblant d'émotion, je viens de visiter les forçats, et je les ai trouvés négligés dans leur corps et dans leur âme. Ces pauvres gens vous appartiennent et vous en répondrez devant Dieu. En attendant qu'ils soient conduits au lieu de leur supplice, il est de votre charité de ne pas souffrir qu'ils demeurent sans secours et sans consolation. »

Emu par ce récit, le général donna pleins pouvoirs à Vincent, qui se mit à l'œuvre. Il loua une maison au faubourg Saint-Honoré, dans le voisinage de l'église Saint-Roch. Il y fit transporter tous les forçats dispersés dans les différentes prisons de Paris, et les y réunit pour pouvoir aisément les soulager. Les ressources lui manquant, il alla trouver Henri de Gondi, archevêque de Paris, qui se prêta à son pieux désir, et qui, dans un mandement du

1ᵉʳ juin 1618, enjoignit aux curés, aux vicaires et aux prédicateurs de Paris d'exhorter le peuple à favoriser une si sainte entreprise.

Vincent visitait tous les jours *ses* forçats, les abordant avec une gravité affable, avec un respect tempéré de bonté. Il s'informait de leur état, de leurs besoins, de leurs souffrances. Une telle charité fit sur ces hommes une impression profonde. L'estime que Vincent leur témoignait leur rendait l'estime d'eux-mêmes et les excitait à s'en montrer dignes; sa patience, sa douceur, sa charité les touchaient jusqu'aux larmes. Eux, les déshérités de la famille et du monde, avaient donc un ami, un père!

Il nous faudrait aujourd'hui, à la tête des prisons de France, un saint Vincent de Paul capable de faire comprendre leur mission aux administrateurs et de protéger les détenus contre les mille vexations dont ils sont les victimes et dont la société reçoit le contre-coup.

Si les bureaucrates sont insensibles aux souffrances des détenus, les agents sont trop souvent, hélas! durs, provocateurs, ignorants de leur métier.

J'ai raconté les prouesses de ce directeur à poigne accablant de coups les détenus qui osaient avoir raison contre lui. C'est ce même directeur qui avait imaginé, toujours pour obtenir la croix, de souffler aux détenus de se révolter. L'administration supérieure connaissait le truc. Elle se contentait d'en rire.

Deux fois l'an, à l'époque du 1ᵉʳ janvier et du 14 juillet, ce directeur redoublait de sévérité : la moindre plainte, un signe de désapprobation, un mot à l'atelier, une seconde de retard dans un mou-

vement étaient punis de quatre jours de cachot, de
la camisole de force ; il n'y avait bientôt plus assez
de cachots, ni d'instruments de torture. Les détenus
avaient beau faire parvenir des réclamations au directeur, grogner à son approche, le menacer, se muti-
ner, rien n'arrêtait son ardeur ; vite, il télégraphiait
en haut lieu, rassurant l'autorité, faisant l'éloge de sa
poigne, de la sûreté de son coup d'œil, de son autorité
morale. Pendant huit jours, le télégraphe marchait,
puis tout rentrait dans l'ordre. Le chef de division,
qui connaissait le truc, jetait les dépêches au panier ;
quelquefois il envoyait un inspecteur, le plus souvent
il ne bougeait pas.

La presse seule, toujours avide de faits divers,
se laissait emballer. Le directeur recevait les journalistes et leur comptait, par le menu, les dangers
qu'il avait courus, c'était à qui ferait l'éloge de ce
galant homme. En haut lieu on se tordait : « Encore
X... qui a fait sa petite révolte ! Décidément il faudra
le décorer ! » Et pendant ce temps-là, les détenus
souffraient, se démoralisaient, s'irritaient, se morfon-
daient au cachot, au pain et à l'eau, entendaient
leurs os craquer sous la·pression des courroies que
les gardiens serraient par ordre du patron. Un d'entre
eux eut un jour l'épaule démise ; mal soigné, il est
sorti de prison estropié pour le reste de sa vie.

Les révoltes en prison sont rares. Quand elles
éclatent, c'est toujours la faute de l'administration.
Elles naissent ou parce que le travail ne va pas, et
que les détenus, privés de leur pécule disponible,
souffrent de la faim, ou parce que les gardiens les
malmènent. C'est ainsi qu'ont pris naissance les der-

nières révoltes de la Grande-Roquette, de Beaulieu, de Thouars.

C'est à l'administration d'empêcher le chômage. Les entrepreneurs gagnent assez largement leur vie avec les détenus, pour qu'à un moment donné, si l'écoulement de leurs marchandises est arrêté, ils ne ferment pas l'atelier de la prison, jusqu'à la reprise des affaires. Qu'on les oblige à produire. Malheureusement il y a sous roche des anguilles qu'on ne veut pas troubler: des pots-de-vin, qui assurent la compli cité et le silence des fonctionnaires; de là les chômages, de là la famine, de là les révoltes.

Et puis les gardiens viennent de partout ; on les prend où on les trouve. En Italie, on comprend mieux les choses. Depuis plusieurs années, on a fondé des écoles normales de gardiens, qui donnent les meilleurs résultats. Cette préparation, cette formation, cet entraînement à un service très spécial est indispensable. En France pour les postes élevés, c'est la protection, comme partout, qui y porte. On me signale un jeune homme de trente ans, qui a obtenu un poste relativement important parce que le ministre, au cabinet duquel il était attaché, fut remercié. A son dossier, on peut trouver cinquante-deux recommandations de députés et vingt-quatre de sénateurs qui tous supplient le ministre de l'intérieur de le caser quelque part. Une inspection dans le service pénitentiaire étant devenue vacante, on l'y installa. Il y est encore, et, si j'en crois ceux qui l'approchent, il est plus qu'au-dessous de sa tâche.

L'ancienneté, les services rendus, le talent, sont

des titres moindres que la protection des députés et des sénateurs.

Le personnel est recruté parmi les anciens soldats ou les ouvriers sans travail. Ces gardiens ont les défauts des gens de basse condition, entre les mains desquels on met un bâton de commandement. Ils en jouent brutalement, capricieusement ; ils sont trop accessibles au pourboire. Ils ne donnent pas aux détenus des exemples d'honnêteté, de sobriété, d'équité, dont ceux-ci ont si grand besoin. Sauf de rares exceptions, ils ne brutalisent pas les détenus, mais ils vivent de leurs mauvais penchants ; avec de l'argent, les détenus font de leurs gardiens ce qu'ils veulent.

Est-ce ainsi qu'on procède dans les hôpitaux ?

L'hôpital est le refuge du misérable que les privations, la maladie ou la débauche ont cloué sur un lit de souffrances. Ce n'est qu'à force de soins et de dévouement, qu'on parvient à le guérir. On ne néglige rien. Il est visité par les maîtres de la science, il a un régime, des médicaments excellents. C'est à ce concours de soins qu'il doit sa résurrection. Plus le corps a souffert, plus le praticien doit être habile, dévoué ; plus les soins doivent être assidus, raisonnés.

La prison n'est-elle pas, elle aussi, un hôpital ? Elle recueille des âmes meurtries, débilitées, victimes de mille accidents. Entre les mains de qui met-on ces âmes ?

A Melun et à Poissy, on a tenté des essais. Melun, surtout, a eu pendant plusieurs années, à sa tête, un homme de cœur et d'intelligence qui est parvenu à former un personnel honnête et dévoué. Où sont les imitateurs de M. Nivelle et de M. Bosc? Ce n'est certes pas la faute de M. Herbette, dont le zèle intelligent est au-dessus de tout éloge; mais qui seconde M. Herbette?

Il s'en faut que les directeurs de prison aient tous ce qu'il faut pour donner l'impulsion. A côté de braves gens sans éducation, sans instruction, on trouve trop d'ivrognes, trop de grossiers personnages, trop de vieux caporaux à trois brisques, qui croient qu'on leur parle volapück quand on les entretient du relèvement moral des détenus.

Le personnel des gardiens est trop fait à l'image des directeurs.

« — Ce n'est plus un cheval, c'est l'écurie tout entière qui bronche. »

Il n'est que temps que les pouvoirs publics s'inquiètent du recrutement et du fonctionnement des agents dans les services pénitentiaires. Il y a de ce côté des abus qui, le jour où une enquête sera ouverte, expliqueront pourquoi la « pourriture » de prison est si difficile à chasser.

TROISIEME PARTIE

LES VOLEURS PAR ACCIDENT

QUI NE RÉCIDIVENT PAS

CHAPITRE VIII

Jean Valjean. — Claude Gueux. — Lettres diverses. — Récit douloureux. — Qui est le coupable ?

Tout le monde a lu cette page de Victor Hugo :

« ..... Un dimanche soir, Maubert Isabeau, boulanger sur la place de l'Église, à Faverolles, se disposait à se coucher, lorsqu'il entendit un coup violent dans la devanture grillée et vitrée de sa boutique. Il arriva à temps pour voir un bras passé à travers un trou fait d'un coup de poing dans la grille et dans la vitre. Le bras saisit un pain et l'emporta. Isabeau sortit en hâte, le voleur s'enfuit à toutes jambes. Isabeau courut après lui et l'arrêta.

« Le voleur avait jeté le pain, mais il avait encore le bras ensanglanté.

« ..... Jean Valjean fut condamné à cinq ans de galères... »

..... C'est la seconde fois, dans ses études sur la

question pénale et sur la damnation par la loi, que l'auteur de ce livre rencontre le vol d'un pain comme point de départ de désastre d'une destinée.

J'ai, moi aussi, rencontré pendant mon passage dans les prisons de la Seine, le vol d'un pain comme point de départ de désastre d'une destinée, mais dans des circonstances différentes de celles que Victor Hugo a décrites et que je crois autrement vraies que la légende de la place de l'Eglise à Faverolles.

« Grande-Roquette, le...

« Monsieur l'aumônier,

« Les bonnes paroles que vous avez prononcées ce matin m'ont profondément touché. Je vous avouerai que, bien que catholique, j'ai fait partie d'un groupe de la libre-pensée. Lorsque, après avoir été honoré des fonctions de contrôleur, j'ai pu juger ce genre d'association, j'ai donné ma démission ; car ce n'est pas encore par là qu'on arrivera à la félicité humaine. Ma religion est celle de Jésus-Christ, peu compatible, je crois, avec les mœurs du siècle dont le dieu est l'or.

« Est-ce pour cela que j'ai quitté la ligne droite? Cependant, j'avais suivi cette ligne avec toute la rigueur d'une conscience qui n'a rien à se reprocher.

« J'ai eu une conduite qui m'a donné l'estime de toutes les personnes qui me connaissent. Malheureusement les événements financiers de 1882 sont survenus, et la déconfiture du *Crédit de France* m'a ruiné. Je me suis donc trouvé, par la suite, obligé de lutter pour satisfaire aux premières exigences de la vie, surtout étant marié. J'ai quitté la ligne que j'avais suivie jusqu'alors, pour me procurer des moyens d'existence d'une manière illicite, ce qui m'a valu cinq ans de réclusion, sans surveillance, peine que je subis actuellement, peine sévère, vù mes bons antécédents et surtout bien longue à subir, non seulement pour moi, mais aussi pour ma femme, qui est dans une situation peu heureuse avec mon enfant.

« C'est la première peine que je subis. Jusqu'à présent, aucun membre de ma famille n'avait été condamné! L'avenir m'apparaît bien triste, surtout avec les préjugés de la société actuelle.

« J'ai l'honneur, monsieur..... »

« Grande-Roquette, 24 août 188 .

« Monsieur l'aumônier,

« J'ai pensé que vous voudriez bien me permettre de continuer, pour un instant, l'excellent sermon que vous avez fait aujourd'hui. Je suis, monsieur, un de ceux qui suivent avec beaucoup d'attention ces questions, car je trouve qu'elles méritent qu'on s'y attache et je regrette que vos excellents conseils ne se fassent pas entendre plus souvent. Croyez que si parmi nous, il y en a qui n'ont plus de sens moral, qui n'en ont même jamais eu, il y en a qui ont du cœur, quelques-uns des sentiments élevés.

« La justice, monsieur, est parfois trop sévère.

« En voulez-vous une preuve?

« Un homme arrive à l'âge de quarante ans, ayant

travaillé sans relâche depuis l'âge de douze ans. Jusqu'à vingt-trois ans, il n'a pas quitté sa mère, à laquelle il rapportait exactement le fruit de son travail. Il se marie avec une compagne de laquelle il a trois enfants, trois filles. Rien de plus beau que cette maison, que cette famille dont pas un nuage ne vient altérer l'affection.

« A force de persévérance, il arrive à être chef de maison. Il va donc pouvoir faire une position à ses enfants, rendre heureux les siens ; car là est son but, là est tout son orgueil. Il est entouré de l'estime de tous ; pas une tache dans son passé.

« Malheureusement, la crise commerciale qui nous étreint depuis si longtemps le surprend un des premiers. Les affaires deviennent plus mauvaises. En quelques mois, il perd plusieurs milliers·de francs de chevaux. Deux de ses voyageurs fuient avec ses marchandises ; les commandes ne viennent plus. C'est la faillite ; c'est le déshonneur. Il combat, mais il échoue, et, comme il n'avait pour toute fortune que son travail et son crédit, il ne peut plus payer. Il doit environ 15,000 fr. ;

« Ses créanciers ne lui voyant ni patrimoine, ni actif, déposent une plainte en abus de confiance. Il est arrêté, emprisonné, fait six mois de prévention et s'entend condamner à dix-huit mois de prison. Voilà toute une vie brisée.

« Et savez-vous ce que le ministère public trouve à reprocher à ce malheureux, après avoir fouillé toute sa vie? D'avoir été trop ambitieux et d'avoir mis ses filles dans un pensionnat trop grand! Voilà son crime !

« Lorsqu'il demande à être seul — car c'était dans une prison de province où il n'y a pas de cellule — « Faites-vous mettre au cachot et vous serez seul! » lui est-il répondu.

« Pendant ce temps, tout son mobilier, son linge, ses vêtements, ceux de sa femme, de ses enfants est vendu; il ne lui reste plus rien! Sa femme, dévouée jusqu'à l'héroïsme, ne veut pas le quitter. Elle sait combien sa présence lui est chère et combien c'est une consolation, un appui, un soutien que nulle richesse ne peut payer; elle reste jusqu'à son jugement. Le lendemain, elle arrive à Paris, sans logis, avec ses trois enfants et 1 fr. dans sa poche! Elle place l'aînée qui a quinze ans, envoie les deux autres en classe et se met au travail. Que de luttes! que de peines!

« Eh bien! monsieur, la justice frappe-t-elle seulement un coupable? Ne frappe-t-elle pas quatre innocents? Comment cet homme retrouvera-t-il un foyer? Un malheur beaucoup plus grand n'est-il pas à craindre? Cette femme avec cette lourde responsabilité, cette jeune fille de quinze ans ne sont-elles pas jetées au milieu de ce gouffre, comme une proie que la société semble guetter?

« Peut-on répondre des faiblesses humaines? La misère ne conduit-elle pas à l'inconduite? Ces chers êtres n'ont plus leur protecteur naturel à l'âge où elles en ont le plus besoin. Cette mère héroïque jusqu'à présent ne tombera-t-elle pas? Ne sera-t-elle pas lassée par les luttes de toutes sortes devant un si effroyable malheur? Que dire, que faire pour se recommander? Doit-elle avouer que son mari est en prison ? Elles sont quatre qui ont besoin de manger tous les jours.

« Eh bien ! monsieur, croyez-vous que, dans un cas pareil, devant les antécédents de cet homme, il devrait être traité comme ceux qui font profession de leur inconduite ? Croyez-vous que la justice moralise ? Non, elle fait souvent des victimes.

« Cette famille qui est la mienne — vous l'avez compris — est trop bien élevée ; elle a reçu de trop bons principes pour que je puisse craindre qu'elle tombe dans le vice.

« Quant à moi, je dois vous avouer que souvent des idées de haine se sont emparées de moi. Vos paroles m'ont frappé. Elles sont vraies. Mais, croyez-moi, l'action de la justice s'étend maladroitement sur tous de la même manière, et il y a beaucoup de malheureux auxquels on pourrait éviter des rechutes.

« J'ai vu des détenus avec de bonnes natures. Il aurait suffi d'une main amie pour les relever. Cette main, ils ne l'ont pas rencontrée.

« Pour moi, je vous demande quelle est la voie à suivre, puisque ma bonne conduite m'a mené au même but que l'inconduite.

« Agréez, je vous prie, monsieur l'aumônier, mes salutations respectueuses,

« R... »

Le détenu qui m'a raconté le récit qui suit — c'est l'histoire de sa vie — est un garçon qui a été élevé honnêtement, qui est resté sept ans dans la même maison. Obligé de subvenir aux besoins pressants

de sa mère, de son frère, de sa femme, de ses
enfants, de lui-même, il a perdu la tête, il a volé.
Plus d'un a échoué à la Grande-Roquette qui a suivi
le même chemin. Ce n'est pas un misérable, c'est une
pauvre tête.

Quand il sera sorti de prison, que fera-t-il? Ne
sera-t-il pas obligé d'avoir recours à de nouveaux
expédients? N'est-il pas à craindre qu'un jour ou
l'autre, il ne retombe sur les bancs de la police correctionnelle? que, de voleur d'occasion, il ne devienne
récidiviste, voleur de profession? qu'il ne se prenne
d'une haine violente contre le patron qui n'est ni
assez généreux, ni assez indulgent pour fermer les
yeux sur ses indélicatesses?

En prison, ce détenu a pris de bonnes résolutions.
Quand il rentrera dans son intérieur, qu'il entendra
pleurer son petit garçon, gémir sa mère, se rappel-
lera-t-il ce qu'il s'est promis à lui-même? Sort-il de
prison plus fort, plus aguerri qu'auparavant?

« ... Etant fils d'étrangers, je me fis naturaliser en
1870 et je m'engageai pour la durée de la guerre. Je
fis la campagne franco-prussienne et quand la Commune éclata, je ne pus me décider à en faire partie.
Mon patron d'apprentissage quittait Paris afin de se
réfugier à V..., il me proposa de garder la maison
pendant ce temps. Je m'acquittai de cette tâche de
mon mieux et il n'eut qu'à se louer de moi.

« Quoique âgé de vingt et un ans, je dus me faire
inscrire pour le tirage au sort; j'amenai un mauvais
numéro et je partis en 187... au ... de ligne, et je fus
successivement caporal-fourrier, sergent-fourrier. Je

faisais mon étape de sergent, quand je fus libéré en vertu d'une circulaire ministérielle.

« Je rentrai chez mes parents qui avaient grand besoin de moi. Mon père était malade, il mourut au mois de septembre de la même année. Je sortais du régiment avec rien, ma mère avait beaucoup de dettes, les commencements furent donc très difficiles.

« J'étais entré chez M... à 7 francs par jour depuis le mois de juillet 187... Avec du temps, on pouvait arriver à payer les dettes de ma mère.

« Cependant mon frère n'était pas raisonnable, et plusieurs discussions s'étaient déjà élevées entre nous à propos d'argent. Il fut convenu que je quitterais la maison et que je payerais 200 francs de dettes pour ma part et que mon frère prendrait à sa charge le payement des 200 francs qu'avait coûté l'enterrement de mon père.

« J'avais fait, à cette époque, la connaissance de ma femme ; je me réfugiai chez elle. Un petit garçon vint au monde au mois de mai 187..., on le mit en nourrice en payant six mois d'avance. Au bout de quelques semaines, une lettre anonyme nous arriva, nous faisant connaître que notre petit garçon était au plus mal et que si nous n'allions pas le chercher au plus vite, nous ne le verrions plus. Ma femme le trouva dans un état pitoyable ; c'était à croire qu'il passerait dans ses mains. Nous prîmes une autre nourrice près de chez nous, mais cette dernière tomba malade et ma femme dut reprendre l'enfant afin de le nourrir elle-même.

« Mon frère ayant quitté la maison, ma mère restée seule, vint habiter avec nous après avoir vendu tous ses meubles. Avant que je fisse sa connaissance, ma femme avait eu un petit garçon, dont j'étais le parrain et qui était en nourrice chez sa grand'mère. On nous le rendit, nous étions donc cinq personnes. Ma femme faisait un ménage dans la maison, et grâce à cela, on arrivait à joindre les deux bouts ensemble.

« Nous avions près de nous une voisine, amie de la famille, qui tomba malade, nous la soignions comme une parente. Elle mourut et un de ses neveux qu'elle n'avait jamais voulu voir de son vivant, enleva après sa mort tout ce qu'elle possédait, sans seulement nous demander combien elle nous devait. Sa chambre était libre, et, comme nous couchions cinq dans la même chambre, on résolut de prendre cette chambre pour maman. La dépense était forte ; mais pouvait-on faire autrement ? Quoique ma femme travaillât, les dépenses étaient plus fortes que les recettes. Le terme était lourd et on faisait des dettes. Plusieurs discussions éclataient entre nous. Ma femme me disait :

« — Ta mère n'est pas d'un âge à ne plus travailler et elle devrait chercher quelque chose. »

« Cela était vrai ; mais comme elle était complètement sourde, cela n'était pas facile ; puis n'était-ce pas naturel de soutenir ma mère ? Cette dernière me disait :

« — Ta femme te monte la tête contre moi ; cependant je me rends utile ; je gagne bien mon pain.

« En effet, elle raccommodait, faisait la cuisine, etc., mais c'était tout de même une charge.

« J'avais fait des démarches près de ma sœur afin qu'elle participât aux dépenses qu'occasionnait la présence de ma mère chez moi ; mais je n'ai jamais obtenu de résultat. J'étais harcelé de tous côtés par les créanciers. Je résolus de donner congé et de me séparer de ma femme, ce qui me coûtait fort. Il fut donc convenu que je prendrais mon petit garçon que je ne pouvais me décider à quitter, et qu'elle prendrait le sien. Je louai un local rue de V..., mon frère devait venir avec nous et participer à la dépense.

« Je déménageai de mon côté, ma femme du sien ; j'eus toutes sortes d'ennuis dans ce déménagement. Le commissionnaire me manqua de parole et on dut déménager en voiture à bras, ce qui me coûta 60 fr. Je dus même emprunter de quoi payer une des voitures à bras que le garçon de M... avait prise à deux heures de l'après-midi à 0,75 centimes l'heure et qu'il ramenait à minuit et demi. J'emménageai dans un local provisoire en attendant le mien qui ne devait être prêt que le 15.

« Pour partir du quartier de la rue de T..., il me fallait de l'argent. Il fallait payer le terme échu., 105 fr., plus les dettes que j'avais été forcé de faire par suite de la gêne où je m'étais trouvé. J'écrivis à ma tante l'état où je me trouvais et lui demandai de m'avancer 500 fr. Elle me répondit qu'elle n'avait que des obligations et que si M... voulait escompter une obligation elle me l'enverrait. J'en parlai à M... qui accepta, et comme le cours de l'obligation était de 400 fr., il me donna cette somme à condition qu'il toucherait les coupons. Il me fallait des meubles pour entrer dans le local de la rue de V... ou payer d'avance. Je pensai qu'il valait mieux utiliser une certaine somme et acheter les meubles ; le restant des 400 fr. devait me servir à payer les dettes que j'avais faites. Je pris un abonnement à une maison de crédit à qui on versa 100 fr.; elle devait me donner quatre fois la valeur du versement, mais elle ne me donna que pour 300 fr. de meubles. Mes fournisseurs et le déménagement furent payés avec le reste. M.*** me donna de l'ouvrage à faire chez moi, je croyais être heureux et tranquille.

« Je m'aperçus bientôt qu'il n'en était rien.

« A cause de sa surdité, ma mère ne comprenait pas clairement ce que mon petit garçon lui disait et n'était pas apte à procurer à un enfant si jeune les soins que son âge réclamait. Si je laissais la clef sur la porte quand je m'en allais, on entrait chez moi sans qu'elle s'en aperçût ; si je la retirais, les personnes s'en allaient fatiguées de frapper.

« Mon frère vint s'installer à la maison, et, comme il était sans ouvrage, je dus le nourrir un mois à ne rien faire, nous étions donc quatre à manger, et moi seul à travailler. Enfin il trouva une place, où il gagnait 150 fr. par mois ; il me promit de m'en donner 90 pour sa nourriture.

« Mon frère étant placé, j'espérais qu'il me dédommagerait un peu. Je pris la résolution de faire revenir ma femme et de me marier sans frais afin de régulariser ma position. Je louai une chambre dans le quartier, je payai d'avance et j'y installai ma mère et mon frère. On se séparait ; mais on mangeait en commun. Ma femme était maintenant avec nous ; cela portait à six le nombre des personnes à nourrir sur une journée de 7 fr., plus 2 à 3 fr. que je faisais en plus. J'étais souvent très fatigué.

« Je ne pouvais faire plus et pourtant ce n'était pas

assez. J'avais 115 fr. de loyer par terme, et mon frère ne me donnait pas d'argent, quoiqu'il travaillât. Il était dans une maison véreuse ; son patron, marchand de feuilletons illustrés, ne le payait que par acomptes ; il lui donnait 10 fr. et lui m'en remettait 5. Quand cette somme était épuisée, s'il lui fallait quelques sous, c'était encore moi qui les lui avançais en attendant son règlement qui ne venait jamais.

« Cela dura six ou huit mois, et, pour ce laps de temps, il me versa seulement 180 fr. après m'avoir promis 90 fr. par mois. Le mois où il était resté sans ouvrage, surtout, m'avait coûté bon et il avait fallu faire de nouveaux crédits. Ainsi, rien qu'à l'épicier je devais 60 fr. L'homme et la femme qui tenaient cette épicerie étant venus à mourir, je reçus une note de l'huissier d'avoir à payer tout de suite pour le règlement de la succession.

« Je ne pouvais de nouveau écrire à ma tante, qui venait de m'envoyer une obligation, et M. *** venait de m'avancer la somme qu'elle représentait et m'avait dit :

« — Je prête sur des valeurs, non autrement. »

« Ma mère, auprès de qui je me plaignis du peu d'argent que me donnait mon frère, me répondit :

« — Comment veux-tu qu'il fasse ? Si on ne lui en donne pas, il ne peut t'en donner ; et puis, ne t'a-t-il pas envoyé de l'argent au régiment ? au moins 200 francs ? » — Cela était vrai.

« Au mois de décembre, une scène violente eut lieu. J'en avais assez ; mon frère et ma mère partirent de leur côté, me laissant dans l'embarras. Une sorte de découragement s'empara de moi. Je ne mangeais plus ; j'étais tourmenté pour sortir de cette situation. Je n'avais parlé à personne de mes ennuis, on croyait à des emprunts ; *mais, moi qui savais ce que j'avais fait, cela me minait.* L'abonnement, que j'avais pris à Crespin marchait toujours ; il fallait payer.

« Enfin je tombai sérieusement malade, sans pour cela cesser mon travail. Je n'avais plus de gaieté, je ne m'amusais nulle part. Je fis venir le médecin ; il n'y comprenait pas grand'chose : une sorte de névrose-gastralgie. J'avais des étouffements, je perdais la mémoire parfois ; j'avais des vertiges, des insomnies.

« Le mois de mars arriva.

« Je partis faire mes treize jours ; il fallait laisser de quoi subvenir aux besoins de la famille et moi-même j'avais besoin de quelque argent. Je revins de mes treize jours, et, comme je n'avais pas travaillé, je n'avais pas d'argent. M.*** ne me payait pas pendant ce temps-là. A la suite de cela, mon petit garçon tomba malade, il avait déjà eu mal à la gorge auparavant.

« J'avais été à l'hospice de l'Enfant-Jésus ; on me dit qu'il fallait lui faire l'opération des amygdales ; comme cela cause toujours une certaine appréhension, j'envoyai ma femme à la clinique du docteur Fauvel, rue Guénégaud. Il nous dit tout le contraire ; l'enfant était lymphatique. Il lui fallait de l'air et des fortifiants ; il ordonna du vin de coca du Pérou, des dragées de fer, du sirop de quinquina, de la poudre sulfureuse ; le tout me coûta 10 francs. Il fallait continuer pendant plusieurs semaines cette médication, jusqu'à ce que les amygdales aient dégonflé. Ce traitement produisit un bon résultat, mais il était coûteux, et cela n'empêchait pas les autres dépenses de courir.

« Nous étions au mois d'août. Ma belle-sœur, qui habite E..., m'écrivit : « Puisque votre petit est malade et que le médecin lui ordonne le grand air, que nous sommes au moment des vacances, envoyez-nous votre femme et vos enfants. »

« Je réfléchis quelque peu ; mais, comme c'était la santé de mon petit garçon qui était en jeu et que la pensée d'en être un jour séparé, s'il venait à mourir, me rendait fou, j'écrivis à ma belle-sœur que j'étais décidé à envoyer près d'elle ma femme et mes enfants pour quinze jours. Ils me répondirent d'aller les chercher, et, comme j'étais malade aussi, cela me ferait du bien : ils paieraient mon voyage, disaient-ils. Je ne voulais pas y aller, sentant combien j'étais gêné déjà, mais je ne pouvais leur avouer non plus ce qui en était. Je n'avais donc pas de motifs sérieux à leur opposer pour un refus. Je demandai à M.*** la permission de faire ce voyage, ce qui me fut accordé.

« Mon frère et ma mère avaient quitté la maison de la rue S... par suite de non-payement, ils habitaient un local rue V..., qu'on leur avait loué en attendant une chambre qui devait être libre au mois d'octobre. C'était un rez-de-chaussée humide, sans fenêtre, qu'une trappe en haut. Mon frère, qui était déjà malade, succomba le 25 août.

« Ma femme était partie depuis huit jours à E..., quand on vint m'annoncer que mon frère était gravement malade ; quoique fâché avec lui depuis le mois de décembre, je partis de suite le voir ; il mou-

rut dans la soirée du mercredi. Je demandai à M. ***
la permission de faire les démarches nécessaires pour
le faire inhumer. Il fut enterré, avec le moins de frais
possible, le vendredi. Ma femme allait revenir. La mort
de mon frère m'avait beaucoup frappé ; j'avais passé
deux nuits à le veiller, j'étais très fatigué. Je partis
donc le samedi pour E..., jusqu'au vendredi suivant.

« Ces quelques jours de repos et de tranquillité
m'avaient fait du bien ; j'en conclus que c'était bien
le tracas qui me rendait malade. J'avais pris déjà
beaucoup de médicaments pour tâcher de me soulager : de la pepsine, du charbon, du bromure, tout
cela m'avait coûté cher et ne produisait aucun effet,
car il est très difficile de guérir un mal sans en détruire la cause, et la cause, *je ne pouvais la dire à
personne.*

« J'étais allé trouver un de mes cousins afin de
savoir s'il pouvait m'avancer une certaine somme, je
crois même qu'après lui avoir parlé de mon état de
gêne, c'est lui qui me l'avait proposé ; mais, au moment
de s'exécuter, il refusa en trouvant un prétexte. Dix
fois j'avais été sur le point de tout dire à M. ***, mais
j'avais peur de ce qui m'arrive aujourd'hui. Il avait
déjà été dupé et ne voulait plus l'être, et je savais
qu'il ferait prendre le premier qui en ferait autant ;
c'est ce qu'il a fait.

« Toutes ces réflexions me fatiguaient l'esprit. Je
reculais toujours le moment de lui dire la vérité, et
puis, une position meilleure pouvait m'arriver ; on ne
pouvait pas toujours être malheureux.

« Ma mère m'était retombée sur les bras depuis la
mort de mon frère ; elle couchait et prenait ses repas

à la maison : le local qu'elle habitait était trop humide, et puis elle devait avoir l'autre au mois d'octobre. Le temps arrivé, je payai le terme du local
humide et elle emménagea dans l'autre, où elle est
encore actuellement. Depuis la mort de mon frère,
ma mère ne travaillait pas ; je lui fis comprendre que
je ne pouvais plus faire ce que j'avais fait ; elle cher-
cha une place et elle entra rue des E..., chez une
institutrice. Mais la course était longue, le travail
fatigant ; elle quitta cette place peu de temps après
et me retomba de nouveau sur les bras.

« Pendant le séjour qu'elle fit chez cette dame, elle
me dit que je ferais bien de demander une place de
concierge dans une école. J'acceptai avec plaisir ;
mais voilà un an de cela, et je l'attends encore. Dans
le courant de l'année, une de mes tantes qui habitait
avec ma grand'mère vint à mourir. Qui pouvait-elle
mieux choisir que ma mère pour aller la soigner, et
moi-même pour remplir les formalités nécessaires
pour l'inhumation ? Je demandai la permission et je
fus près de C... remplir ces devoirs que je ne pouvais refuser.

« Ma tante étant morte, ma grand'mère eut beaucoup
de chagrin, et, comme elle a quatre-vingt-cinq ans,
et qu'elle était habituée à être avec ma tante, elle ne
pouvait rester seule après un pareil coup. Ma mère
me proposa de l'emmener, pour une quinzaine de
jours, afin qu'elle pût se remettre un peu ; puis, du
reste, ma mère me disait :

« — Ta tante de N... — celle qui m'avait envoyé
une obligation — t'en saura gré, sois tranquille, je
vais lui écrire. »

« C'est ce qu'elle fit. Elle répondit probablement
que j'avais bien fait , mais ce fut tout.

« Ma cousine devait se marier à N...; elle me proposa, ainsi que ma tante, d'être témoin à son mariage;
qu'elle me paierait mon voyage; puis on me.devait
bien cela après ce que je venais de faire pour ma
tante de C... Il était convenu que je ne dirais rien à
personne. Je n'avais pas de raison de refuser cela à
ma tante; je partis un samedi soir pour revenir le
mardi suivant. Je fis beaucoup de connaissances
à N..., et comme j'avais fait sentir ma gêne, tout le
monde promit de s'occuper de moi. Ma tante m'avait
écrit qu'il y avait une place de concierge à prendre,
600 francs de gages. Je lui répondis que j'acceptais
la place, mais que, pour quitter Paris, il me fallait
2,000 francs, afin de payer mes dettes. Je croyais,
en faisant cela, rembourser les sommes que j'avais
reçues; je ne pensais pas que la somme excédât ce
chiffre; j'avais marqué les sommes sur une feuille
volante, qui se trouva égarée, ce qui fit que je ne
pus me rendre un compte exact de ce que je devais.

« Quelques jours après, je reçus une lettre où
on me disait que le monsieur qui demandait un
concierge avait changé d'avis.

« A quelque temps de là, ma tante m'écrivit qu'il
y avait deux places à prendre, que je lui envoie mes
papiers. C'est ce que je fis; peu de temps après, elle
me répondit que les places étaient prises, que, du
reste, elles ne pouvaient me convenir.

« Pendant ce laps de temps, je n'ai fait aucune
dépense exagérée; ce sont les événements qui ont
contribué à me perdre.

« J'ai toujours travaillé, croyant me relever ; mais il y avait toujours quelque chose pour me perdre. Cela n'excuse pas ma faute.

« J'ai manqué de fermeté ; j'aurais dû avoir le courage d'être indifférent, mais je n'ai pu. Tous ces détails paraissent des reproches ; cependant, je n'accuse personne que moi, et cela me servira de leçon à l'avenir, *si, toutefois, d'autres événements ne viennent pas m'anéantir* tout à fait.

« La fin fut terrible pour moi. J'étais de plus en plus tracassé ; je ne travaillais plus chez moi comme j'aurais dû le faire. Je ne voyais plus jour pour sortir de l'abîme. Quand j'étais à mon établi, j'aurais voulu être dehors ; quand j'étais dehors, j'aurais voulu être dedans. Enfin M. *** se décida à me demander la liste des travaux faits pour ses clients, afin d'envoyer, disait-il, les notes par la poste. Cette demande me donna un coup terrible, quoique bien décidé à en finir et à tout lui avouer. J'écrivis à ma tante de N..., qui resta foudroyée. Elle demanda quelques jours pour se procurer la somme ; de mon côté, je fis patienter M. *** afin d'avoir la réponse de ma tante ; mais la réponse de ma tante se faisant attendre, après bien des pourparlers, elle me répondit :

« — Va trouver M. ***, il te connaît, il sait tout. Les malheurs qui te sont arrivés, il te les pardonnera. »

« Je répondis : « — M. *** n'aura aucune pitié de moi. »

« Le 24 décembre, j'étais décidé à tout lui dire ; mais j'avais des serrements de gorge, des étouffements, une espèce de crise nerveuse. Je ne pus lui dire. Le soir, je ne rentrai pas chez moi, je passai la nuit dehors. En rentrant, je racontai tout à ma femme et à ma mère qui en prit le lit.

« Le lendemain, j'envoyai ma femme dire à M. *** qu'il n'envoie pas les notes, que je *les avais touchées.* Il répondit que j'avais bien fait de le prévenir, car cela lui aurait attiré beaucoup de désagréments. Elle me dit aussi que M. *** consentait, comme je lui avais demandé, à me donner des réparations à faire chez moi jusqu'à parfait payement. Ma mère était heureuse et elle me dit :

« — Tu vois que tu as bien fait d'aller trouver M. *** ; tu pourras travailler ici, ta santé va se remettre ; c'est cela qui te rendait malade. Tu auras tes repas réglés, chose qui n'existait pas depuis huit ans. »

« Enfin tout le monde prenait courage.

« Je fus le lendemain chez M. *** ; je lui dis que j'avais été bien malheureux ; que ce n'étaient que des charges de famille qui m'avaient poussé à ces détournements ; que j'avais la bonne intention de le rembourser, s'il voulait s'y prêter en me donnant quatre réparations par jour et en en retenant deux, ce qui faisait huit francs par jour, cela se liquiderait.

« Il me répondit que cela ne le regardait pas ; que si j'avais de la famille, il n'y pouvait rien ; que ma famille n'avait pas eu pitié de moi ; qu'il savait ce qui lui restait à faire, qu'il ne voulait plus avoir de rapports avec moi, que je pouvais me retirer. Je lui demandai jusqu'au lundi, afin de trouver quelqu'un qui pût me procurer cette somme, il me répondit qu'il consulterait pour savoir s'il ne perdrait pas ses droits sur moi et il devait me prévenir de sa décision

afin que de mon côté, je puisse en prendre une vis-à-
vis de ma mère, de ma femme et de mes enfants. Tout
fut inutile ; le lendemain il me faisait arrêter sans
pouvoir serrer dans mes bras les personnes qui me
sont si chères.

« Je me repens de ce que j'ai fait et ai toujours
l'intention de rembourser M. *** n'importe en quel
temps.

« Tout aurait pu s'arranger si M. *** avait voulu
prendre en considération les motifs qui m'ont fait
agir et les bons services que je lui ai rendus. Mais il a
dit : « Si je ne puis payer mes fournisseurs, il faut
que je puisse montrer que c'est parce qu'on me volait.
Je vendrais plutôt tout pour les payer, mais je veux
un exemple pour les autres. »

« C'était son droit : je ne me plains pas. »

Je ne sais rien de triste comme ces récits. Combien de
pauvres hommes sont peut-être à la veille d'être arrêtés, pour avoir fait comme ces malheureux ! pour avoir
été vingt fois indélicats afin de boucher un trou que
creusaient les besoins des leurs ! bien décidés à rendre
en bloc ce qu'ils dérobaient en détail, sentant d'ailleurs qu'ils faisaient mal, sans se croire des voleurs !

Sont-ils coupables ? Et qui donc en douterait ? Cet
homme gagnait jusqu'à 10 fr. par jour, cela ne lui a
pas suffi, pourquoi ? Hélas ! parce que victime de ce
gaspillage qui vient des habitudes que le luxe engendre, et contre lequel nous avons tant de peine à
nous protéger, il n'a jamais su équilibrer ses dépenses
et ses recettes. L'ouvrier ne vit plus en ouvrier ; l'employé ne vit plus en employé. Le vêtement, le loge-

ment, la nourriture, les déplacements ne sont plus calculés sagement. On vit au jour le jour, on ne met pas de côté ; quand arrivent la maladie, le chômage, c'est la misère, c'est le crime.

Victor Hugo a cherché à rendre intéressant Jean Valjean, en nous le montrant volant un pain, parce qu'il avait faim. Il en a conclu que tous ceux qui volent ne le font que parce qu'ils ont faim. On ne vole pas pour apaiser sa faim. On vole pour entretenir ses habitudes de luxe. Ces gens ne connaissent pas ce que Victor Hugo a si finement appelé : « l'art de vivre dans la misère ».

« Derrière vivre de peu, il y a vivre de rien. Ce sont deux chambres ; la première est obscure, la seconde est noire.

« Fantine apprit d'une vieille femme qui lui allumait sa chandelle quand elle rentrait le soir, comment on se passe tout à fait de feu en hiver, comment on renonce à un oiseau qui vous mange un liard de millet tous les jours, comment on fait de son jupon sa couverture et de sa couverture un jupon, comment on ménage sa chandelle en prenant son repas à la lumière de la fenêtre d'en face. On ne sait pas tout ce que certains êtres faibles qui ont vieilli dans l'honnêteté et le dénûment savent tirer d'un sou. Cela finit par être un talent.

« Il en est de la misère, a encore écrit Victor Hugo, comme de tout. Elle arrive à devenir possible... On végète, c'est-à-dire on se développe d'une certaine façon chétive, mais suffisante à la vie. »

Le luxe qui s'étale, les déclamations à la mode, les excitations malsaines des anarchistes qui rêvent

de bouleverser la société pour mettre les derniers à
sa tête, sous prétexte qu'il est temps que ceux-ci aient
leur part du gâteau, sont la cause de ce manque d'é-
quilibre qu'on rencontre partout. C'est à qui jettera
le plus de poudre aux yeux de son voisin. « Végéter,
se développer d'une certaine façon chétive » sont
choses qu'on ne sait plus. On a sous les yeux l'exemple
de plusieurs, partis de très bas, arrivés très haut en
peu de temps; on veut les dépasser coûte que coûte.
L'agiotage effréné, conséquence logique de la passion
du luxe, le désir d'arriver haut et vite bouleverse
toutes les têtes. On voit or, argent, billets de banque,
comme les assassins voient rouge. C'est de l'hypno-
tisme en matière de vie pratique.

CHAPITRE IX

Un mot de l'abbé Crozes. — Lettres curieuses. — Episodes des
Misérables. — Une scène à la prison de la Force. — Autre
lettre. — Accueillons le libéré. — Différents refuges à Paris,
à Lyon, dans l'Isère.

Un jour que je faisais part à l'abbé Crozes des difficultés que je rencontrais pour trouver de l'occupation à nos libérés de la Grande-Roquette :

« — Un tel, condamné à six mois », dit le juge ;
il ferait mieux de dire tout de suite, s'écria l'abbé
Crozes : « Un tel condamné à perpétuité ! » « Qui le
reçoit, en effet, quand il sort de prison ? Qui veut
l'employer ? Tous le repoussent ; autant le condamner
de suite à la prison perpétuelle. »

Je tenais à la main une liasse de lettres de libérés
qui m'exposaient leurs embarras, et me suppliaient
de leur trouver du travail.

« .... Que peut faire un malheureux qui sort d'une
Roquette quelconque, m'écrivait l'un d'eux, s'il n'a
personne pour le soutenir ? Vous connaissez par expérience la réponse : « Travailler ! » C'est facile à dire.

J'ai la conviction que la plupart des libérés ont cette bonne intention. Mais où trouver ce travail et tout de suite? Voilà le nœud et, avant d'avoir eu le temps de le dénouer, le malheureux libéré se trouvera de nouveau prisonnier, à son insu peut-être. J'ai vu condamner quelqu'un en même temps que moi à deux ans de prison pour avoir volé un saucisson à un inconnu. Il est vrai que cet homme sortait de prison depuis quelques jours...... »

« ...... Monsieur l'abbé, m'écrivait un autre, je présume que vous n'avez pas de temps à perdre. De mon côté, je n'ai nullement l'intention d'être importun. Je me bornerai à vous soumettre ma demande, laissant à votre cœur le soin de l'apprécier. Je suis un récidiviste, un de ces individus que l'on repousse et que vous-même avez qualifié de cadavre. Je trouve justifiée l'aversion que moi et mes semblables inspirent. C'est vous dire que j'ai parfaitement conscience de ce que pense le monde, et que je connais les objections que l'on peut présenter pour expliquer un refus. Mais à vous, monsieur l'abbé, qui, j'en ai la conviction, êtes un homme au-dessus des petitesses, je demande un non catégorique si vous ne pouvez me rendre le service que je sollicite.

« Je n'ai pas d'amis, plus de parents, point d'état, aucune ressource, ni instruction, ni connaissances spéciales qui me permettent d'espérer un emploi honorable. Quelle sera ma situation à l'époque de ma libération? La seule perspective qui m'est offerte, c'est la prison, encore la prison. A moins qu'une main amie ne m'aide à me relever. Je viens vous supplier de me tendre cette main.

« Faites-le, monsieur l'abbé, je crois pouvoir dire que vous aurez fait une bonne œuvre. Si la chose est impossible, un non tout court n'empêchera pas que je reste

« Votre respectueux et reconnaissant,

« J. M....

« Le 23 novembre 188.. »

« Du travail, c'est ce que je vous demande pour l'époque de ma libération. »

Un autre écrivait à l'abbé Crozes :

« Monsieur l'abbé,

« ...... J'ai trente-trois ans, je suis le fils aîné d'un ancien chef d'institution. A l'âge de dix-sept ans, j'étais bachelier. Devant moi s'ouvrait un avenir sinon brillant du moins honnête, mais j'étais possédé d'un désir effrené de liberté. Je l'ai rudement expié.

« Malgré les conseils de mon père, je quittai à dix-huit ans le toit paternel presque sans ressources, sans expérience, sans recommandations, dans le seul but d'aller à Paris. J'y suis resté deux ans menant une vie misérable et tourmentée ; au bout de ce temps, mon père dut me fournir les moyens de retourner à la maison. La rude et triste expérience que je venais de faire ne m'avait pas guéri.

« Un mois après, j'étais en Algérie. En 1868, à Marseille, je fis la connaissance d'une femme. Sa misérable influence me perdit : j'eus la faiblesse de commettre un abus de confiance et je fus condamné à dix mois de prison. Dès cet instant j'étais perdu. La maison paternelle me fut fermée. J'errai à l'aventure, non plus avec la confiance des premières années, mais traînant derrière moi le remords et la honte de ma chute.

« Je revins à Paris; j'essayai vainement de me créer une position. Entraîné de nouveau, je commis un second délit plus grave que le premier. Je fus frappé d'une seconde condamnation à six mois de prison pour escroquerie. J'ai été libéré le 4 janvier dernier. Qu'ai-je fait depuis? Il me serait difficile de le dire.

« Après bien des recherches, j'avais trouvé à B... un modeste emploi. Je ne saurais vous exprimer, monsieur l'aumônier, combien j'étais heureux de pouvoir travailler et gagner mon pain honorablement. J'entrevoyais un peu de repos après tant d'agitation. Hélas ! j'avais compté sans mon passé ! Mon patron, ayant appris que j'avais été traduit en police correctionnelle, me chassa.

« Je sollicitai un travail manuel ; on m'en refusa partout. J'étais trop monsieur pour faire un manœuvre. Quelle cruelle ironie ! Pour trouver un emploi il faut des références, des recommandations, et puis à quoi bon essayer, puisqu'il suffit d'une rencontre imprévue, d'une indiscrétion pour tout briser? »

C'est cette situation que Victor Hugo a si magistralement décrite.

« Jean Valjean arrive à Dijon. Il se dirige vers la meilleure auberge du pays.

« — Que veut monsieur?

« — Manger et coucher.

« — Rien de plus facile, reprit l'hôte...

« — J'ai de l'argent.

« — En ce cas, on est à vous, dit l'hôte. »

« Cependant, tout en allant et venant, l'hôte considérait le voyageur. Il fit demander un renseignement à la mairie. De la mairie on lui répondit que ce voyageur était un forçat libéré.

« — J'ai l'habitude d'être poli avec tout le monde, allez-vous-en. »

« L'homme baissa la tête, ramassa le sac qu'il avait posé à terre et s'en alla.

. . . .

« Il était entré dans un cabaret.

« — Qui va là ?

« — Quelqu'un qui voudrait souper et coucher.

« — C'est bon ; ici on soupe et on couche. »

Par malheur, un voyageur le reconnaît et prévient le cabaretier. Le cabaretier revient à la cheminée, pose brusquement sa main sur l'épaule de l'homme et lui dit :

« — Tu vas t'en aller.

« — On m'a déjà renvoyé de l'autre auberge.

« — On te chasse de celle-ci. »

. . . .

« Libération n'est pas délivrance. On sort du bagne, mais non de la condamnation. »

. . . .

La scène se passe à la prison de la Force.

Les détenus sont dans la cour, ils causent entre eux.

« — Tiens, voilà Frank ! dit Cardillac... Comment, c'est toi ! Je te croyais au moins maire de ton endroit à l'heure qu'il est... Tu voulais faire l'honnête...

« — J'étais bête et j'en ai été puni, dit brusquement Frank, mais à tout péché miséricorde... c'est bon une fois... me voilà maintenant de la pègre jusqu'à ce que je crève, gare à ma sortie !

« — A la bonne heure, c'est parler.

« — Mais qu'est-ce donc qui t'es arrivé, Frank?

« — Ce qui arrive à tout libéré assez « colas » pour vouloir, comme tu dis, faire l'honnête... Le sort est si juste !... En sortant de Melun, j'avais une masse de neuf cents et tant de francs... Vous allez voir à quoi mène le repentir... et si on fait seulement ses frais. On m'a envoyé en surveillance à Étampes... Serrurier de mon état, j'ai été chez un maître de mon métier ; je lui ai dit : « Je suis libéré ; je sais qu'on n'aime pas à les employer, mais voilà les neuf cents francs de masse, donnez-moi de l'ouvrage ; mon argent, ce sera votre garantie ; je veux travailler et être honnête.

« — Je ne suis pas banquier pour prendre de l'argent à intérêt, qu'il me dit, et je ne veux pas de libéré dans ma boutique ; je vais travailler dans les maisons, ouvrir des portes dont on perd les clefs ; j'ai un état de confiance, et si on savait que j'emploie un libéré parmi mes ouvriers, je perdrais mes pratiques. Bonsoir, voisin. »

« Comme il n'y avait que quatre serruriers à Étampes, celui à qui je m'étais adressé le premier avait jasé ;

quand j'ai été m'adresser aux autres, ils m'ont dit,
comme leur confrère : Merci. Partout la même chanson. Me voilà en grève sur le pavé d'Étampes ; je vis
sur ma masse un mois, deux mois ; l'argent s'en allait,
l'ouvrage ne venait pas. Malgré ma surveillance, je
quitte Étampes. Je viens à Paris ; là, je trouve de l'ouvrage ; mon bourgeois ne savait pas qui j'étais, je lui
dis que j'arrive de province. Il n'y avait pas de
meilleur ouvrier que moi. Je place 700 fr., qui me
restaient, chez un agent d'affaires, qui me fait un
billet ; à l'échéance, il ne me paye pas ; je mets mon
billet chez un huissier, qui poursuit et se fait payer.
C'était une poire pour la soif. Là-dessus je rencontre
le Gros-Boiteux.

« — Oui, les amis, et c'est moi qui étais soif, comme
vous l'allez voir. Frank était serrurier, fabriquait les
clefs ; j'avais une affaire où il pouvait me servir, je
lui propose le coup, J'avais des empreintes, il n'y
avait plus qu'à travailler dessus, c'était sa partie.
L'enfant me refuse, il voulait redevenir honnête. Je me
dis : Il faut faire son bien malgré lui. J'écris une lettre
sans signature à son bourgeois, une autre à ses compagnons, pour leur apprendre que Frank est un libéré.
Le bourgeois le met à la porte et les compagnons lui
tournent le dos. Il va chez un autre bourgeois, il y
travaille huit jours. Même jeu. Il aurait été chez dix
que je lui aurais servi toujours de même.

« — Et je ne me doutais pas alors que c'était toi
qui me dénonçais, reprit Frank ; sans cela, tu aurais
passé un mauvais quart d'heure.

« — Oui ; mais moi, pas bête, je t'avais dit que je
m'en allais à Longjumeau voir mon oncle ; mais j'étais

resté à Paris, et je savais tout ce que tu faisais par le petit Ledru.

« —Enfin on me chasse encore de chez mon dernier maître serrurier, comme un gueux bon à pendre. Travaillez donc! soyez donc paisible pour qu'on vous dise, non pas : Que fais-tu? mais : Qu'as-tu fait? Une fois sur le pavé, je me dis : Heureusement il me reste ma masse pour attendre. Je vais chez l'huissier, il avait levé le pied; mon argent était flambé, j'étais sans le sou, je n'avais pas seulement de quoi payer une huitaine de mon garni. Fallait voir ma rage! Là-dessus le Gros-Boiteux a l'air d'arriver de Longjumeau ; il profite de ma colère. Je ne savais à quel clou me pendre, je voyais qu'il n'y avait pas moyen d'être honnête, qu'une fois dans la pègre on y était à vie. Ma foi, le Gros-Boiteux me talonne tant...

« — Que ce brave Frank ne boude plus, reprend le Gros-Boiteux ; il prend son parti en brave, il entre dans l'affaire, elle s'annonçait comme une reine ; malheureusement, au moment où nous ouvrons la bouche pour avaler le morceau, pincés par la rousse. Que veux-tu, garçon, c'est un malheur; le métier serait trop beau sans cela.

« — C'est égal, si ce gredin d'huissier ne m'avait pas volé, je ne serais pas ici, dit Frank avec une rage concentrée.

« — Eh bien! eh bien! reprit le Gros-Boiteux, te voilà bien malade! Avec ça que tu étais plus heureux quand tu t'échinais à travailler!

« — J'étais libre.

« — Oui, le dimanche, et encore quand l'ouvrage

ne pressait pas; mais le restant de la semaine, enchaîné comme un chien, et jamais sûr de trouver de
l'ouvrage. Tiens, tu ne connais pas ton bonheur.

« — Tu me l'apprendras, dit Frank avec amertume.

« — Après ça, faut être juste, tu as le droit d'être
vexé; c'est dommage que le coup ait manqué, il était
superbe, et il le sera encore dans un ou deux mois :
les bourgeois seront rassurés, et ce sera à refaire.
C'est une maison riche, riche ! Je serai toujours condamné pour rupture de ban, ainsi je ne pourrai pas
reprendre l'affaire; mais, si je trouve un amateur, je
la cèderai pour pas trop cher. Les empreintes sont
chez ma femelle, il n'y aura qu'à fabriquer de nouvelles fausses clefs; avec les renseignements que je
pourrai donner, ça ira tout seul. Il y avait et il y a
encore là un coup de dix mille francs à faire; ça doit
pourtant te consoler, Frank. »

« Le complice du Gros-Boiteux secoua la tête, croisa
les bras sur sa poitrine et ne répondit pas. »

En faisant ainsi causer ses héros, Eugène Suë était
dans le vrai. Tout le monde abandonne le libéré, et le
crime seul peut lui assurer des ressources.

« Paris, 8 octobre 188..

« Monsieur l'abbé,

« Je viens de la Roquette où l'on m'apprend que
vous ne viendrez que dimanche prochain. Ce contre-
temps me navre. J'ai à vous demander un service qui

vous coûtera peu et me sauvera. Je vous ai vu à la Roquette où j'ai passé quelques mois l'hiver dernier, pour de là être dirigé sur Poissy. Je viens d'être libéré, et je me trouve dans une position affreuse.

« J'ai vingt-six ans, je suis bachelier ès lettres, j'ai fait mes études dans un petit séminaire de Normandie, dont le supérieur est un de mes parents. Puis, sans père ni mère, je suis venu à Paris, chez un frère aîné qui, pendant longtemps, a satisfait à tous mes caprices,

« Mon frère étant venu à mourir, comme j'ignorais tout de la vie et que j'étais paresseux, je vécus très malheureux pendant quelque temps. Je finis par dégringoler dans la bohême où je fis des connaissances dangereuses. J'avais des appétits et pas le sou. C'est ce qui m'a perdu.

« J'ai été condamné, pour escroqueries, à treize mois d'emprisonnement. Maintenant je me réveille de ce cauchemar et je veux travailler.

« Que faire?

« Je sais l'orthographe, je ferai de la correction typographique. J'ai acheté un *Guide du Correcteur*, j'ai appris et retenu divers signes en usage pour signaler les fautes du compositeur, et j'ai couru les imprimeries tous ces jours.

« Mais que suis-je? D'où viens-je? Je me heurte à des défiances sans doute, puisque je ne réussis pas. En vain ai-je offert de travailler à moitié prix : on n'a besoin de personne. Le courage que j'avais puisé dans l'idée de me faire correcteur-typographe est profondément abattu par ces insuccès. Je saute de la présomption au désespoir.

« Tendez-moi la main ! Il vous est si facile de me faire recommander à quelque libraire-éditeur de vos relations. Est-ce qu'on peut craindre quelque chose de moi? Mais je vous jure que je ne suis pas un voleur. Je ne demande pas qu'on me confie la clef d'une caisse, mais une feuille de papier noirci. Je puis corriger du latin chez un éditeur faisant des livres classiques, ou des paroissiens.

« Mais il faut que je trouve vite, bien vite, car mes minces ressources vont diminuant d'heure en heure. Il faudrait trouver cette semaine, demain, aujourd'hui. Hélas! quand je songe que vous n'allez recevoir ma lettre que dimanche, que vous ne pourrez sans doute pas me caser tout de suite, que je ne sais plus à quelle porte frapper, j'en ai un frisson dans les moelles.

« Oh! de grâce, monsieur, ne me prenez pas pour un quémandeur vulgaire ; croyez que je suis un brave garçon malgré tout, avec une fierté honnête reconquise. Je ne vous demande que du travail. Au nom de Dieu, trouvez-m'en.

« Si vous daignez m'honorer d'une lettre, adressez-là à ma tante, Mme ***, car moi, je n'ai pas d'adresse. Je courrai à votre appel.

« En attendant je vais mâcher mon spleen noir.

« Votre respectueux,

« Ch. P... »

Il y a quelques semaines, je remontais les Champs-Elysées. Sur un banc étaient assis quatre ou cinq *hommes-sandwichs* qui se reposaient. Machinalement,

je regardai ces hommes et je commençais à lire la réclame qu'ils promenaient, lorsque l'un deux, se détachant du groupe, s'approcha de moi très respectueu-
sement :

« — Bonjour, monsieur Moreau.

« — Bon... jour,... mon... a... mi...

« — Vous ne me reconnaissez pas?

« — Non.

« — Vous m'avez connu... là... bas,... à la... Gr...

« — Vous vous appelez?

« — N... Vous avez bien voulu vous occuper de
moi, et je suis bien heureux de vous rencontrer.

« — Ah! très bien ; je me rappelle. Et vous n'avez
pas pu trouver autre chose que ce métier de porteurs
de réclames?

« — Pardon, monsieur Moreau. J'avais trouvé autre
chose; deux fois je suis rentré dans une maison de
commerce, et les deux fois on m'a chassé, parce que
le patron a su ce qui m'était arrivé. On était très content de moi; malheureusement, vous savez le préjugé.
J'ai trouvé ça; je mène ces hommes — j'ignorais
que les *hommes-sandwichs* fussent ainsi embrigadés,
— je gagne ma vie; cela me suffit, jusqu'au jour où
mes parents voudront bien me recevoir. Je leur ai
écrit, mais vous savez ce que c'est que les gens de
campagne. Mon affaire a été connue; si je retournais
là-bas, je les tuerais de chagrin. J'attendrai.. Ah!
tenez, monsieur Moreau, vous ne sauriez croire comme
cela me fait du bien de vous rencontrer. Au moins,
vous, on peut vous parler. Vous ne nous repoussez
pas! »

Et je vis deux grosses larmes couler le long de ses joues, pendant que je lui serrais la main.

Comment remédier à ces situations douloureuses et intéressantes? Il faudrait tendre la main à ces hommes, qui ont eu leur heure d'égarement, et qui l'ont expiée. Ils veulent maintenant travailler honnêtement.

Que faire?

D'abord, ne pas jeter si facilement en prison les hommes condamnés à de petites peines. On ne devrait enfermer un homme qu'après plusieurs comparutions devant la justice. De bonne foi, où veut-on qu'il se case lorsqu'il est obligé d'avouer qu'il sort de prison? Souvent c'est pour une faute minime qu'il a été condamné, mais on ne s'en rend pas compte. Il sort de prison !

M. Bérenger est l'auteur d'une loi sur la liberté provisoire. Qu'on applique largement cette loi comme elle est appliquée en Angleterre.

Il faut ensuite multiplier les sociétés de patronage en faveur des libérés.

Suivant les uns, c'est une utopie de rêver l'amélioration d'adultes endurcis dans le crime, de croire à leur repentir, à leurs bonnes résolutions, de prétendre les assujettir au travail et au respect des lois.

Suivant d'autres, c'est un crime de protéger ceux que la justice a punis, de leur distribuer des secours qu'on devrait réserver pour les indigents honnêtes, d'offrir une prime à l'inconduite en lui assurant l'assistance.

Ce qui précède prouve qu'il n'y a pas dans les prisons que des natures perverses, et qu'à côté des criminels dont la dépravation paraît incurable, il y a les faibles, les ignorants, les délaissés, que l'entraînement ou la misère ont rendus coupables, mais qu'une bonne influence parvient à ramener. Ayons pour eux de la compassion, de l'indulgence, du dévouement, ils écouteront nos conseils et les suivront. Il pourra y avoir des rechutes, mais elles ne détruiront pas le bien moral obtenu pendant la duré de l'assistance. Ce résultat peut consoler des déceptions passagères et inévitables.

Je demanderai d'abord à ceux qui reprochent aux *Sociétés de patronage en faveur des libérés* d'attribuer à des indignes les dons de la charité, si les plus malheureux sont toujours ceux qui nous tendent la main dans les rues ou à nos portes? Ceux-là peuvent obtenir du travail s'ils sont valides, et des refuges nombreux leur sont ouverts, s'ils sont âgés ou infirmes; tandis que les condamnés sont partout repoussés. Impossible, aujourd'hui surtout, de cacher son passé par suite de l'usage abusif du casier judiciaire. Et cependant dire à un homme : Parce que tu as failli une fois, tu es à jamais déshonoré, n'est-ce pas une injustice? Pourquoi aggraver les rigueurs de la loi qui n'a jamais voulu porter contre ce malheureux une pareille sentence? Pour refuser ainsi d'accueillir et d'assister ceux qui sont tombés, il faudrait en outre avoir tout fait pour empêcher les chutes.

J'ajoute que c'est d'ailleurs affaire de sécurité sociale, et non de sentiment. En effet, la récidive devient par son accroissement un péril menaçant; de

10 p. 100 en 1830, de 18 p. 100 en 1848, elle est aujourd'hui de 50 p. 100, et en moins de trois ans, la moitié des libérés reviennent dans les prisons, plus corrompus que jamais.

Notre système pénitentiaire n'atteint donc pas ce qui devrait être son but principal : l'*amendement* du coupable. L'emprisonnement cellulaire est un remède insuffisant. Comme l'a dit M. d'Haussonville : « Quelle que soit cette réforme, elle restera vaine si, à l'heure de la libération, le détenu est livré sans transition et sans appui à toutes les difficultés de l'existence, à toutes les séductions de la liberté ».

C'est de cette pensée que sont nées et que s'inspirent les sociétés de patronage, dont les incontestables bienfaits se produisent sous deux formes principales : la visite dans la prison et le placement chez un patron ou dans un atelier. Toutefois, comme les visites dans la prison sont nécessairement rares et sommaires, et comme, d'autre part, il faut beaucoup de temps et de démarches pour trouver du travail aux libérés, pour rapatrier les uns, pour faire engager les autres dans l'armée, il est indispensable de créer des asiles d'un caractère permanent. C'est là seulement qu'on pourra arriver à connaître complètement le libéré, à le préserver de l'oisiveté et de l'abandon, à lui donner un enseignement soutenu, à reconstituer ses forces, à lui apprendre un état.

C'est donc travailler efficacement à la diminution de la récidive que d'ouvrir des asiles de ce genre près de chacune de nos prisons.

Les limites de ce travail ne me permettent pas de donner des renseignements sur toutes les œuvres créées en faveur des libérés. Je dirai un mot des principales.

Au fond d'une ruelle étroite et coudée du quartier de Grenelle, derrière l'Ecole-Militaire, rue de la Cavalerie, une porte cochère munie d'un judas, montre, sur des panneaux de bois peints en jaune, de gigantesques numéros 4.

Le père Vincent vous ouvre. Un vieux petit homme à la face rubiconde et finaude, type du gardien de prison, sur la tête duquel on s'étonne de ne plus voir la casquette à liseré des surveillants de centrales. Aidé par sa femme et sa fille, le *patron*, comme on l'appelle, gouverne dans cet asile de la *Société générale pour le patronage des libérés* une trentaine d'individus à face minable qui viennent s'abriter là au sortir de Mazas, de la Roquette ou de Sainte-Pélagie. Pour leur faciliter la réintégration dans la société et leur donner le temps de trouver du travail, on les garde pendant quinze jours, on les loge, on les nourrit, on les occupe. Le matin, ils ont la liberté de sortir pour chercher du travail au dehors. Ils rentrent pour le déjeuner, et l'après-midi ils sont employés, dans l'établissement, à triller des graines, à faire des cartonnages, etc.

Ce fut un jour de Pâques, à la nuit, que je me présentai à l'asile avec un de mes amis ; le personnel de l'endroit était au complet. Assis autour du poêle dans l'atelier, les libérés causaient ou lisaient.

A notre entrée, ils se levèrent, se découvrirent ;
un éclair de curiosité vague luisait dans leurs pru-
nelles ; d'une voix humble qu'ils s'efforçaient de
rendre douce, ils répondirent à nos questions. A les
entendre, on les aurait crus tous repentants, tous rentrés dans la bonne voie ; un coup d'œil plus circons-
pect nous mit vite en éveil, et je me rappelle, accoudé
sur un coin de table, la figure baissée sur son livre, un
homme de vingt-deux ans, dont le regard glissait sournois jusqu'à nous, tandis qu'à sa lèvre un rictus, moqueur et haineux tout à la fois, se dessinait à la déro-
bée ; à côté de lui sommeillait un grand vieux à la tête
émaciée sous ses cheveux blancs, l'air idiot, résultat
d'une existence passée en prison. Ceux-là emploient
généralement leur sortie matinale, non à chercher de
l'ouvrage, — peu leur importe — mais à *ramasser des
orphelins* (bouts de cigares), ou à *polir des pieds de
biche* (sonner aux portes pour mendier).

Après quinze jours passés à l'asile, on les renvoie.

Comme nous causions avec M. Vincent, dans la petite pièce qui lui sert de bureau, un jeune homme
bien mis, vêtu de noir, entra.

« — Un de mes anciens pensionnaires, dit le père
Vincent, que je vous présente. »

C'était un apprenti serrurier, qui, sans ouvrage et
mourant de faim, avait dîné dans un restaurant sans
pouvoir payer sa dépense. Il avait été arrêté, condamné à huit jours de prison, et avait subi sa peine à
Sainte-Pélagie ; de là il était venu à l'asile, et avait
retrouvé un emploi. Avec ses premiers gains, il avait
retiré ses vêtements mis en gage avant son arresta-

tion, et venait maintenant remercier le *patron* et lui indiquer l'adresse de l'atelier où il travaillait, pour qu'on y envoyât, à l'occasion, des libérés, serruriers de leur état.

N'y aurait-il que celui-là de sauvé, la pensée qui a guidé les membres fondateurs de l'œuvre serait assurément fort louable.

La Société de patronage est d'ailleurs sous la protection du ministère de l'intérieur, qui lui donne une subvention annuelle de 12,000 fr., à laquelle s'adjoignent les donations particulières en argent et en nature. On avait, au début, pris la coutume de donner aux libérés des bons de logement et de nourriture; mais avec ces bons, les libérés allaient dans des hôtels borgnes, où ils retrouvaient leurs compagnons avec lesquels ils *tiraient de nouveaux plans;* quant aux bons de nourriture, ils les revendaient.

La Société a acheté cet immeuble de la rue de la Cavalerie, une ancienne école de sœurs, qu'elle a fait aménager pour ses besoins. L'immeuble se compose d'un corps de bâtiment à deux étages, avec des communs, entouré d'une cour sablée qui sert de promenoir. En bas, la salle de travail et le réfectoire. En haut, le dortoir : des lits de fers alignés les uns à côté des autres, et sur une planche de pourtour les ustensiles nécessaires à la toilette. Les pensionnaires font eux-mêmes leur ménage, rangent leur lit, nettoient le local ; l'entrée de la cuisine seule leur est interdite.

« — Dans les commencements, nous disait le père Vincent, on les employait au fricot; mais, sous prétexte de goûter le bouillon, ils dévoraient tout et les camarades n'avaient rien dans le ventre, qu'à eux la *soupe était déjà dans les talons.* »

On sert la nourriture dans des gamelles pareilles à celles en usage dans les prisons.

L'expérience a amené des réformes nécessaires. En visitant l'atelier, nous avions remarqué dans une rentrée de mur, comme la trace d'un autel et une fenêtre décorée de vitraux. Autrefois, un prêtre venait célébrer la messe dans l'asile même. On ne fut pas longtemps à en reconnaître les inconvénients. Un libéré, pour se faire bien voir des administrateurs et récolter quelques gratifications, avait demandé à faire sa première communion le jour de Pâques ; ce fut un événement qui se changea en fête ; les réjouissances terminées, le catéchumène avoua que c'était la *neuvième* fois qu'il faisait sa *première* communion.

Où se placent les libérés de la rue de la Cavalerie?

Deux compagnies surtout les recueillent : celle des omnibus, pour faire les relais, conduire les chevaux de flèche qui attendent les voitures aux coins des rues montantes, et celle du nettoyage des devantures. Ces loqueteux, qu'on rencontre, porteurs d'une échelle et d'un seau et qui lavent les carreaux des boutiques, sont, pour la plupart, d'anciens pensionnaires du père Vincent; ils sortent de l'asile avec des vêtements, du linge, que le vestiaire, approvisionné par la charité publique, leur donne, et des lettres de recommandation.

L'existence de la Société est portée à la connaissance des condamnés par des imprimés, affichés dans les prisons et par des cartes d'un format commode qu'il est loisible au directeur, à l'aumônier, aux gardiens de leur distribuer :

SOCIÉTÉ GÉNÉRALE POUR LE PATRONAGE
DES LIBÉRÉS

RECONNUE COMME ÉTABLISSEMENT D'UTILITÉ PUBLIQUE

1° La Société a pour but de ramener à une vie honnête et laborieuse les libérés adultes de l'un et de l'autre sexe, qui, à la suite d'une enquête approfondie, lui paraissent susceptibles de revenir au bien.

Le patronage consiste surtout à procurer du travail aux libérés, à faciliter leur rapatriement, s'il y a lieu, et à leur accorder, au besoin, une assistance matérielle. La société provoque la réhabilitation des libérés qui remplissent les conditions exigées, à cet effet, par les lois.

2° Les détenus qui désirent sérieusement rentrer dans la bonne vie ont seuls intérêt à réclamer l'appui du patronage, ceux qui ne justifient pas la confiance de la Société et se montrent incorrigibles devant être punis plus sévèrement, pour ce motif, s'ils commettent un nouveau délit.

N.-B. — Se présenter avec le bulletin de libération, tous les jours, 4, rue de la Cavalerie.

Sur l'envers sont notifiés les cas d'expulsion des libérés, qui se seraient rendus coupables d'une fausse déclaration ou de telle autre faute.

L'asile, qui est assimilé par la police à un hôtel meublé, a un registre d'écrou, sur lequel on copie, au fur et à mesure, les bulletins des libérés, délivrés par la prison d'où ils sortent. Ce système d'écritures interdit aux mêmes individus de venir faire plusieurs stages renouvelés de quinze jours.

Ce refuge rendrait plus de services si les ressources étaient moins modiques et si les libérés ne le prenaient pas comme une annexe de la prison.

Celui que la Société a établi 49, rue de Lourmel, pour les femmes, est mieux compris, plus fréquenté et donne des résultats consolants.

La société protestante a fondé un refuge pour ses coreligionnaires, 26, rue Clavel.

La société israélite, un autre, 14, rue des Rosiers.

L'asile pour les jeunes détenus est rue Mézières.

Il existe actuellement en France soixante sociétés de patronage, tant pour les détenus adultes que pour les jeunes détenus et les jeunes libérés ; onze sont en voie de formation.

Le promoteur et le soutien le plus ferme de cette œuvre est M. le sénateur Bérenger (de la Drôme), dont le zèle pour l'amélioration des détenus et des libérés est aussi infatigable qu'intelligent. C'est d'ailleurs un vieux patrimoine de famille qu'a recueilli M. Bérenger. En donnant à ces déshérités de la société, son temps, sa fortune, son talent, M. Bérenger ne fait que suivre les traces de son père, ancien président à la cour de cassation sous le règne de Louis-Philippe.

M. Bérenger est secondé dans ses efforts par M. Rewel-Lafontaine, un fonctionnaire du ministère de l'intérieur, dont tous les libérés connaissent le nom et que ne rebutent ni les mécomptes, ni les insuccès, ni l'ingratitude de certains clients qui, après avoir usé le seuil de sa porte, s'empressent de l'oublier.

Un autre asile, celui de Saint-Léonard, a été fondé en 1865, à Couzon, près de Lyon.

Dès l'origine, il fut ouvert aux libérés adultes soumis à la surveillance, ceux qui se voient le plus impitoyablement repoussés des ateliers.

Ce fut une société laïque, dite des *Hospitaliers de la ville de Lyon* qui l'ouvrit sous la présidence de M. Blanc-Saint-Hilaire.

Cette société des Hospitaliers s'occupait déjà au siècle dernier du sort des prisonniers en les visitant pendant leur détention. La fondation fut mise sous le vocable de saint Léonard, parce que ce personnage, officier de la cour de Clovis, s'était particulièrement occupé des prisonniers durant le vi^e siècle, au pays de Limoges, où, après s'être retiré, il les employait à défricher les bois.

La fondation de Saint-Léonard fut primitivement établie dans un local très restreint, mais pittoresque, acheté 7,500 fr. à la compagnie P.-L.-M. On y réunit quelques libérés des prisons du Rhône. La fondation s'annexa quelques hectares de terrain dus à la bienfaisance de plusieurs particuliers; diverses industries, le jardinage, la culture de la vigne, vinrent à son aide; et, comme rien ne plaide en faveur d'une innovation comme le succès, l'effroi qu'elle avait causé dans le pays se dissipa bientôt; les réfugiés furent même employés aux travaux du village. Le conseil général vota à l'œuvre une subvention de 500 fr., qui lui a été retirée en 1874; l'État lui donna une existence légale en la reconnaissant d'utilité publique par un décret du 16 mai 1868 et lui accorda quelques secours.

Malgré ces agrandissements, l'asile devint bientôt insuffisant pour faire face aux demandes qui lui étaient adressées de toutes parts.

En 1872, un legs de 114 hectares, dans l'Isère, permit à l'œuvre d'établir sur les bords du Rhône une colonie nouvelle : le *Sauget*. L'agriculture et l'industrie des toiles en firent bientôt un établissement susceptible de recevoir trente réfugiés. On y érigea une chapelle dédiée à saint Dysmas, le bon larron. L'absence seule de bâtiments d'habitation a arrêté le développement de cette fondation, appelée à recevoir une population de plus de quatre-vingts réfugiés.

Pour être admis dans un des asiles de Saint-Léonard, soit à Couzon (Rhône), soit au Sauget (Isère), il suffit à un détenu d'en faire la demande quelques jours d'avance, en la faisant approuver par le directeur ou l'aumônier de la prison où il se trouve; d'être âgé de moins de cinquante ans, et capable de travailler douze heures par jour. Dès son arrivée, on lui donne un habillement complet pour la semaine, et un second pour les dimanches. L'asile lui demande un séjour de six mois. A cette condition, signée par lui après quarante-huit heures de réflexion, la maison lui accorde 10 p. 100 sur son travail, 40 centimes par semaine pour son tabac et des gratifications aux époques des récompenses. Ce travail de douze heures est interrompu par deux arrêts. Le réfugié a pour se récréer un vaste lieu de promenade, une bibliothèque et l'usage facultatif du tabac. Le dimanche, cinq heures lui sont accordées pour une promenade libre; mais la rentrée est rigoureusement exigée pour tous à une heure fixe, sous peine de renvoi après deux infractions à cette règle, ou même après une première infraction si on a découché.

A la fin de chaque mois, un état de mouvement est soumis à la préfecture du Rhône. Des livrets de caisse d'épargne et des effets d'habillement sont distribués chaque année, à l'occasion de la fête de la maison, aux réfugiés les plus méritants. Après six mois d'épreuves et de discipline, si le réfugié a eu une conduite laborieuse, et s'il désire se retirer, on emploie tous les moyens pour le caser et l'on y parvient en général; mais on ne se prête pas à placer ceux qui ont donné quelques sujets de mécontentement par leur négligence, ou par leur inconstance, ou qui ont de trop déplorables antécédents. D'autre part, celui qui ne réclame aucune faveur du dehors, est laissé parfaitement libre de prolonger son séjour dans la maison.

En général, la moyenne du séjour est de six mois; mais il en est qui préfèrent se fixer indéfiniment à l'asile.

Le personnel varie à Couzon de 50 à 65; au Sauget, pour le moment, il est de 25 à 30. Deux mille hommes ont déjà profité de ces asiles et sur ce nombre, l'œuvre en a placé 25 p. 100, renvoyé 10 p. 100 environ; le reste s'est tiré d'affaire à son gré. Les dimanches, les libérés assistent aux offices de la chapelle; mais, pour ce qui est de la pratique religieuse, chacun conserve toute sa liberté. Cette liberté fait aimer l'asile aux réfugiés. A Saint-Léonard, on entend fréquemment les hommes dire : « Nos terres... nos vignes... nos vaches. »

Ayant eu à recommander un de mes clients au directeur, l'abbé Villion, il me fit répondre :

« Monsieur l'aumônier,

« Comme nous n'avons pas fait imprimer de compte-rendu pour l'année 1882, et que celui de 1883 n'est pas encore fait, je vous envoie trois exemplaires de 1881, afin que vous puissiez en remettre, si vous le jugez à propos, à des personnes de votre connaissance pouvant s'intéresser à l'œuvre de Saint-Léonard. Je joins un rapport sur l'œuvre présentée en 1878, à Paris, au moment de l'Exposition universelle, rapport qui a mérité à l'œuvre une mention honorable.

« M. l'abbé Villion, directeur de l'œuvre et fondateur, à qui j'ai fait part, de votre lettre, me charge de vous dire qu'à l'heure actuelle, l'industrie de la cordonnerie clouée ayant repris tout à coup, vous pourrez nous envoyer toutes les demandes qui vous seront faites pour une admission à Saint-Léonard, parce qu'il nous sera possible, pendant quelque temps, d'admettre ceux qui rempliront toutes les conditions. A ces demandes, nous répondrons par une lettre définitive d'admission, si le sujet. recommandé à été reconnu par vous apte à se faire au règlement et au travail de la maison. Nous les acceptons encore plus volontiers, s'ils sont cordonniers de profession.— Ils le savent si bien, qu'ils s'intitulent en grande partie cordonniers, quoique n'ayant jamais fait ce métier.

« Je crois vous avoir transmis nos conditions d'admission, mais les plus importantes, au point de vue matériel, sont de ne pas être âgé de moins de vingt-cinq ans, ni de plus de quarante-cinq ans, avoir une bonne santé qui permette de faire douze heures de travail par jour, ne pas être gaucher et avoir bonne vue. Aussi ne pourrions-nous accepter le nommé A... que vous nous proposez, si la faiblesse de sa vue l'empêchait de se livrer à un travail aussi minutieux que celui de la cordonnerie clouée.

« A part l'asile du Sauget (Isère), fondé par l'œuvre de Saint-Léonard, il n'y a pas d'autre maison de ce genre en France. Il y a bien à Bordeaux une espèce de refuge, mais pour les *non-surveillés*, tandis que les deux nôtres sont spécialement pour les *surveillés*. Notre œuvre a donc besoin de s'étendre, et il faudrait au moins une dizaine de refuges semblables dans notre pauvre France. Que de récidives on empêcherait ! Que de dégradations morales on arrêterait !

« Nous vous remercions de tout l'intérêt que vous portez à l'œuvre ; vous ne faites que suivre en cela les traditions de votre vénérable prédécesseur et l'exemple de MM. les aumôniers des autres prisons de Paris.

« Un dernier mot sur A..., monsieur l'aumônier : qu'il ne prenne pas la direction de Couzon, si sa vue est défectueuse. Dans le cas contraire, veuillez nous annoncer son arrivée et lui remettre une lettre à son départ, lettre qu'il nous remettra en arrivant et qui remplacera celle que nous envoyons en dernier lieu, lors d'une admission définitive, pour servir de carte d'entrée à l'arrivée dans l'asile.

« Si nous ne pouvons pas recevoir ce dernier postulant, nous espérons être plus heureux pour les autres demandes que vous nous ferez dans la suite.

« Recevez, monsieur l'aumônier, l'expression de mon respectueux dévouement.

« C.-A. ROUSSET,

« Aumônier de l'asile.

« Couzon, 2 février 1884. »

Voici la lettre que A..., de son côté, m'écrivit de Couzon :

« Couzon, le 4 mai 1884.

« Monsieur l'abbé MOREAU, aumônier de la Roquette, Paris.

« Entré depuis environ six semaines, par vos soins à l'asile Saint-Léonard, permettez-moi de venir en quelques mots vous témoigner ma reconnaissance, à l'occasion de la bienveillance que vous m'avez montrée en obtenant mon admission.

« Ma vue, qui n'est pas très bonne, m'a empêché de prendre part aux travaux ordinaires de la maison ; mais la bonté sans égale du bon père et de son entourage me fait espérer que si je ne puis trouver à m'occuper aux travaux en usage chez eux, ils ne me laisseront pas partir sans avoir trouvé à me caser ailleurs.

« Il est bien regrettable pour moi que ma vue soit

la cause de mon prochain départ, car je m'habitue parfaitement à la vie régulière qu'on mène dans ce lieu où tout y respire le calme et la tranquillité.

« Enfin, espérons que Dieu ne m'abandonnera pas et que j'arriverai quand même à sortir du mauvais pas où m'a plongé mon inconduite.

« Je rends grâce à Dieu qui a permis que je vous rencontre sur ma route.

« Votre très reconnaissant serviteur,

« A. L... »

EPILOGUE

César Cantu commence ainsi l'épilogue de son *Histoire universelle* : « Il arrive souvent que les novateurs aperçoivent la vérité, leur seul tort est de la devancer, et ce dont un siècle se raille én le traitant d'utopies, peut, dans le siècle suivant, passer à l'état de vérité triviale..... »

Cette vérité, qu'on étouffe la récidive dans son germe, en travaillant au relèvement moral des détenus, vérité dont se raillent, à l'heure actuelle, Javert et C¹ᵉ, passera, je l'espère, à l'état de vérité triviale au siècle prochain.

A l'heure actuelle, malgré les progrès réalisés depuis quinze ans, nous n'en sommes encore qu'à la justice de répression, à la peine du talion : œil pour œil, dent pour dent. A part quelques spécialistes, qui soupçonne la justice de prévoyance ? Nous voyons trop le coupable, pas assez le malade. Nous sommes plus préoccupés de le châtier que de le guérir ; et nous trouvons surprenant que la haine lui monte au cœur.

Cela me rappelle un père de famille de mes amis, aussi naïf que peu tendre. Je m'étonnais devant lui

de la tristesse de ses enfants, et je lui en faisais la remarque.

« — Je n'y comprends rien, me répondit-il, je les
fouette toute la journée pour leur faire perdre cet
air-là, et je n'y puis parvenir. »

« ... Pour que nous ne haïssions pas la sévérité, a
écrit Balzac, il faut qu'elle soit justifiée par un grand
caractère, par des mœurs pures, et qu'elle soit adroi-
tement entremêlée de bonté. »

Or, il n'y a, je crois, en France, qu'une seule prison, sur 382, celle de Melun, où on ait tenté un essai
de relèvement moral des détenus. Depuis quelques
années, un quartier dit « d'amendement » a été créé
à Melun pour les détenus, dont les antécédents et les
notes peuvent faire espérer un retour au bien. M. Nivelle, qui a créé ce quartier, peut seul dire de combien de critiques jalouses, de sarcasmes, d'inepties il
a été inondé par la plupart de ses collègues. Il lui a
fallu toute son énergie et l'appui de M. Herbette pour
que son œuvre ne mourût pas dès sa naissance.
Javert et ses amis la trouvaient bête. Or, au temps
où M. Camescasse était préfet de police, Javert et ses
amis étaient écoutés comme des oracles. A cause d'eux,
malgré les résultats déjà obtenus à Melun, l'administration pénitentiaire n'a pas osé créer d'autres quartiers d'amendement. Or, qu'est-ce que ce quartier, en
présence des 450,000 hôtes que nos prisons reçoivent
chaque année? Ce n'est pas un quartier, c'est 300 prisons d'amendement, c'est 300 maisons hospitalières
qu'il nous faudrait.

L'Assistance publique recueille dans les hospices
les misérables que l'âge, la débauche, des accidents

clouent sur un lit pour le reste de leur vie, et qui n'ont plus de place dans la société; elle ouvre des hôpitaux aux malades, trop pauvres ou trop isolés pour se faire soigner chez eux.

Pourquoi, à la place de ses geôles coûteuses et infectées, l'Administration pénitentiaire ne construirait-elle pas des hospices et des hôpitaux?

Le jour même où s'ouvrait à Rome le sixième congrès pénitentiaire, le *Journal Officiel* publiait un décret réglementant à nouveau le régime des prisons de courtes peines.

Ce décret a-t-il fait avancer d'un pas la question matérielle? A-t-on construit de nouvelles prisons cellulaires? veillé à ce que les détenus soient séparés, surveillés, nourris? A-t-on répandu dans ces tristes demeures l'air, l'honnêteté, la lumière? balayé la pourriture? N'est-ce pas toujours Javert et ses amis qui triomphent? Des palais scolaires ont jailli de toutes parts du sol français. Des hôpitaux splendides ont remplacé les cloaques où les malades entassés mouraient empoisonnés; on a oublié les prisons.

Devant une baraque foraine, un saltimbanque annonce, à grand renfort de grosse caisse, « la véritable femme-poisson ». La foule se précipite; on tire le rideau; une vieille femme apparaît et commence ainsi son petit speach :

« — Mesdames et messieurs, je suis la femme-poisson... (Mouvement d'étonnement.)

« Mon mari, Isidore POISSON, est mort, il y a cinq ans, me laissant seule au monde sans fortune; et, comme vous semblez vous intéresser vivement à mes malheurs, je vais faire le tour de l'honorable société ! »

N'est-ce pas un peu l'histoire de l'Administration
pénitentiaire? On nous annonce des merveilles. Quand
on tire le rideau, que voit-on?

Cette incurie n'est pas la faute des hommes de
cœur qui dirigent aujourd'hui ces services. La société
est malheureusement avec Javert contre eux. Nous
nous complaisons dans cette pensée que le détenu
souffre, qu'il est malheureux. Il semble que nous
sommes mieux vengés, et que les tortures qu'il endure auront plus vite raison de ses mauvais instincts.
En quoi nous nous trompons. Pour guérir, il faut au
malade autre chose que de mauvais traitements.

Je voudrais que la société soupçonnât que les détenus sont des malades; et que l'Administration pénitentiaire a, comme l'Assistance publique, ses incurables, ses infirmes temporaires; qu'elle a charge d'âmes.

Les incurables de l'Administration pénitentiaire
sont les voleurs de profession, les coquins par tempérament.

Faut-il les tuer?

Non; parce que si on les tue, il faut les tuer tous.

A la Nouvelle-Calédonie, quand il y a une révolte,
la troupe prend position dans le quartier et fait feu
à volonté. En Algérie, quand un crime a été commis
loin des villes, et que nos soldats ont réussi à s'emparer des coupables, ils ont le droit de fusiller, sans
autre forme de procès, le premier qui fera le simulacre de se révolter; il paraît que presque tous font
e simulacre, car presque toujours nos troupiers re-

viennent seuls à la ville. Un massacre général des voleurs de profession répugne à nos mœurs, et puis, dans le nombre, il peut y avoir des innocents.

Faut-il les exiler?

Non; parce que les tristesses de l'exil n'impressionnent pas les coquins; et que d'ailleurs on revient de l'exil. De plus, ces voyages nous coûtent fort cher. J'ai sous les yeux un rapport confidentiel qui établit que chaque transporté nous coûte plus de 4,000 fr.; les frais de passage s'élèvent déjà à 1,000 fr. Or, on vient d'expédier à la Nouvelle-Calédonie 300 relégués, 2,000 attendent leur tour; d'autres les suivront à des échéances rapprochées. Transportés et relégués nous coûteront au bas mot 20 millions par an.

Ne vaudrait-il pas mieux leur bâtir avec cet argent des *hospices pénitentiaires*, dans lesquels on les isolerait pour leur vie ou pour un temps, suivant que leur maladie serait plus ou moins chronique? La cellule, a écrit M. Herbette, dans un rapport officiel, « est ce que redoutent le plus » les criminels de profession. Comme supplice, c'est vraiment le dernier.

Je lisais dernièrement cette boutade dans un journal : *Tristesses du général Boum :*

« Je ne sais pas comment je me fais toujours battre! Je m'occupe cependant bien de mon affaire... Ainsi, tout le temps qu'a duré la dernière bataille, je n'ai cessé de lire les *Commentaires* de César! »

Nous n'agissons pas autrement avec les récidivistes. Dieu sait si on s'en occupe! Dans les salons, dans la presse, au Parlement, partout on cherche les moyens de les réduire. D'où viennent nos insuccès?

D'où vient qu'en dépit de tant de bonne volonté, en dépit des lois, l'armée du crime est invincible? De ce que nous manœuvrons à la façon du général Boum. Pendant que les coquins s'organisent pratiquement, nous faisons de la stratégie de cabinet, que dis-je? Nous présidons nous-mêmes à leur recrutement. Au lieu de les diviser nous les réunissons ; et puis comment les traitons-nous? A certaines heures nous sommes féroces, à d'autres d'une sensiblerie déréglée ; nous n'avons dans nos projets ni suite, ni logique, et nous sommes assez naïfs pour nous étonner qu'à chaque assaut nous subissions un échec !

Quant aux prisonniers de courtes peines, il faut au lieu de nos prisons infectées par une pourriture qui achève de les empoisonner, leur ouvrir des *hôpitaux pénitentiaires*, où circuleront l'air, l'honnêteté, la lumière.

J'ai indiqué que le seul régime qui leur convient — aux enfants comme aux adultes — est celui que la loi du 5 juin 1875 a fixé : le régime cellulaire. Or, pour que ce remède ne soit pas un poison, il faut qu'il soit administré par des infirmiers connaissant leur métier.

Quelque temps après le 2 décembre, Mme Cornu, sœur de lait de Louis Bonaparte, lui disait :

« — Et puis, je te le demande, quel est ton entourage? un ramassis d'aventuriers, des gens sans foi ni loi? » Bonaparte répondit :

« — Que veux-tu? j'ai fait appel aux honnêtes gens, ils n'ont pas voulu venir à moi. »

C'est la réponse que me fit un ancien ministre de

l'intérieur, auquel je signalais l'indignité de certains agents des services pénitentiaires...

« — Eh ! que voulez-vous, mon cher aumônier, ces services ont trop d'analogie avec ceux de la police ; beaucoup d'honnêtes gens nous refuseront leur concours, de crainte qu'on ne dise d'eux : « Il est de la police » ; ils ne veulent pas s'encanailler : voilà pourquoi, dans le nombre, il y a tant d'aventuriers, des gens sans foi ni loi. »

Pour ma part, je n'oublierai jamais la terreur dont fut saisie une dame à côté de laquelle je me trouvais à table, quand elle eut appris que son voisin était l'aumônier de la Grande-Roquette. Elle recula sa chaise, de pâle devint rouge, de rouge cramoisie ; pour un peu elle se serait trouvée mal... Plusieurs de mes amis avaient renoncé à me présenter à leurs invités ; ils donnaient mon nom, mais taisaient ma lugubre fonction.

« — Que fait ce monsieur ?

« — Il vit au milieu des criminels » ; autant dire c'est un criminel lui-même. — Le préjugé est idiot, mais il n'en est que plus vivace, à la façon des mauvaises herbes qu'on ne parvient à détruire qu'en passant le fer et le feu dans le champ.

Est-ce que le personnel des services pénitentiaires ne devrait pas être, comme celui des services hospitaliers, entouré de l'estime et de la considération universelles ?

« La déconsidération qui s'attache à l'homme de la police en France, écrivait Albert Wolff — au lendemain du jour où on accordait une médaille d'or à l'agent Rossignol, et qui lui donne une situation tout exceptionnelle, repose sur deux causes, dont la première est l'organisation défectueuse de la police, et dont la seconde est la sorte de suspicion dans laquelle nous tenons les hommes attachés à son service... » Et, plus bas, il ajoutait : « L'écume de Paris agirait peut-être avec moins d'audace si les hommes qui nous défendent contre elle pouvaient compter davantage sur notre estime... »

Ce préjugé est aussi indigne d'une société démocratique que celui qui nous fait repousser le détenu au sortir de prison, est indigne d'une société chrétienne.

Sur le Calvaire, à droite et à gauche du divin Crucifié, se trouvaient deux voleurs ; l'un incorrigible, l'autre repentant. C'est dans le Ciel, —à côté de Lui,— le jour même, — que Notre-Seigneur promet à celui-ci une place.

La Providence, qui dirige toutes choses, m'a ménagé en ces derniers temps quelques tristesses et aussi quelques consolations.

Un peu de vide s'est fait autour de moi. J'ai vu mourir quelques-uns de mes amis ; j'en ai vu d'autres s'éloigner ; plusieurs oublier jusqu'à mon nom. J'en ai conçu un vif chagrin.

C'est alors que le souvenir de mes frères les prisonniers m'est doucement monté au cœur. J'ai relu avec émotion leurs lettres ; je me suis rappelé qu'un certain nombre m'avaient fait promettre de garder la défense de leurs intérêts, comme au jour où je vivais au milieu d'eux.

Je me suis aussitôt senti consolé. Je sais maintenant quelle douceur on éprouve à pleurer avec ceux qui n'ont plus ni patrie, ni amis, ni famille ; quelle joie c'est de tendre la main à ceux qui sont par terre et que tout le monde piétine.

A défaut de talent, j'ai mis au service de leur cause tout mon cœur, toute ma loyauté. J'ignore si mon concours leur aura été utile ; mais je ne puis oublier que je leur aurai dû mes meilleures heures de cette année.

3 décembre 1886.

TABLE DES MATIÈRES

PREMIÈRE PARTIE
LES VOLEURS DE PROFESSION

DEUXIÈME PARTIE

LES VOLEURS PAR ACCIDENT
QUI RÉCIDIVENT

CHAPITRE V

CHAPITRE VI

TROISIÈME PARTIE

LES VOLEURS PAR ACCIDENT
QUI NE RÉCIDIVENT PAS

CHAPITRE VIII

CHAPITRE IX

ÉVREUX, IMPRIMERIE DE CHARLES HÉRISSEY